萱草花開

XUANCAO HUAKAI

寸言 著

时代出版传媒股份有限公司
安徽文艺出版社

图书在版编目（CIP）数据

萱草花开 / 寸言著. -- 合肥：安徽文艺出版社，2025. 1. -- ISBN 978-7-5396-8209-9

Ⅰ. I267

中国国家版本馆 CIP 数据核字第 2024AP1077 号

出 版 人：姚　巍
责任编辑：汪爱武　张星航　　　　装帧设计：赵　梁

出版发行：安徽文艺出版社　　www.awpub.com
地　　址：合肥市翡翠路 1118 号　　邮政编码：230071
营 销 部：(0551)63533889
印　　制：合肥创新印务有限公司　(0551)64456946

开本：880×1230　1/32　印张：10.875　字数：198 千字
版次：2025 年 1 月第 1 版
印次：2025 年 1 月第 1 次印刷
定价：56.00 元

（如发现印装质量问题，影响阅读，请与出版社联系调换）

版权所有，侵权必究

真
——代序

我觉得,散文的精髓在一个字,那就是真。

所谓真有三层含义。首先,作者所记述的事件来源于生活,是真实存在的;其次,作者所表达的情感是发自内心的、真挚的;再次,作者在创作过程中,始终秉持着表真情、达实意的原则去实现创造价值的。也就是说,无论外在形式、精神内涵,还是创作过程,无不渗透着一个字:真。

先来说事件的真实性。这里的真实性,是说一件事情不一定是同一时空发生的,但在另一时间、另一地点真实地发生过。或者说,生活中有些事情,未必一下子集中发生,但在不同时空零星、分散地发生过。这种真实,不仅对散文,对所有文学样式都一样。这种真实,我理解为生活的真实,或者称之为艺术的真实。比如,一部小说,内容可能是虚构的,但它终究是源于生活的、真实的。在散文《老井》里,我描述了老井里埋藏有宝藏这一秘密。事实上,老井是真实存在的,而宝藏是没有的。埋藏宝藏的事情这里没有,但其他地方曾经真实地发生过。再如《斜巷里那抹书香》,斜巷是真实存在的,书香也是有的,只不过斜巷可能是西递的,而书香在杭州的西湖边。姑娘不是来看书的,可能是丽江街头的绣花女。《老唐头儿》里,做厨师的老唐头是真实存在的,革命英雄的老唐头儿可能另有其人。

每件真实的事情都蕴含着人间真情。作者或亲力亲为,或道听途说,或书斋采撷,领略世间百态,用饱蘸深情的笔墨将其描述、表达出来,这就是创作。所以,表达真情是创作的基石、灵魂,是作者的出发点、落脚点。作者笔墨所及,皆风云莫测、世事变迁;情感所系,尽为阴晴圆缺、悲欢离合。大到鸿篇巨制,小到只言片语,皆因一个"情"字而起。花开四季,不外赏心悦目;风雨雷电,不过惊心动魄;沉鱼落雁,惹得英雄救美;弯弓射箭,只为建功立业……所有这些,不过为情所困、为情所癫。至于樯倾楫摧、朝代更迭、曲终人散,终究一个"情"字足可了结。为怀念母亲,在她大去四年后,我洒泪写下《萱草花开》;为怀念恩师教诲,回忆少年读书生活,我写下《字写正,路走好!》,为表达不惧艰辛与磨难,携手妻子战胜病魔,走向光明的决心,我写下《月下独酌》。无论是"茨河风韵"的春夏秋冬、"春华秋实"的硕果累累、"难舍亲情"的母慈子孝,还是"往事如烟"的寻常巷陌、"漫漫羁旅"的长夏不归,抑或是"人生百味"中久违的春天。这些,无不蕴含着我对茨河湾的依恋和热爱,对天真无邪、韶华难再的少年时光的不舍与追忆,对奔行天下却碌碌无为的无奈与哀叹。这些是我对依依往事的追思,对世事艰危的思考,对漫漫人生的探索,是真情实感的流露。

创作是艰辛的、痛苦的、幸福的。艰辛与痛苦自不待言,而幸福是在品尝了艰辛与痛苦中久酿的佳品后才得以领略的滋味。用于酝酿的材料不外乎日常的点点滴滴,而起到调和、发酵作用的,自然是那颗真诚的心。

在茫茫人海里,我时常静静地思索,思索自己该怎样面对栖身于此的世界,这世界里的人事,以及人与事的纠葛。这些常常搅得我头疼,追着我乱跑,逼得我发疯。辗转游走中,我猛然发现,逃避终究是无益的。

于是,我折回头,走向另一条路,走啊走,走了很远,结果,还是被一个面目狰狞的家伙捉了去……

于是,我躲进一间小屋,把我的真情写出来。

寸言

2024 年 10 月 20 日

目 录

茨河风韵

春闹茨河湾 / 003

又是柳绿桃红时 / 006

春 / 010

茨河湾的夏天 / 012

茨河湾的秋天 / 017

茨河湾的冬天 / 021

冬天的茨河湾之娶媳妇儿 / 025

茨河湾的冬天之正馍 / 029

年味儿 / 033

雪的味道 / 036

春华秋实

椿芽儿 / 043

太和板面 / 047

薄荷清香 / 051

樱桃 / 054

老枣树 / 058

端午的粽香 / 062

金贵的桔梗 / 066

菜园青青 / 070

红芋熟了 / 074

槐花飘香的季节 / 078

桂花香晚 / 082

梅花情缘 / 086

终有梅香暗自来 / 088

花无语,人有情 / 092

那些花儿 / 095

难舍亲情

故乡明月 / 101

小鸭子 / 105

泥塑情思　　　　　　　　　／ 108

父亲的房租　　　　　　　　／ 112

老唐头儿　　　　　　　　　／ 116

血染的军被　　　　　　　　／ 121

永远不变的，是根　　　　　／ 125

字写正，路走好！　　　　　／ 128

萱草花开　　　　　　　　　／ 131

金筷子　　　　　　　　　　／ 135

家有至宝更何求　　　　　　／ 139

祈福　　　　　　　　　　　／ 143

爷爷的三件宝　　　　　　　／ 146

疯子哥　　　　　　　　　　／ 150

神医老刘　　　　　　　　　／ 154

沙雕奇人　　　　　　　　　／ 158

姥姥　　　　　　　　　　　／ 162

玉石镇尺　　　　　　　　　／ 166

往事如烟

那夜，那电影……　　　　　／ 173

泥巴鱼　　　　　　　　　　／ 180

张桥庙会　　　　　　　　　／ 183

饭场儿	/ 187
战鼓声声	/ 191
老学屋	/ 194
老井	/ 199
老街口	/ 204
学习雷锋好榜样	/ 208
三间河	/ 211
来客了	/ 215
初恋	/ 220
搬家	/ 224
淘书记	/ 228

漫漫羁旅

长夏漫漫	/ 233
高考，凄美的回忆	/ 247
经锄楼访古	/ 250
雪后泰山行	/ 254
文峰塔感怀	/ 258
老街，慢走	/ 261
承恩寺，风雨中的邂逅	/ 265
惟楚有材　于斯为盛	/ 269

梦回舜耕　　　　　　　　　　　/ 273

岳麓之眸爱晚亭　　　　　　　/ 276

皇藏峪寻幽　　　　　　　　　/ 280

潭柘寺　　　　　　　　　　　/ 284

双浮阻击战　　　　　　　　　/ 288

碧云寺　　　　　　　　　　　/ 291

千古之谜古崖居　　　　　　　/ 295

斜巷里那抹书香　　　　　　　/ 299

人生百味

观弈　　　　　　　　　　　　/ 305

雪松，轰然倒下　　　　　　　/ 308

久违的春天　　　　　　　　　/ 311

月下独酌　　　　　　　　　　/ 314

与君相伴，静待花开　　　　　/ 317

天空的期盼　　　　　　　　　/ 321

沉重的问号　　　　　　　　　/ 324

大旗，谁来扛？　　　　　　　/ 327

读者，编者，作者　　　　　　/ 332

后记　　　　　　　　　　　　/ 335

茨河风韵 |

春闹茨河湾

茨河弯弯，绕过村庄，缓缓流淌。童年，我枕着母亲的臂弯入眠，村庄挽着茨河长大。

冰融了，草儿冒了尖，树发了芽，燕子衔着春泥，筑起那钟情的爱巢。大地回春，万物复苏，春联里说得一点儿也不假。

花儿们，是春的主角。樱桃花接过红梅递来的接力棒，殷勤地为百花探路；桃花飞快地抢着镜头，争做花魁；梨花、杏花不耐烦地夺起话筒，誓决高下；台下群芳斗妍，热闹非凡。凑热闹的蜜蜂，幸运地被花儿们争抢着做起舞伴。柳枝儿央着清风让自己变得嫩绿而纤细；白杨却迟迟不吐绿芽儿，一副傲慢的样子，他执意要做春的伟丈夫。

绿，是春的灵魂。一夜间，大河两岸被煦暖的风吹绿了。放眼望去，那绿，以翠绿打底，鹅黄浮于翠绿的浪间，漾起来，偶见潜伏其间的淡淡胭脂色。你醉了眼，眯起来，深深地吮吸着。绿能唤醒你的嗅觉，那里蕴满了甜蜜和馨香。你睁开眼，那绿，层层叠叠、高高低低，它们飘荡着、撞击着，或低吟，或高歌，像支柴可夫斯基的奏鸣曲。听着听着，你不觉飘起来，飘向茨河湾上空，那奇幻的绿啊，便铺展开来，铺满整个世界。这世界很静，静得只能听见花开的声音；只能听见绿色与绿色在说悄悄话儿的声音；只能听见春姑娘蘸着茨河水在大地上从容勾勒的声音……那是在为激情四射的夏铺就底色，那是在给虚怀若谷的秋蕴藏足够的墒情，那是在为冷峻洒脱的冬做心灵的抚慰。

你不禁感叹：如果少了绿，这世界，还有春天吗？

春，不只有绿做灵魂，还有更加丰富的内涵。

春是俊俏玲珑的姑娘，透着灵性，将清纯洒向大地；春是丰腴贤淑的少妇，透着激情，将妩媚献给人间；春是仁慈宽厚的母亲，透着祥和，将仁爱润入人们的心田。你这清纯、妩媚、祥和的春啊，正是你将大地这个赤子孕育、喂养和调教。

大堤下，田野里，农民们忙不迭地赶着节气，牵着牛，赶着马，装上粪，拉起车。鸡儿咕咕地闹着，羊儿咩咩地叫着，狗儿汪汪地撒欢儿……勤劳的农人喘着粗气，看着犁下新翻的泥土，久违的喜悦荡在眉梢。坐在地头儿，吸口旱烟，农人眯起眼，眼前浮现出丰收的景象：果儿挂满梢，粮储满仓……看着看着，不觉间，他咧开嘴，乐了。

学堂里，琅琅的读书声，回荡在村庄上空，飘扬在茨河湾里。孩子们不再依恋冬日温暖的被窝，弥漫的花香早把他们唤醒，鸡鸭的聒噪吵得他们好生厌烦。朝霞早已挂上窗棂,小家伙们一骨碌爬起来,穿了衣,趿着鞋,斜挎书包,飞一般奔向学堂。可惜还是晚了那么一点点,但,老师含着笑,拍拍肩让他们坐下。春天里,老师们不轻易吵人,尤其对这群机灵鬼。小家伙们也给老师回了一个春天般的笑。

放学了,孩子们抄起书包,冲上河堤。他们爬上柳树,折根柳条,拧几拧,抽出梗,掐成几节,捏在手中,噙在嘴里,用力一吹,"柳笛"就响了。他们奔跑着,可劲儿地吹着,生怕别人听不见。笛声悠扬,鸭儿们踏起歌,扭起臀,乐得嘎嘎直叫;鱼儿们摇起尾,吐着泡儿,一串一串的。

春在茨河湾的绿波里,春在农人们的田埂上,春在孩子们的心坎里。

我们徜徉在茨河边,河滩上的土,酥软酥软的,躺在上面就像躺在厚厚的毛毯里。新鲜的泥土气息伴着温润的湿气和着各种花香拂面而来。天,那么高,那么蓝。和风携着朵朵白云在天空漫游。鸟儿成群地飞过头顶,不时地唱起动听的歌,呼唤着昨日的情人。我们数着朵朵云瓣儿,尽享金色的童年。

《阜阳日报》

二〇一二年三月三十一日

又是柳绿桃红时

刚入二月,才下两场雨,天,一下子就热了。衣服脱了一件又一件,还嫌不舒坦。天气,像热恋中的情人,扑上来送个满口的吻,让你躲闪不及。

春天,来了!

鸭儿扎进河里游嬉,鱼儿浮出水面刺探。水面上漾满绿色,岸上的柳树发了芽儿,那是她们的倩影。都说春江水暖鸭先知,可我要说,春江水暖柳先知。你瞧,春风一来,柳枝就慌着抽起了芽儿。开始,只是个傻傻的小凸起,一夜间竟变成了芽尖尖,再一夜就成了两片小小的叶芽儿。叶芽儿,小得很,嫩得很,像娃娃的脸蛋儿,碰不得!更碰不得的是那新生的绿,那绿呀,透着黄,滴着翠,阳光下,闪着亮,那是少女情窦初开的羞怯,岂可轻易碰得?风,暖暖的,一吹,叶儿就舒展开了。柳枝儿,一串串、一条条,飘逸如发。棵棵柳树,排列沙颍河畔。清风做伴好舞袖,绿水为邻正着妆,婷婷兮玉女临风,岚岚兮仙道沐谷。遥想当年,顽皮的我们爬上树,折下一根柳条,拧几拧,抽出里面的梗,将外皮掐成一节儿一节儿的,放在嘴里呃一呃,柳笛就成了。我们双手捏着,噙在嘴里,鼓起腮帮子,用力一吹,笛子响了。我们戴上用柳条编成的"迷彩帽",腰里别着木制的小手枪,拿柳笛吹起冲锋号。军号嘹亮,我们奔跑在原野上,向着那无际的绿色……那绿啊,一层层、一片片、一抹抹。松柏的青绿,竹林的翠绿,柳丝儿的鹅黄绿,远处麦田的葱绿,渲染在你的面前。绿野簇拥着点点红云,交相辉映,竟成了一幅水墨山水画。几对儿飞燕穿梭其间,看着看着,那画儿便灵动起来,飘然若飞了。你悄悄地说,燕儿们,是在打情骂俏吧?

大自然不愧是神奇的丹青妙手,那点点红云恰似盛开的樱桃花儿。

春风是怜香惜玉的。红梅已谢,又哪堪黛玉的香涕?不若将这满地落英嫁与久耐的樱树,也算成全一桩美好的姻缘。樱树领得君旨,"春风得意马蹄疾",连忙鼓起胭红的包蕾,睁开惺忪的睡眼,撑起粉红的花瓣,吐出诱蜂的花蕊,迎接早春的到来。樱桃花是重情重义的,她们姐妹相邀,兄弟携行,三五成群,簇拥成团。这边,团团如云红似火,片片似霞粉如霓;那边,风起云霞香如烟,波澜雨露渺似海。蜜蜂,是勤劳的。适逢早春盛世,祈盼人间佳肴。他们个个像顽皮的孩童,叮得花枝坠地,闹得香粉盈天。尽管声势浩大,却无扰民之意。是啊,勤劳的人们即使弄出点儿动静,又有谁太过在意呢?何况,谁都知道,他们正在酿蜜,为人们酿造生活的蜜!

春雨是及时的、珍贵的。"随风潜入夜,润物细无声。"可不是嘛!一点儿也不张扬。一觉醒来,忙了一夜的雨,停了!先前的水墨画被春雨打个尽湿,万物滴翠,温婉动人。恰如"桃红复含宿雨,柳绿更带朝烟"的绝佳境界。好一场及时雨。树,赶着趟儿绿了;花,排着队儿红了;草,敞开怀儿长了。就连野花——尽管没名没姓儿,也由着性子开了——捺都捺不住。鸟儿们清清嗓子,卖弄起美妙的歌喉。唱得渴了,它们就着花瓣围成的小碗儿啄上一口甘甜的雨露,润润喉咙,再唱!春雨,也不都是"潜入夜""细无声"。有时候,春雷也来助助威。轰隆隆几声,惊扰了大地,震醒了冬蛰的虫儿。要不怎么叫惊蛰呢?春雷也警醒着慵懒的人们,伸伸胳膊,蹬蹬腿儿,活泛起来。是啊,一年之计在于春。何不起个大早儿,追上早春的第一缕阳光呢?沙颍河畔,大堤两岸,绿柳间,樱花儿下,人们跳跳舞、打打拳,哼一曲心仪的歌,和一首惬意的诗。风摇柳绿霞云动,水映花红日月新。是的,春天的朝霞扫去了一冬的阴霾,人们为啥不高兴呢?

一轮春月升上天空。风里氤氲着各种花香。河面上,小船里,小伙儿牵着姑娘的手,说:"我——喜——欢——你!"姑娘羞红了脸,把头扭向一边,看着水里的月亮,绞着辫梢儿,娇媚地说:"你跟月姥说吧!"小伙儿懵懂地说:"月姥在哪儿呢?""傻样儿!"姑娘,辫梢一甩,拿花棒儿朝小伙儿头上轻轻一敲,笑着,说,"憨子!你猜呀!"

月亮笑了。小伙儿也笑了,笑得樱花儿落满一河……

二〇一八年三月十五日

春

庚子年的冬天是个极端寒冷、漫长的冬天。严冬盘桓,大地冰封,江河断流,万物蛰居。

然而,日月潜行,生存有时,乾坤循道,春天总归是要回来的。时令到了,春天如约而至,与往年相比,并未迟到半分。

红梅在严冬里绽放,绽放得那么盛,那么火。盛得满枝满树,成堆成片;火得漫山遍野,似霞如云。冬雪掩不住她稚气的花瓣儿,遮不住她烂漫的花蕊。花瓣儿像个初生的婴儿,鲜润脆嫩;花蕊像个待嫁的姑娘,妩媚动人。

红梅开,春来到。不错的,堤坝上的樱桃花儿打起了骨朵儿;路边的草也冒出了小尖尖儿;河畔的柳丝也打了小苞苞。春天可不是来了。

春风是位仙子。她轻拂水袖,江河便展眉舒眼了;她长发一飘,大地便惊蛰觉醒了;她双眸一睐,山岳便披红挂彩了。海南的花儿开得灿若云烟,西湖的雨飘得氤氲如雾,茨河的柳绿得盎然似醉。最顽皮的是长白山的冰,一点一点地化,害羞一般,阳光下闪着透亮。谁知,就在冰下,不知什么时候,竟然顶出来一棵嫩芽儿。嫩芽儿顶着鹅黄的胚帽,傻傻的,愣愣的,一副刚睡醒的样子。

春天是位丹青妙手,寥寥几笔便渲染出大地的毓秀;春天是位太极大师,棚挒挤按可推演江河之运势;春天是位织锦高人,穿针引线间绘制复兴的大梦。

谁说春天是位弱女子?封冻的江河是她融化的,厚重的棉衣是她脱去的,就连那迟滞的脚步也是她推动的。尽管冬雪还没有融尽,尽管寒流还不断地袭扰,尽管东南的雨还没有下来,但是,春风已经送来了佳音,春雷正酝酿奏响,春雨正积聚力量!接下来就是春风化雨,雷声轰鸣,万物滋长了。遥想未来便是夏的激越、秋的硕果、冬的沉静与思索。这是生命的轮回,这是大地的强音,这是大自然的王道。王道即天道,势不可当!

冬必去,春必回。

我们伴春而行。

风雨中,有你有我!

《新城教育》校刊

二〇二一年三月三十一日

茨河湾的夏天

端午的粽香里,机灵的我们早就闻到了夏天的味道。

夏天的茨河湾是美丽的。

万物在茨河的滋养下生机盎然。大豆在田野里呼呼地疯长,玉米在风里舞动着颀长硕大的叶子,红芋在田畦里吱吱儿地伸展着秧子,芝麻一节儿一节儿地向上拔着梭子,向日葵恋着太阳从早跑到晚从不喊累,棉花浑身缀满棉桃儿也不嫌沉,绿豆儿、红豆儿、黑豆儿……大家都你追我赶地打苞、吐荚儿,誓于秋天里比个高低。柳树在水里梳洗秀美的长发,大官杨在晴空里欢快地鼓掌,桐树舞着绿扇跟清风说着悄悄话儿,榆树撑起巨大的伞盖哄着孩子们玩耍……他们约定在秋天比比谁的腰更粗、个子更高。老枣树坐了一身青涩的妞儿,桑树挂了一身紫红的桑葚,石榴树挑起无数火红的小灯笼,柿树被果儿们缀得直吭哧……它们嚷个不休,单等秋天里比比谁的果子更多、更大、更甜。菜园里黄瓜、番茄、辣椒、豆角,夜里开花白天坐妞儿;米花菜、黄花菜、韭菜,夜里长白天掐;萝卜、白菜,可着劲儿疯长;西瓜、冬瓜、南瓜,撒起泼满地滚。最气人的是草。雨一场草一茬儿,就怕庄稼人得闲。燕子,忙着觅食;布谷鸟"不许睡觉,不许睡觉"地催着人们快点儿下田;麻雀和黄莺吵了起来,不知是为地边子,还是在争风吃醋,惹得喜鹊跑来和事儿。鱼儿们高兴起来,噌噌地从水里跃出来。金蝉在树影儿里长吟,蚰子在豆梗儿上弄喉,蟋蟀在花叶儿间放歌……河岸上,泼小子挥舞着羊鞭……风一阵儿一阵儿,湿漉漉、甜润润的,像蘸饱了墨汁儿的羊毫,浸着甜美的果香,和着婉转的歌,从茨河上飘来。茨河湾敞开博大的胸襟,任所有生灵吮吸着自己甘甜的乳汁。

生灵们在这里生长着、繁衍着。它们生活得安然、幸福!

这是一块自由、畅快的土地。

茨河湾的夏天是火热的。太阳出来了,火辣辣的。茨河边,女人们挎着马篮儿,撩着清水淘洗新麦。鱼儿阵阵,争抢着泛起的秕谷。我们赤溜溜地跳进河里,静静地站在水里,享受着鱼儿轻啄的痒。有时我们竟也慢慢地伸开手掌静候它们自投罗网,末了,两手猛地一合,狡猾、灵巧的它们还是从指缝间溜了。我们是机灵的,鱼儿却也是精明的,不像虾儿们那般笨拙。于是,我们便捉虾。二郎沟的闸口下,水从沟里汩汩地钻进茨河,虾儿们就躲在那迂回的水窝儿里。我们拿了各样的家什——柳编的笊篱、绷起的丝网、有孔儿的瓷盆,前端戳入水里,堵在闸口,扫雷一般,慢慢前行……它们成群地嬉戏,全然不知大敌已在当前。呆,是虾的本性,或许,它们是善良的吧? 戳到近前,我们将手里的家什旋即浸入水里,又猛地一舀,它们便蹦跳到家什里了。半晌儿,我们便逮了半盆! 手起皱了,脚起皱了,但想着那虾的鲜香,谁还在乎呢?

　　鱼,是精明的;虾,是呆笨的。最难对付的,是蚰子。洗了一通澡,时间便到了晌午顶儿,此时,恰是蚰子们亮嗓子、寻对象的时候。"吱吱、吱吱吱、吱吱……"听去,墨绿的豆田里,它们正在呼朋引伴地卖弄风情。我们五六人一声令下,散开,侧着耳,循着声儿,猫着腰,蹑着步,两手弯曲,随时扑向纵情的它们。它们精得很,稍有风吹草动,立即遁形。你只好默默地原地等待。你必须要有耐心,蚰子的精明就在这里。倘耐不住性子,一划拉叶子,那么蚰子就会以更加嘹亮的吱吱声嘲笑你的无能。待它们招惹异性的本能又泛上来的时候,待它们等得不耐烦的时候,待它们误以为你已逃离的时候——它们便又得意地吱吱叫起来。你慢慢地循着声儿下去,定定地看着叶儿间。正午的阳光,火辣辣的。两片嫩叶的荫蔽下,它正伏在豆梗儿上,痴情地召唤情侣的垂青……你渐近的身影,惊醒了它的美梦,它又要做惊魂中的脱逃,恰在它刚想遁形之际,你发起了猛攻,双手合击,没有夹住,但它已被合拢的豆叶儿绊住了逃亡的脚步! 你一只手捏着豆叶儿,俯下身,另一只手轻轻地捏住它的头部,"吱吱吱吱",它惨叫着。一场惊心动魄的战斗结束了。

编蛐笼子,是爷爷的绝活儿。高粱莛子被劈开,做成篾子,软软的,把它们捏在手里,先搭个十字架,一袋烟工夫,蛐笼子就编好了。装进新逮的"铁皮将军",我把笼子挑在手上,到村子里走一走,在伙伴儿面前晃一晃,听着那铿锵有力的叫声,"吱——吱——吱",心里那个美呀,就别提了。夜里,我把笼子挂在床头儿,清脆的吱吱里,更显夜的宁静……

茨河湾的夏天是恬静的。恬静在清晨呢喃的燕语里,恬静在午后狂躁的雨声里,恬静在傍晚痴迷的鸣蝉里,恬静在静夜浪漫的蛙声里……男人们拉个破席儿,斜躺在村头儿的树下,凉风起,吹散村庄的暑热,鼾声里,荡去白天的困乏。女人们洗完澡,抱着吃奶的娇娃,月光下,哼起幻梦的歌。孩子们发着兵,摸着营,藏着猫猫,搅扰着宁静的夏夜,挥洒着曼妙的童年。几声犬吠,但闻柴门响处,谁家姑娘正流连于电影场的归途中,或是哪家俊郎听完鼓书踏月而归吧。

茨河,弯弯东流,像位母亲,慈祥地看护着大湾里的生灵;天空,闪闪繁星,像个精灵,虔诚地庇佑着苍穹下的村庄;大地,默默无语,父亲一样,敞开浑厚的胸膛,哺育着我们成长。

曾几何时,我站在茨河岸边。天已不再湛蓝,水已不再澄清,鱼儿已不再畅游,就连那精明的蚰子也遁形于无处间。游离于喧嚣浮华的市井,流转于物欲横流的凡间,我总想觅得半日的清静与淡雅,我总想寻求偶尔的童贞与无邪。虾,是呆笨的;而我,该是妄想的吧?

也罢,我只好学了精明的蚰子,遁形于一片童真的叶里,去找寻昨日的清幽。

(注:蚰子,蝈蝈的俗称,皖北一带称蚰子。)

《阜阳日报》

二〇一四年七月五日

茨河湾的秋天

茨河,走过了温婉如诗的春天,蹚过激流勇进的夏天,伴着立秋后的第一缕凉风缓缓而来……火热的夏季里,农人们播撒了希望的种子。多情的茨河水滋养着它们,它们在这片土地上生根、发芽、结果……

秋天,是位高产的孕妇。茨河水是她流淌着的血脉,茨河湾是她孕育生命的摇篮,大自然是她分娩的温床,农人们是她天然的接生婆。

天,亮了。农人们起个大早,走向大河湾,忙着"接生"。

大河上下,堤坝两边,一派成熟的景象。豆儿啦,谷儿啦,芝麻啦,敲打着包裹着的荚衣,急不可待地要跳出来;辣椒,披着大红袍,燃烧在金黄的原野;棉花,撑开棉桃儿,绽放洁白的丝絮,朵朵白云飘荡在大河湾里;红芋,扯着花生将地皮顶开一条缝儿,耐着性子说:"都熟了吗?让我瞧瞧!"是啊,都熟了。梨儿、苹果、柿子、石榴,一字儿排开,嘟囔着:"我先熟的,咋不先接我呀?快点儿,我要掉地上了!"话音未落,一颗熟透了的石榴"啪嗒"一声落在农人的脚下,玛瑙般的籽粒儿蹦了一地。农人,一粒一粒地捡着,说:"急啥?那么多孩子,都猴急猴急的,得慢点儿!"

秋天,是孩子们的。田野里,我们由着性子,撒起泼,追逐着、打闹着。我们在田垄间垒起土灶,支上架子,架子上挂满毛豆,锅底里埋上新扒来的红芋。顺风,点起火,架起柴,盖上湿软的红芋秧子。青烟扶摇直上,时光随风而逝。毛豆稍嫌烫嘴,红芋尚未焖熟,不如乘势将又肥又笨的老母蚰穿满草棍儿就火一烤,成全它一世的美味。老母蚰果然不负众望,圆溜溜的肚皮里藏满的籽粒儿,火上一烤,黄澄澄、金灿灿、香喷喷的,不是蟹黄,胜似蟹黄。大家都急不可待,抹了口水就抢。如今的街市,到处弥漫着焦煳的烧烤味儿,随处都能听到舍命的叫卖声。殊不知,真正的美味藏于无私的童真里,上好的佳肴隐在无欲的田野间。

爷爷套起牛。牛儿拉着石磙在铺满豆棵儿的场里悠然地兜着圈儿。豆荚噼啪炸响。豆籽儿咕噜噜滚满一场。我们两只脚踩在圆滚滚的豆籽儿上一刺溜一滑,甚是得劲儿。正在兴头儿上,就听扑通一声。大放来不及,叫声"哎哟——!"就被滑个仰八叉,顺着豆籽儿溜出丈把远。大家嬉笑着,抱起一把一把的豆秸向他撒去。爷爷笑道:"栽了吧?还不爬起来?!"大放伴着趔趄爬将起来,抓把豆籽儿撒向我们。豆籽儿散落在我们的脖颈儿里,圆圆的、饱饱的、凉凉的,顺着脖子滚落场里。我们追打着、嬉戏着,奔跑在丰收的田野上。童年的岁月里,我们伴着跌跤成长。爷爷说得对:"栽倒了,爬起来!"茨河汤汤,似在告诫人们"走好了,别趴下"!是啊,千百年来,茨河湾的农人们尽管经历了太多的风风雨雨,但他们从来都没有趴下过。因为这里有个秋天,一个丰收的秋天!一个给了他们无限生机和活力的秋天!啊,茨河湾的秋天,我没有理由不爱你。

小麦种到地里,农人们终于闲了下来。男人腰里别着旱烟袋,怀里揣几个鸡蛋儿,集上兑两碗小酒儿,热热地喝了,切两块熟肉,细细地嚼了,醉醉地荡进戏场,听一出戏去。女人三五成群,叽叽喳喳,腰里系着钱袋儿,臂弯里扌丐着篮子,扭到集上,换斤香油,割块猪肉,扯二尺洋布,称几斤瓢子。镇子上,人欢马叫,一片喧腾。是啊,丰收了,谁家不为冬天做些准备呢?

秋雨,一下就是三两天,斜斜的、密密的,像那热恋中的情人,缠绵得很,雨露凝在刚冒尖儿的麦芽上,晶莹剔透,宛如珍珠。菊花的花瓣上,一颗雨滴沾在瓣叶上似落而不舍的样子,温婉的香里蓄满留恋。村庄,笼着一层薄雾;田野,氤氲在一汪温馨的秋思里;茨河,缓缓东流,不舍昼夜。大堤挽着河水,河水润泽着生灵。

雨雾里,大堤上,站着一对儿青年。姑娘静若秋水,小伙儿

019

胸膛一鼓一鼓地说：

"你——辫子湿了！"

"不怨你！"

"那——怨谁？"

"雨——！"

小伙儿懵懂地挠了挠后脑勺……蓦地，他脱下自己的汗褂儿，双手一举，撑在姑娘头上，任自己光光的臂膀在油亮的雨里淋着。

"傻样儿！"姑娘脸红红地说。

水里的鱼儿尾巴一摆，游开了……

明月，当空起。桂花，荡漾起甜蜜、宁静的香。小院里，人们喝起自酿的小酒儿，畅想着冬日里一家人围着炉火的温馨……

《阜阳日报》

二〇一六年十月一日

茨河湾的冬天

茨河弯弯,带着春天的妩媚,荡着夏天的豪迈,呷着秋天的美酒,扮成慈祥的老人,沉思着、流淌着。河水清澈而幽蓝,怀揣深远的天空,遥想温存的冬天。都说冬天是漫长的、寒冷的。你看,那长长的、高高的堤坝,像一抹远山拦住了北来的寒风,像个巨人的臂弯,就那么一揽,村庄啦,小溪啦,小人儿啦,都在一片温柔乡里了。冬天哪里还是寒冷的?

太阳出来了,金灿灿的。窄窄的矮墙下,大人们晒着暖,孩子们玩起挤尿床(流行于皖北农村的一种儿童游戏)。挤出去的,从后面再挤上去,再被挤出来,干脆就耍赖,从前面挤,从中间往里拱。再不济,拉几个同病相怜的伙伴儿去叨鸡(流行于皖北农村的一种儿童游戏)!咱也另搞一套。身上汗津津的,心里快活活的,输赢不论,图的是一乐子。

最相宜的是水,从井里刚提上来,冒着热气。下地回来的牛,瞪着眼睛,美美地喝上一气,光想再来一气,被主人拴上了槽。它哞哞地叫着,好生依恋。娘用水洗洗菜,我用水泡泡手,手,红扑扑的、软乎乎的。小鸡儿高兴了,啄两口儿;小狗儿也来呱唧两下儿,也不渴,就图个捣乱。冬天暖和得很,帅气得很,像健壮的小伙儿,冒着热气;像姑娘羞红的脸蛋儿,甜甜的,让人不禁想亲一口!

太暖了,不好,不像个冬天。于是,天似乎很合我们的意,竟也冷了起来。我们便找来洋漆盒子,锥了眼儿,里面放上干柴棍儿,点着,拴个绳,提溜着,抡起来,青烟被画成一个个圆溜溜的圈。我们跳跃着,从女孩子们身边旋着飞过去,飞到学堂里,抱在手里,夹在两腿间,暖和。或者,提了洋漆盒子,飞到田地里去,顺着红芋茊条,去扒被人们遗漏的红芋,有时碰巧也能遇见大的。垒个灶,就着洋漆盒子点起火,盖上厚厚的红芋秧子。袅袅青烟爬上湛蓝的高空,飘荡在冬天的茨河湾里。

最妙的,是来场大雪。我们伸出手,痴痴地接,好半天,看看,竟什么也没有接着。可眼前分明下着雪啊!爷爷说:"傻瓜,都化了!""不傻,谁不知道呀?装的!"我们嬉笑着跑开……茨河,封冻了,冰儿,薄薄的,还不能滑!我们便等,终于,一拃厚了,可以滑了。我们雀跃着,蹦上去,可劲儿地蹦着,好像非要蹦个窟窿出来,好让那憋久了的鱼从窟窿眼儿里蹦出来。大河像爷爷的脊背一样结实,纹丝不动。站在河边,我们拾起坷垃头儿,使劲地扔着,看它咕咕噜噜地向对岸滑去。大地整个一片白,素素的。大河湾里静悄悄的,听得见雪花飘落的声音。人们关起门儿,躲在自家屋子里,围着炉子,烤着火,嗑着牙儿,剥着玉米棒子。爷爷在屋里支起架子,燃起两个大树枝,火苗噌噌地蹿起来。架子上吊着锅,锅里炖上辣萝卜、水豆腐、粉条和羊肉。爷爷拿出小酒儿,抿一口,夹上一块辣萝卜,再抿一口,夹一块老豆腐,再抿一口,才夹起一块羊肉,肥颤颤的,在筷子上跳着……

"给!"爷爷的筷子夹着那肥美、鲜香的羊肉送到我的嘴边儿,红着脸,喷着酒气说。

"不,膻气!"

"傻小子,那才叫个香!"爷爷粗壮的手指刮着我的小鼻梁,瞪着眼睛,慢悠悠地说,"膻——气,是羊的本色,土——气,是咱农民的本色!"

我忽闪着两只大眼睛,一会儿点头,一会儿摇头。

爷爷摸着我的后脑勺,笑眯眯地说:"大了,就明白了!"

爷爷微微醉了,他用两只筷子伴着奏,哼起了迷人的小曲儿。奶奶戴上老花镜,穿上针,引上线,给我缝着暖袖子。

掌灯了,几点昏黄的光被大雪映得格外明亮。村外,树林里,田野里,大河湾,雪儿静静地、簌簌地下着。大地盖了一层厚厚的棉被。孩子们偎在娘的怀里,吮吸的是童年的快乐。村庄斜躺在茨河的臂弯里,畅想着丰收时候的喜悦。

夜,平静。茨河湾,无声。

《阜阳日报》

二〇一二年十二月十五日

冬天的茨河湾之娶媳妇儿

冬天的茨河湾喜事多,最喜庆的是娶媳妇儿。

王绣花和东三里赵小宝的喜期就定在腊月二十八。

吉日已定,赵家老少爷们热议一番。请轿子、定响戏、邀厨师、买蔬菜,迎亲的主事儿、放炮的堂兄、抬嫁妆的一帮人……事无巨细,安排停当,只等迎娶新娘。

头天晚上,赵家门前响戏高奏,亲朋满座,热闹非凡。腊月二十八凌晨五时,三声喜枪响过,迎亲队伍聚齐。六时,鞭炮喜枪齐鸣,响戏在前,喜轿在后,一帮人抬上迎亲礼品,遇桥点炮,临水放枪。彩旗飘飘把亲迎,人马浩荡奔西来。

茨河湾的风俗,迎亲队伍西进东出。早有绣花家人在村西恭候,宾主见过,寒暄已毕,队伍鱼贯而入。全村童叟、姑娘媳妇夹道欢迎。

迎亲队伍到了女家府门,鼓乐鞭炮齐鸣,六响喜枪紧跟。轿停门前,赵家主事人被延引至堂前就座,其余人被请至旁侧饮茶。绣花早已是红装轻染娇如蕾,阑珊静依美如仙。纵郎君如

意,青春韶华,但永别了闺房的娇养、辞却了父母的呵护,怎不叫人泪水涟涟?姑嫂、婶子忙着劝说:

"那么近,抬腿就来,有啥不是味儿的?"

"就是,乐还来不及呢!哭个啥?来,盖上盖头,该上轿了!"

嫁妆已摆列就绪,上轿礼交给了绣花娘,绣花娘又转给了绣花。主事人递上请媒人亲家的帖子,握着绣花爹的手说:"亲家,我们把绣花当闺女待,您还有啥不放心的?"绣花爹握着那人的手,用力地按了按……

一声"起——轿——",鼓乐齐鸣,长鞭爆响。啊,别了,我的娘亲,我的伙伴,我的少女时代!……轿子啊,你慢些吧!轿夫们呀,你们别急着走啊!往日的路啊,你变长一些吧!让我再看一眼我的闺房,让我再亲一亲我的娘,让我再拉一拉同伴的手吧……绣花早已是琼露滴娇花,金莲滞玉步。

赵家人翘首以盼,连连派人去村头瞭望。漫地里早听到了唢呐声,但在岔路口又拐了弯儿,不是。又来一家,还不是,急得小孩儿们直跺脚,说:"新媳妇咋还没到呀?"

"来了,来了!"但见,村西一路人马踏尘而来,过得西塘,"乓——!乓——!乓——!"三声枪响!唢呐吹着《百鸟朝凤》,嫁妆被一溜儿大红喜字盖着,逶迤东来,足足有半里地长。大人小孩儿夹道相迎。枪炮声、唢呐声、欢呼声,声声相和。村庄上下,一片欢腾。

新媳妇儿来了！随着一声"落——轿——",轿子正对着府门稳稳落下。喜枪六声连响,接着又是一个六声连响,鞭炮鼓乐齐鸣,五彩烟花齐飞上天。早有一嫂一妹,守在轿旁,挑帘将下轿礼递进轿里,说:"新娘子,到家了,下轿吧！"主婚人一声高唱:"有请新娘——"府门内外,大家齐崭崭地看着轿门儿。但见绣花抬轻腕,举苗步,红装一身显煊赫,莲步轻点摄人魂。当院儿早已摆上香案。案前,两把交椅,赵氏夫妇端坐其上。

看新媳妇的说道:

"瞧,新媳妇真俊！"

"就你能！隔着盖头你能看见？"

"你瞧那身段儿、步态！"

"咦——你看看,多——金贵！"

"啥金——贵？那叫尊贵！"

主婚人高喊:"各位宾朋,两厢站立,赵小宝、王绣花二位新人的结婚庆典即将举行,大家请安静！"接着便是一拜天地,二拜高堂,夫妻对拜。之后便是激动人心的新娘改口仪式,原来叫叔叫姨,此刻要在众人面前叫爸和妈！且每叫一声,二老就要掏改口费一次。婚礼上的所有仪式两亲家都是提前沟通好的,唯有这一项不在沟通之列。叫一声掏多少,叫几声,全仗新娘的金口。但见绣花双膝跪地,上前娇滴滴唤一声爹娘,儿今少叫一声无薄意,只盼从今视己出,少掏一次改口费,平时多给零花钱!赵氏夫妇激动得泪花闪闪。

主持人高喊:"新郎新娘送入洞房!"新郎牵了新娘的酥手款款上得楼来。两个嫂嫂将麦麸撒向新人,寓百福之意!又将红枣、花生、桂圆抛入空中,寓意早生贵子!新房里,新娘端坐在牙床之上,两位嫂子,一人执梳,一人捧镜,于新娘头上比画着说:"一梳(方言,话 shuǒ)二梳,生的孩子一大窝;一拢二拢,生的孩子一大搂!"直说得新人羞红了脸。大人孩子都往楼上挤,就连七旬老翁三大爷也要一睹新娘的芳容,豁着牙自嘲地喊:"三天不分老少,我也要看看!"惹得哗然一片。

楼下酒宴正酣。宾朋满座乐不休,觥筹交错话盛世,切盼来年贵子生,与君同席庆丰收。

村庄喜气升腾,茨河东流弯弯……

《颍州晚报》
二〇一五年三月四日

茨河湾的冬天之正馍

我很佩服老祖先的智慧。他们算出365天为一年,给辛苦劳作的人们一个庆祝丰收、舒缓筋骨、犒赏自己的节日——年。

年踏着节拍来到人间,过了腊八就是年。二十三祭灶,俗称小年;二十五、二十六蒸正馍,包包子;二十八、二十九烀肉,炸馓子;三十(除夕)贴门对儿,包扁食(饺子),初一起五更,过大年;初五过小年;十五闹元宵。

过年的第一大仪式就是蒸正馍。正馍是一直吃到正月十五的馍,所以叫正馍。正馍是人们对自己一年辛劳的慰藉,自然要用纯白的好面(小麦面)。正馍要白,要大,要光滑,要暄腾,预示着来年生活的美好。所以,蒸馍的高手往往会被各家请去做大师傅。

我娘是蒸馍的高手,是有名的大师傅。

蒸馍从和面开始,要先烫面,然后饧面、扎面。烫面就是用开水和面;饧面要用被子捂着,目的是保暖,面发得好;扎面,至少要三次,扎得越勤,蒸出来的馍越柔韧,越有嚼劲儿。和面既是技术活,也是力气活。和面很早,凌晨三点,母亲就开始和面。小时候,母亲和面,我给她掌灯。昏暗的土墙上,投映着母亲劳作的背影。那一刻,我觉得母亲是多么温馨、慈爱、高大呀!大了,我和面,母亲为我掌灯。母亲的身影略显佝偻,指导我的动作也没有年轻时那般利索,可是,我仍然觉得她是那么慈祥、伟大。

接下来是掐剂子、揉面、做馍。剂子,要掐得一般大;面,要揉得入贴、柔韧;馍,要做得圆实、光滑。活儿在手上,拿捏在心里。上锅了,箅子要两层,一般垫上抹布,讲究的铺上粽叶、荷叶——这样的馍带有天然的香气。盖上麦茬葶子编的簰子——闭气、保温、透气都很好。烧锅,可不是蛮汉干的活儿,关键要掌握火候。锅要烧得半开不开才能壮(上)馍,馍壮上后,需等一刻钟才能真正烧锅。火要徐徐地上,慢慢到大火猛烧,圆气后要渐烧渐熄,直到熄火。熄火后,要静候一袋烟的工夫才能掀馍。

揭开簰子的瞬间,一股面香和着叶子的清香迎面扑来,弥漫在整个灶屋……

馍被一个一个恭敬地请出锅,整齐地码放在案子上。看着白亮、圆实、光滑的正馍,女人们心里美滋滋的。是啊,看着自己辛苦雕琢的艺术品,谁不打心眼儿里高兴呢?其实,农人们很容易满足,辛苦换得等值的回报,这就是他们简单的诉求。

有一种特殊的正馍叫大馍。

大馍的特殊之处不单单是大,它是神圣而庄严的礼品,一般人是不配享用的。上供敬神用大馍,儿媳妇给公婆要送大馍,出了门儿的闺女要给爹娘送大馍,所以闺女在皖北俗称"大馍",再就是晚辈给德高望重的长辈送大馍。如此重要的用场,决定了大馍的蒸制非同凡响。大馍是在正馍之外敷上一层面,个头是正馍的两到三倍,甚至更大。顶端盘上雕刻成吉祥图案的面片,最后,插上一颗红枣,像极了清朝的官帽,寓意再明显不过,那就是升官发财。

爷爷奶奶德行好、辈分高,我家的亲戚又多,年底,送大馍的自然很多。奶奶早就腾出一个泥坨子,专门盛大馍。奶奶没文化,却记忆超人,小山一样的大馍里,她能清晰地分辨出每对儿大馍的出处。奶奶是品评高手,没事儿的时候,她总会捧起一只大馍,端详着说:"这个好,大、暄!"又拿起一只,"嗯,这个更好,白,圆!"北庄的表婶子年年问奶奶:"大姑,您看,今年的大馍,我蒸得咋样?"奶奶笑吟吟地说:"中,一年比一年好!"表婶子的日子如她蒸的大馍一样,果真一年比一年好。大家争着给奶奶送大馍,争着让奶奶品评,都说,老奶奶评过的,日子会越过越旺!奶奶真神了。

奶奶的大馍出了正月也吃不完,它们身上长满了绿茸茸的细毛儿。奶奶把它们一个一个拿出来,擦擦,搁太阳底下晒晒……大馍有个优点:能放。开饭的时候,我总是盯着爷爷手里的大馍。爷爷总会掰一大块给我,自己只留一小块。他左右看看,警觉地道:"别让你奶看见!"

  爷爷奶奶早就仙逝了,爹娘怕他们孤独,也跟了去,把牵挂和思念都留给了我。城市的喧嚣不能消除我内心的孤独。我时常回到故乡,找寻久违的乡间气息,重温儿时的烟火味道。乡间的土路都铺上了水泥,低矮的土墩子变成了洋楼别墅,有的院门前还停放着小轿车……乡村早已变样。可是,行走在村道上,我却听不见孩子们天真无邪的嬉戏打闹声,看不到人们迎接新年的沉稳从容与欢乐喜庆,闻不到弥漫全村的香甜的正馍味儿……

  这些不禁勾起我对烂漫童年的思念,对青春少时的记忆,而于记忆深处最难以忘怀的,当数那白嫩、圆实、暄腾、香甜的正馍……

二○二四年一月四日

年味儿

年,是我们久久期盼的。

过了腊八,似乎还不见年的味道,学校也还没有放假的迹象,真叫人焦躁。

终于到了小年,但年味儿还是不足。

挨到腊月二十五,婶子大娘们开始四下里借蒸馍的箅子、箅子、馏布子。她们半夜里就和起了蒸馍的面,天明,顶上蹲着红枣的白生生的年馍已经整整齐齐地摆满了笸箩。我们被约束着,不准擅入厨房,更不准随便讲话,否则,不仅馍会蒸得不够暄腾,似乎于新年也是不吉利的。我们便窥视着大人们的虔诚与矜持——据说,那是做给无处不在的神灵们看的。神灵?——真的有——吗?——真的灵验——吗?与我们——相干吗?我们谋划着,趁大人们不备,掐上一小块白面馍迅疾地塞进嘴里,快速地跑开。爷爷是慈祥的,我们便有了几嘟噜小花炮。花炮裹着花衣,很是诱人。我们揪它们下来,一颗一颗地放,一直放到腊月二十九。二十九是煮肉、炸东西的日子,村庄荡在肉香里。大年三十上午,大人们赶罢狗撵集(皖北习俗,农历最后一个集称狗撵集,寓意急急慌慌地备年),请了神、贴上门对子(春联),下午便是包扁食(五更里吃的饺子)。我们便一嘟噜一嘟噜地燃放干爹送来的小炮,沉浸在年的味道里……

我们终于获得了释放的自由。其实,释放自蒸馍那天就开始了。母亲嗔怪地说:"这几天,叫你疯,过了这几天,我再收拾你!"说也白说,我想,过了这几天,还得走亲戚,忙着待客,您哪有机会收拾我?

那时,虽然日子穷崴崴的,没有电视机,更谈不上有春节联欢晚会,但我们还是兴致勃勃,彻夜不眠。

守岁,从傍晚就开始了。大人们忙活完了,串串门儿,嗑嗑瓜子儿,计划着来年的收成。村庄,祥和静默。茨河,像位老人,捋着胡子,抚摸着河湾里的生灵,缓缓东流。我们穿了新衣,通体变得无限大,村道也似乎窄了许多。除夕的夜,带着繁星,静静而来。我们挑着灯笼,漫洒童年温馨的时光;手电筒直射神秘的夜空,光柱里爬满少年的梦。平日里的游戏,今夜,似乎太过平淡。我们便相约挤进谁家的牛屋,摊开报纸,摆满从各家偷来的肉、鱼、馓子、丸子、麻叶儿、花生仁儿、香椿头儿……酒,被胆小的伙伴大放给忘了!始作俑者的我只好挑着灯笼回家偷酒……酒来了,大家四下里觑着,说:"醉了!咋办?""大过年的,醉就醉了!大人们醉得,偏我们醉不得!"于是,就着酒瓶子,大家喝开了。开始还把持着,少顷,便大意了,不久,竟起了醉意。不大会儿,我便醉去。迷离间,我见他们偷来醋灌自己,说:"灌了醋,醒得快!"记忆中,那酒很香,那夜很美。

午夜刚过,远近的鞭炮就炸开了。醉了酒的我,炮,终究未能拾成。清晨,空气里飘荡着沁人的硝烟味儿。路口儿,他们炫耀起了各自的战利品——裹着红纸皮儿的炮,一堆儿一堆儿地撩我……

年味儿里,我们渐渐长大。

流逝的岁月里,我忙碌于喧嚣的小城,踟蹰在广告横飞的街巷,那浓郁的年味儿渐远了。眼前升腾的礼花中,我听出了现实的躁动与癫狂;儿时清脆的爆竹里,我听到的是童年的安静与闲适。

女儿一脸的迷茫,问:"现在咋没有那样的年味儿啦?!"

我说:"也许,这就是'进步'吧。"

《阜阳日报》

二〇一五年二月二十八日

雪的味道

天气预报说这两天有雪。可是,等了几天,连个影儿也没见着。

中午时分,妻子惊喜地喊:"下雪了!"

我即刻跑向阳台。哇!久违的雪,真的来了。它们洋洋洒洒、浩浩荡荡地从天而降,来得那么自信、那么专注、那么豪放,像奔赴一场盛大、庄严的约会。

我张开双臂去迎接它们。它们飘进我的掌心,凉凉的,瞬间不见了。我疑心它们害了羞,又去接,它们又不见了。我只好捧出帽子去接。它们不再娇羞,沾在帽檐儿上,一朵一朵的,带着棱角,冰清玉洁;它们扯成串儿,鹅毛一般,轻柔绵软。屋顶上全白了,树枝上开满了雪绒花,原野上的村庄变成了奔跑的蜡像。原来,雪是有型儿的。田里的麦子、脚下的小草、裸露的大地……都盖上了厚厚的雪被,不然,这严冬该怎么过呢?雪,是有温度的。雪是有声音的:悠然飘落,是亲吻大地的呢喃;踏上去,咯吱咯吱响,是心跳的回音;融雪成溪,是春姑娘的脚步声。

雪是有味道的。

雪的味道有时候是冰冷、苦涩的。那年,我还小,也就五六岁吧。雪一直下,下得很大,大得连爷爷都说没见过那么大的雪。房顶上积了厚厚的雪,房檐下挂着长长的冰溜,树枝上裹满坚硬的冰甲。一天夜里,一根粗大的树枝突然断裂,断裂的树枝压垮了我们家的房梁,大梁断了,房子塌了!父亲连夜找人卸树枝,天太冷,房子没法修,只能等天晴。塌陷的地方只能用秫秸秆盖上,秫秸秆上再蒙一层塑料布。雪下得很厚,化了冻,冻了化,反反复复长达半月之久。在滴水成冰的大冬天,我们夜夜都被冻醒。那时候,人们常用"跟猫咬的一样"形容极寒的天气,幼小的我第一次领略到酷寒的滋味,尝到了生活的苦涩。现在,我的冬夜已不再漫长,我的生活亦不再难挨。艰难困苦的日子让我对严寒有了刻骨铭心的记忆,随着岁月的流逝,这种记忆愈加清晰、浓烈。我时常拿过往的严寒来警醒稍感舒适的自己,不让自己迷失在春天般的冬日里。看见寒风里还在劳作的人们,我的内心总是充满敬意。我想,要不是迫于生计,谁会在风雪载途的天气里奔波劳碌呢?

雪的味道有时候是恬淡、释然的。茨河湾里,若论干活,爷爷绝对是把好手。年轻时他一天能挖一口井,一上午能割十亩麦,85岁高龄还能扛锄下地。我痴痴地问爷爷:"累不累?"爷爷捋着胡子,笑着说:"没啥!"爷爷年年被评为县劳模,奖状贴满整个后墙,我艳羡地问:"乐不乐?"爷爷摸着我的小脑瓜,乐呵呵地说:"没啥!"2007年,大雪天,爷爷看了他生命中最后一场雪,合上了睁了105年的眼睛。我从省城急奔回家,攥着他冰冷的手,宽慰地说:"歇歇吧!"爷爷仿佛坐了起来,看着我,悠然道:"没啥!"我的泪一下子涌了出来,趴在爷爷身上号哭不已……爷爷穷苦一生:他自幼丧母;稍大后给地主做长工;上淮海做过支前民工;父亲身体一直不好,爷爷不仅要照顾生病的儿子,还要扛起家里所有的重活。但是,爷爷从没喊过累,从没抱怨过,从没认过输,天大的事儿,在他面前都是"没啥"。"没啥"是爷爷对这个世界,对他的时代,最简短、最有力的回应!爷爷没有文化,从没有花言巧语,更不懂什么精神,如果非要说有精神的话,"没啥"就是爷爷生命的要义,就是他的精神。多年来,我们家就是靠着爷爷的"没啥"生活在茨河湾,"没啥"帮助我们走过无数沟沟坎坎……爷爷走了,在漫天飞絮的大雪天,他带着微笑,带着恬淡与释然。

女儿发来微信说,在做博士论文,不容易,有点儿累。

我回复:"没啥!"

女儿发个"?"。

我回复:"你太爷的话,恬淡、释然"。

女儿发个"!"。

我回复道:"雪的味道……"

二〇二三年十二月二十一日

春华秋实

椿芽儿

春二三月,你别了小城,沿着一条煤屑路一直往西,远远地就能看见一大片一大片满眼的粉红色,似朝霞般灿烂,如彩云般轻盈。

那是樱桃花在盛开。樱桃花堪称春天第一位俏女。她是先开花,后发芽,再长叶,而且每每是满枝满树地开,敞开喉咙欢唱着开,肆意着开,毫不吝啬地开。花谢了,果儿也就珍珠般缀满枝头,诚实得像个北方的农民。

香气由隐约的丝丝缕缕,到渐渐地沁人心脾,再到迎面扑鼻而来,你也就到了花前树下。抬起头,头顶着的便是那花儿了;俯下身,脚边便是那嫩绿的浅草。而与这嫩草红花之间,流淌着一股别样的清香,那清香好像蜡梅初吻时的奇妙,又恰似兰花初绽时的清逸。那便是椿芽儿的香!椿芽儿悄然枝头,高大的香椿树点缀在樱桃花的云彩里,夹河两岸,绵延二十余里,这便是久负盛名的黑油椿——贡椿!县志记载,早在唐朝,椿芽便作为贡礼被马不停蹄地送往长安;明万历二年(1574年)已形成"每届春季,各地游人都到太和尝鲜(指尝椿芽)"之风;清朝乾隆皇帝钦点黑油椿为御用贡品;道光年间,椿芽已远销到东南亚各国。

看来,香椿果然名不虚传。

于是乎,我们便三五人相约,或驱车,或骑车,或举步,来到花前树下,坐在露天的桌前,沽一壶酒,临着顺河的清风,沐着鸟语和椿香,享受难得的清闲。老板娘端上一盘鲜美的椿芽拌豆腐。呷一口酒,啜一口椿芽的清香,顿觉气荡了,肠回了,那才叫个舒坦!

椿树一般高大,需绑了竿儿缠了钩儿才好摘下嫩芽儿。摘香椿的人仰着脸,双手擎着竿儿,眼瞅累了,揉一揉;脖子僵了,扭一扭;胳膊酸了,伸一伸。看他瞅准了,拿钩儿拢住一骨朵芽儿,揽它入怀,把钩儿滑到骨节处,再稍微一带,啪——那芽儿就飘了下来。老半天才摘斤把,想来椿香不易得!

摘下了椿芽,取一小把,用清水洗,用开水焯,用刀细细地切,最相宜的是那白生生的水豆腐,切成方寸的小块,铺在盘底,撒了盐,加了生抽,上面随意地撒些椿芽,滴不滴香油倒也无妨,因为椿芽本身就有油,而且还透着清香。这可是道有名的佳肴——椿芽拌豆腐。

第二道有关椿芽的名菜,即椿芽炒鸡蛋。最好是用土鸡蛋,蛋黄的浓香和椿芽的清香纠缠在一起,馥郁的蛋油和清雅的椿油和在一起,那简直是绝配,盛在盘中,捧在手里,吃在口中,香在心底,那般熨帖!

椿芽可以摘两茬,再多就不行了,会伤了元气。头茬摘了赶个早市,卖个好价。像前面的两道菜就用头茬,二茬量大了,也就没那么讲究,可以腌制起来。将椿芽洗净、晾干,放在坛子里,一层一层地摆,摆一层撒一层盐,盐不怕多,少了反而不好,容易坏。

腌制的椿芽可以吃很长时间,对付一年没问题。下地干活,拿一块馍,夹几根椿芽,边走边吃,活儿轻松多了。

夏日里,捞个凉面条,椿芽拌粉皮,滴上点香油,倒点醋,一勺盖在凉面上,拌一拌,刺溜刺溜地吃着,嘴边闪着一层油光。那是我幼时的最爱!

椿芽还可以治病,尤其是水土不服。太和人到外地,遇上拉肚子、头晕之类,带上点椿芽,泡在开水杯里,咸咸的,散着沁人的幽香,一连喝上几杯,连椿芽根儿也吃了。伴着那咯吱咯吱的咀嚼声,你的病也就好了,乡愁也随着那袅袅的清香散去。对感冒也管用,泡上三两根,喝得冒了汗,香气从鼻子眼儿钻出来,感冒也就好了。外乡人自然体味不到太和人的香椿情结。

如今,城里的几家食品厂均有包装精美的椿芽大批量外销。

宫廷的贡品,早已是寻常巷陌的佳肴。

不觉中,那丝丝缕缕的清香伴着樱桃的甜味儿和各种花儿的香气,似彩蝶般飞舞着,渐入我的怀中……

《阜阳日报》

二〇一〇年二月二十六日

太和板面

"喂,老伙计,我 12 点半落合肥,下午乘高铁,3 点钟可到太和。"

"我拿什么招待你呢?"

"别麻烦,一碗板面、两个鸡蛋、一瓶啤酒足矣!"

是啊,一碗板面。这是我们高中时代同学之间偶有喜事,才用以庆贺的最隆重的佳肴。

老友十几年前赴日留学,如今获得双博士学位,准备回国发展。十几年不见,他依然乡音未改,情结未变,就连当年的菜谱也记得一清二楚。

那时,整个细阳城就一家板面馆,在老电影院北侧,说是馆,也只是用塑料布搭起的一个棚子,只能算作一个"摊儿"。老板个儿不高、微胖,整天被炉火烤得脸儿微红,成天笑呵呵的。这板面不知是谁所创,但在我的记忆中他是第一人。

十来个小桌子、二三十个小板凳、一口大锅、一个案板、一个卤锅子,这就是全部家当,简陋至极。食客却很多,尤其是冬天,一拨接着一拨,有时棚子外边还等着五六个人。不过也等不久,几乎是立等可取。老板娘的手艺,那叫个巧。她将9个或12个面剂子摆在一起,码齐了,用尺把长的擀面杖,迅速而均匀地擀两下,然后两只手飞快地拾起面的两头,捏紧了,在宽大的面板上连摔带打地啪啪几下,面就由圆滚滚的剂子变成大拇指头宽、中间薄两边厚的二尺长的板面。摔好的板面被老板娘麻利地撂进翻花的大锅,锅边的老板顺势就接上了火。白生生的板面在锅里翻着花,老板用大勺和笊篱在锅里三焯两焯,水开了,加勺凉水,撒上青菜,又开了,再焯一下,然后用笊篱捞起板面放在大勺里,再倒进黄色的大瓷碗里。老板娘端起碗,舀两勺卤汤一浇,板面就成了。

　　然后,你就端坐在位子上,先拿上筷子,再看一下碗中那圆圆的鸡蛋,那透着羊肉鲜香的肉块,那撩人的被炸得黑里透红的辣椒,再美美地倒上一股子陈醋,再剥上两头大蒜。于是,热气上来了,香气扑来了,兴致也"蒸"了上来!你拿起筷子,先挑上一根青菜,细细地嚼了,腮帮子两边酸酸的,味蕾渐渐打开。接下来要吃第一根面,你按捺着食欲,从中间挑起,面长长的,透着亮。你只是看,并不打算立即开吃。你在审视,在思考,审视面的晶莹透亮,思考面的来之不易,寻思从哪里下口更有韵味。你终于禁不住馋虫的撩拨,张开大嘴,从中间咬上一口,将一根面咬成两截儿,这样就多出一根面来。第一根下去,你那绷了很久的矜持,早被攻得稀里哗啦,一泻千里。第二根时,你只迅速瞟一眼,还不知有多宽多长,面早已被吞下,烫得肚里发了热。第三根、第四根,已经是不抬头地吃,且额头上早已沁出细细的汗珠儿,如果是辣的,汗早该流了下来。吃到第十根,你可以歇一歇了。这时,抬起头,抬起眼,巡视一下棚内,你会惊奇地发现,人们都在专注一件事——吃。他们吃得钟情、专一、沉迷,像进行一场战争,像攻取山头,像夺取碉堡……那场面不能不令人赞叹、令人艳羡、令人折服。令人庆幸的是,你就在当下,你就在现场。接下来,你就要安步当车地慢吃仅剩的那两根面。然后是羊肉,一块一块地吃,如数家珍地吃。那浸透了汤汁的白生生的鸡蛋,应是最爱,自然要留在最后吃。先咬上一口,黄澄澄的蛋黄被一圈白玉包裹着,端详之后,你便很干脆地三两口将其干掉……最妙的是那半碗汤,那冒着热气,裹缠着醋香和缕缕羊肉的鲜香,还有二十多种香料的混合味儿的,咸咸的、辣辣的卤汤,那才是板面的精髓、板面的灵魂。你捧起碗,馋馋地把它一饮而尽,抹一把嘴,长长地舒口气,喊道:过瘾!

那便是初时的板面,那便是初时的记忆,那便是初时的情结。

后来,我们都上了大学,到了南方,心中挥之不去的总是那滋润的板面香。几位南方的室友终于耐不住我的撩拨,随我尝到了梦寐以求的板面。尽管辣得直叫,但还是吃得大汗淋漓,酣畅之至。板面,夏天吃汤有点儿涩,冬天吃最佳,虽是夏天,但他们依然余味无穷的样子。

其实,那时的板面馆早已布满小城的街巷,又有了羊脊骨、炖羊蹄儿、烫青菜、豆腐干儿之类的小菜,最是极佳的搭配,原始的啤酒外,又添了小白酒。于是,食客也由原来的单人独骑换成了如今的三五成群。大家点几个小菜,人人面前一瓶/杯小白酒,美美地喝了,晕晕的,再来上一碗热辣辣的板面,活脱脱一个神仙。大酒店里是远没有如此神韵的。

板面,还可以解酒。太和有句俗语:"何以解酒?唯有板面。"在别处喝得醉意蒙眬,偶遇一处斜巷里的板面馆,高喝一声:"老板娘!来碗板面!大碗!"

随着一声"好嘞",醉意已去了一半,再添上浓浓的醋香,吃了面,喝了汤,出了汗,谁还说你是醉汉?

家乡人若此,更哪堪远方的游子。此刻,他的涎水,早已洒入太平洋。

《阜阳日报》

二〇一〇年四月二日

薄荷清香

我的家乡盛产薄荷。据说全世界的薄荷有三分之一产在中国,中国的则有三分之一产在皖北,而我家乡的薄荷产量占皖北的百分之八十。

幼时的我只知道在薄荷地里玩耍,弄得浑身麻凉凉的,再一头扎进河里洗澡,可痛快了。有时玩得兴起竟恶作剧地将薄荷叶揉在手里,拿汁儿抹在伙伴的眼上,看他流着泪找我爹告状,自己却逃得远远地偷着乐。夏夜里,我们总会拉块破席,睡在薄荷地旁边。风儿裹着薄荷的清香徐徐而来,我们伴着童谣,甜甜睡去……那时我曾痴痴地想,大人们为啥种那么多薄荷呢?

记不清是哪年夏天,一天午后,我病歪歪地躺在娘的怀里。娘抬手一摸:"乖,我儿发烧了!"娘让我斜靠在大枣树上,走进灶屋,在锅里倒上一瓢水,架上火,烧开。娘从鸡窝里掏出一枚鸡蛋——那是芦花鸡刚刚媸下的。娘把鸡蛋在大瓷碗上一磕,揭开锅盖,拿起木勺将滚烫的开水浇到碗里,白生生的蛋花便浮了上来。娘又跑到大门东旁,摘下几片薄荷叶,揉了,撒在碗里。

娘端着鸡蛋汤,笑着说:"喝了,发发汗,就好了!"我晕晕乎乎地坐起来,双手捧着大瓷碗。看着白嫩嫩的蛋花和青翠的薄荷叶儿,闻着鲜美的蛋香、清爽的薄荷香还有馥郁的麻油香,我一下子清醒许多。看着娘,我眼里闪着泪花,我知道娘在碗里滴上了金贵的香油(麻油)。娘说:"烫,慢点儿喝!"娘一直站着,直到我把碗里的汤喝个精光。娘把我抱进屋,放在床上,盖上被子,说:"汗出来,病就没了。"娘的法子就是灵,下午,我就跟伙伴们野了起来,疯进茨河湾,逮鱼捉虾去了。母爱中,我第一次知道,薄荷是可以治病的。

薄荷还可以熬成油。薄荷油金贵得很,最贵的时候一斤要卖300块钱呢! 茨河湾里,家家都种薄荷。比起麦收,熬薄荷可要忙活多了、热闹多了。熬薄荷要趁热天,天越热,油出得越多,因此,七月是熬薄荷的季节。割薄荷,要掐准时机,最好在午后一点钟左右,这个点儿是一天中最热的时候。薄荷割下来后要晾晒,晒个半干不干再上锅,这时出油率最高,也最省柴。一锅薄荷能熬多少油,除了看长势,剩下的就看烧锅的本事了,所以,好的烧家儿被大家请来请去,吃香得很。

最神圣的时刻是控油。所有人屏住呼吸,睁圆眼睛,看主家小心翼翼地将亮晶晶的薄荷油倒进油桶,生怕洒漏一滴。那油似乎不是注进了油桶,而是钻进人们的心坎儿里。大家看着自己辛勤的劳作变成满桶满桶的薄荷油,心里别提多舒坦啦!油终于控完了,主家拧上桶盖,外面又裹了两层塑料膜,用单子盖了,蹑手蹑脚地拉回家,再慢慢称称斤两。好像那不是油,是血,是汗,是殷殷的期盼。

各家都把油深深地埋在地窖里,漫长的冬日里,大家围着火炉议论着油价的涨势,企盼开春能卖个高价。一年不行,就再等一年,反正闺女不等着出嫁,小伙也不急着娶媳妇,急啥?家道不济的,等着称盐或给家里人看病的,半夜里倒出一点来,拎到集上,含着泪卖了。那年,我考上了县城的高中,爹半夜里把那六斤薄荷油请了出来,卖了六百多元——这些油,原本准备给二哥结婚用的。至今想来,我心里还酸酸的。那时,我才明白,大人们为啥要种那么多薄荷了。

薄荷最盛时,县里办了一家薄荷脑厂,后来不知怎么停产了,地里青青的薄荷也被绿油油的桔梗代替了。

但我心里永远也挥不去那薄荷的清香,正如那挥不去的童年。

《阜阳日报》

二〇一〇年九月六日

樱桃

城西的沙河两岸是两大贡品的生长地,久负盛名的黑油椿和樱桃就生长在这里。

每年樱桃花绽放的时节,恰逢香椿发芽。顺河的轻风里,弥漫着樱桃花的甜味儿和椿芽的清香,还有新草的鲜味儿。这个时节,老友总会邀上几位知己到他家里小坐,他家就住在沙河东岸。宴罢,我们便徜徉于花前树下,吮吸着沁人的清香,谈笑间清风徐来,仿佛满树的花儿落了,枝头挂满了肥硕的樱桃……

阳历四月间,樱桃熟了。

远远看去,大堤上一片火红,像云像霞。一阵风来,那云霞飘动起来,翩翩然游于天边。来到大堤上,步入樱桃林,举头望:樱桃悄然立在枝头,它们一簇簇紧挨着,一团团拥抱着,跳跃于嫩叶当中,像串串玛瑙将枝头坠弯。随手拉近一枝来细细瞧着,那樱桃粒粒橘红,颗颗饱满,调皮地瞪着眼睛看着你,仿佛在说:"你是谁?我怎么不认识你呀?"

樱桃的采摘期不长,也就十来天。这段日子里,最忙的当数果农。为了赶上早市,卖得好价钱,果农们起个大早儿。他们将樱桃一颗颗摘下来,放在篮子里。城里人还没睡醒的时候,他们就已经将篮子摆在街口的显眼处了。樱桃们躲在篮子里,忽闪着晶莹的眼睛,怯生生地望着陌生的街面,看着衣着光鲜的城里人。摘果子是有讲究的,尽量挑熟的摘,一次摘得不多,也就两三斤。果农们辛不辛苦,天上的星星最清楚。

樱桃园是对外开放的,谁都可以摘,谁都可以采。于是,你提上竹篮,攀上花梯,想亲手摘下一颗,尝尝这早春第一颗樱桃的美味。你瞅准了,伸出手,将一枝缀满樱桃的枝条慢慢地牵到怀里,于挤挤挨挨的一排里选中一颗——仅一颗,轻轻地摘下,捧于掌心,细细观看。她外皮橘红,汁液透着橙黄,乳色的籽粒含情脉脉地看着你,害羞一般。她像颗水晶,静静地、安适地躺在你的手心,静怡如清晨的露珠,娇羞若少女的纯情。这般模样,这般境遇,你怎么忍心吃呢?然而,你是奔她来的,又岂能放弃?你吻着她入口,用牙尖儿那么一碰,只轻轻地一碰,唇齿之间便溢满酸甜与淡淡的酒香。于是,你便满足了,得宠一般,仰起头,眯起眼,抿着嘴,舌尖儿还在蠕动,心儿却缠绵在那香里。你不禁惊叹道:"著词但见樱桃破,飞盏遥闻豆蔻香。"贡果的味道果然非同凡响。

樱桃成熟的日子里,沙河两岸酒幡招展,游客云集,一派热闹景象。其间自然少不了吟诗作赋的文人和泼墨弄毫的丹青,他们的到来多少为喧嚣的盛景装点些雅集的古韵。

其实,古人对樱桃的喜爱远不啻今人。三千年前的《礼记》早已有文:"仲夏之日以会桃先荐寝庙。"这里的"会桃"即指樱桃。《颍州志》记载:樱桃以"沿沙河两岸二里许最佳,往时有桃脯贡,阜阳、太和六年轮贡一次,称上品"。可见,人们对樱桃的喜爱以及将其当作贡品的历史相当久远。

对历久弥新的东西,我总是心怀敬意,从来不敢轻视、慢待,更不用说加害了。

小时候,我们家种了一棵樱桃树。每年她都早早地开花,花儿开得满树粉红,一片繁盛;果子缀满枝头,又肥又大。我总是拿着竿儿驱赶那些烦人的鸟雀……有时竟对着被打落的几颗樱桃骂自己太笨。

后来,为了生意,父母搬到了街上,老屋日渐荒弃。不久,三哥把那棵樱桃树挪到自己的院子里。不承想,她只开了一次花,就死了。为此,我嗔怪了三哥好几回。三哥明知理亏,便摊了手说:"谁知她这么娇嫩?"

是啊,她本孤独,岂不更娇嫩吗? 这时,我猛然想起,即使到生命的最后一刻,她也依然竭尽全力完成最后一次绽放。那最后一次谢幕,虽然没有亲见,但我深信,那一定是一场繁花盛宴,依然那么耀眼,那么辉煌!她诚实得像个农民,至死也没有保留一丝一毫的华彩!人们只知"春蚕到死丝方尽",殊不知,樱桃也有这般的傲骨和侠义,生命之于她是无悔的!

朋友酒酣兴起,非要拉我们去看看他规划中的新宅。新宅选在樱桃林深处,确是佳境,只不过需要砍掉几棵樱桃树。我即刻怜惜起她们的命运并恳请那位朋友一定要把她们移栽到别处且保证存活!看我那副认真劲儿,朋友只好答应。

回来的路上,看着路旁耸起的塔吊,我陷入了沉思。

《阜阳日报》

二〇一一年五月十六日

老枣树

皖北民谣里唱:"七月的小枣,八月的梨,九月的石榴笑嘻嘻。"

奶奶的院子里有一棵老枣树,听爷爷说,饥荒年月,这枣树曾救过许多人的命。我幼小的心灵便受了震撼,不禁对她肃然起敬,而且随着年岁增长,我越发对她敬重。

三月里,枣树就发了芽儿,由嫩黄到嫩绿。四月间,满院都被她罩了,如一把巨伞撑起一片绿荫。农历七八月间,枣儿便可摘了。熟得早的就红里泛着紫;稍晚一点的,就一边青一边红;再晚一点的,还青青地瞪着眼睛,嫉妒地看着姐妹们穿着盛装出嫁。枣树很高大,哥哥们需爬上去,近的,用手摘,边摘边吃,急得我在下面流着口水叫喊;远的,就拿了竹竿,一竿儿下去,下面便扑扑嗒嗒落了一地。一个早上,竟收了两大簸箩,尖尖地堆了,摆在院子里,像两座小山——不,是金山,还闪着光。爷爷这时总会在堂屋门口点上一炷香……是感恩,还是祈祷?我是无暇顾及的,我只惦记着那枣儿的香甜。

那枣儿个儿不大,椭圆形,圆溜溜的。挑一颗大的,紫红紫红的,鹌鹑蛋般大小,泛着光,撩着你。放在掌心儿搓搓算是洗了,拿手捏了,端详一番,嘴唇儿微微张开,牙窈窈私语般小心地啃上一口,咂一咂,一股甜香便顺舌而去;嗅一嗅,一股新木的清香顺喉而下;品一品,那香味又漾漾而上,顺着鼻孔袅袅而出……第二口,咬下去,拿舌尖儿挑出枣核,嘴里回旋着果肉,咯吱咯吱地嚼了。第三口,便全然抱在嘴里,嚼得更欢,嘴角早泛起了枣末儿。有时,我一口气能吃上二三十颗,腮帮子累了,就歇一歇。奶奶总笑着说:"傻孩子,慢点吃!"

枣,还可以煮着吃,稀饭锅里下几颗,甜丝丝的,美美地喝上一碗,那才叫个滋润!爷爷总要挑上几捧好的,放在坛子里泡酒,那酒,不到过年是不能动的。余下的就晾干,枣红枣红的。晚间,累了一天,乏了,爷爷总爱就着枣儿喝上两盅,晕了,便哼起小曲儿。奶奶戴上老花镜做起了针线活,半天才吃掉一颗——她的牙齿都被岁月掠走了。我的书桌上,总会有几颗鲜亮的红枣儿——那是娘放的,她知道我看见它们我就不困了。

枣儿熟的季节,娘总是端着大瓢,邻里邻居,每家都送过去。太少了,不济事儿,半晌就没了。伙伴们便巴结起我来,大几岁的也跟在我的屁股后面,整天"兴哥儿、兴哥儿"地叫个不停。我便像那枣树般高大起来,傲傲地斜睨着,掏出一颗儿;倘碰上嘴甜的,就两颗、三颗地给;关系极铁的才送上一兜儿。于是,他们便又如我一般地富足且高大起来。姥姥家每年都要送的。娘总是牵着我,提上满满一篮,除了枣,还有鸡蛋。姥姥说,镇上也有的卖,个儿是大些,但有点儿糠,不如我们家的好吃!姨老表们这时竟也失了往日的体面,央我再送一篮。我只拿脚后跟踢踏着姥姥的床帮,冲着墙角,不理他们。北庄姨奶家也送。他们庄上也有枣儿,我吃过,比起来,那色、味差远了。

我曾痴痴地问爷爷:

"那枣树哪来的精神? 年年都结那么多。"

"谁知道哩? 你爹也这样问过。"

他眯起眼,捋着胡子,坐在小凳上,看着那树,像是自言自语,又像是跟树说话,半晌,才说:"咱家地气好!"又半晌,说,"人也好!"

高考那年,娘拖着微胖的身体,从老家给我捎来了鸡蛋,还有那红枣儿。我捧着枣,噙着泪,望着娘,说:"娘,我会考上的!"

那年,不知什么缘由,爹竟把那棵树给砍了!那一搂树干也不知卖给了哪个主儿了……我伤心透了,为这事,我埋怨爹好久!细心的爷爷把锯下来的枝枝杈杈都留了起来,还打了一个案板,剔了根擀面杖。爷爷说,那棵树活了一百零五岁!她也护了我们家一百零五年,养了我们家五代人……

后来,我终于知道,为了给我凑学费,爹才狠心砍伐了那棵树。爷爷说,我们家祖祖辈辈都没有念过大学的。砍了,值!

那一瞬,我泪如泉涌,那棵老枣树竟是为我流尽了最后一滴血,挤干了最后一滴奶!泪光中,我仿佛看到她在微风中含笑看着我……

后来,我向爷爷要了那案板和擀面杖,有人说枣木案板是富贵的象征,我哪里有那种想法?我只是留个念想。

去年,爷爷溘然长逝,享年一百零五岁!

如今,那案板,那擀面杖,我一直在用。每当看到它们,我便想起那棵老枣树,还有我亲爱的爷爷!

《阜阳日报》

二〇一一年八月十三日

端午的粽香

端午将至,我的耳畔仿佛又响起了当年的歌谣:"粽子香,香厨房。艾叶香,香满堂。"似乎又看见爷爷当年包粽子的身影,空气中好像又弥漫着那悠远的粽香。

小时候,孩子们最喜欢的就是过节。春节自不必说,那是一年中最重大的节日,我们都能从节日里获得最丰厚的犒赏:白面馍、肉,自然少不了;小花炮、新衣裳、压岁钱,一样不缺。关键是,再顽皮的孩子也不会挨吵!接下来是正月十五元宵节,元宵节逛庙会,庙会上打花蜜糖,买甘蔗,晚上放大花。出了正月就是二月二龙抬头,出门的姑娘给爹娘送老雁。清明节上坟、祭祖,都是大人们的事儿,孩子们管不着。我们翘首以盼的是端午。

在茨河湾,端午节是跟麦收连着的,大家一边忙着收麦一边忙着过节。可是,忙碌的人们依然把节日过得很像样。那种从容,是骨子里就有的。

端午前一天,爷爷就从河边打来苇叶,泡在大木盆里。端午一大早,我们便围拢在爷爷身边。爷爷左边的大木盆里是昨天泡好的苇叶,右边是一个瓷盆,里面放着泡好的糯米,旁边放着一个大瓷碗,里面盛满大红枣。爷爷坐在小凳子上,双手拿起三片苇叶,对折成一个小兜儿。他左手握着小兜,右手从盆里撮起一小把糯米,均匀地摊在兜儿里,用指头摊平压紧,再在上面摆两三粒红枣,最后封上口,拿苇丝儿缠个十字结。缠十字结的时候,爷爷左手握住未成形的粽子,用嘴咬住苇丝的一头儿,右手顺势把另一头儿打个结儿。三两下,一个菱形的粽子就包好了。爷爷在我的印象里,他只能干些粗活、笨活,怎么能干得了这么细的活呢?可是,爷爷不仅干了,而且干得好,连全村最巧的媳妇都佩服。爷爷精细的手工,我是见过的。他曾经给我编过一个蛐笼子,那笼子编的呀,别提多精致了,有人拿新买的军棋跟我换,我头都没回。这么跟你说吧,我逮的"铁皮将军"自装进笼子后,它都不舍得出来。

我们跃跃欲试,纷纷拿起苇叶,学着爷爷的模样包起粽子来。可是,忙活半天,除了把米弄撒一地,一个像样的粽子也没包成。爷爷取来粽叶放在我手上,一边教一边说:"这样——这样——不急,慢慢来!"看着我们的笨样儿,爷爷乐了,我们也乐了。

该上锅了,母亲把粽子一层层码齐,盖上箅子,架上火。不一会儿,热气就腾了起来,顺着那蒸汽弥散,老远就闻到了一股撩人的粽香。我们聚拢在灶房门口,等着掀锅的那一刻。随着母亲把锅盖揭开,一股热气从锅里迅速腾起,弥漫了整个屋子,热气里满是粽子的香甜味。我们急不可待,有头伸得太靠前而被蒸汽烫着的,有手伸得太快而被烫着的,有吃得太急而烫了舌头的。都说心急吃不了热豆腐,殊不知,吃热粽子也一样!看着我们的馋样儿,爷爷的眼泪都笑出来了。没等我们吃个够,奶奶就吆喝着:"别吃了,还留几个走亲戚呢!"

端午走亲戚,各家都要送粽子。姥姥就爱吃我们家的粽子——那枣儿特甜,那米特香!看着表兄弟们狼吞虎咽的样子,我可得意啦。

又是一年端午到,我携了女儿,回到老家,打了苇叶,称了糯米,抓了小枣儿。我要学着爷爷当年的样儿,自己包粽子。我要学着母亲当年的样儿,自己蒸粽子。

回来的路上,女儿问我,为啥不到超市里买粽子,却要这般劳累?

女儿的话令我陷入沉思。是啊,超市里是有的卖,包得极精致,而且还贴有标签儿,包装的精美远超乎粽子的馨香。当然,价格也不菲。原本很朴素很传统的一个粽子,被搞得花花绿绿。好好的一个粽子,为何这般捯饬? 好好的一个节日,为何这般兴味全无了呢？反正，我从未在超市买过粽子。

看着女儿一脸的懵懂，我笑而不答。

孩子呀，自己包的粽子才更加香甜，你——懂吗？

《阜阳日报》

二〇一二年六月二十一日

金贵的桔梗

我的家乡茨河湾是远近闻名的中药材基地。黄淮平原肥沃疏松的土质和温湿适度的温带气候，非常适宜桔梗的生长。这里生长的桔梗个大汁浓，闻名遐迩。

桔梗俗称小人参，有祛痰、宣肺、利咽、排脓之功效。我国以药用为主，东南亚许多国家则以食用为主。随着国际市场的开拓，鲜桔梗的价格曾一路飙升到每公斤十几元，干货涨得更加厉害。两年生的桔梗每亩可产鲜货两三千斤，收入可达两三万元，种植多的一次可获利几十万。对于一个农村家庭，这可是一笔惊人的收入。手捧厚厚的钞票，农人们欣喜之余又怎能忘记种植桔梗的辛苦与劳累呢？

在药材种植中，桔梗算是最难伺候的。

春节前，农人们就套上犁耙开始整地。桔梗是根生植物，地要深耕细作，肥力要足，所以耕地前先要撒上足够的农家肥和化肥、棉饼或豆饼。深耕之后，还要细耙，细到最大的坷垃头儿只能跟大拇指头一般。

开春后开始播种。播种前,先用雾型喷灌将地浇湿,既不能太湿,也不能不透,生手是拿捏不准的。浇湿的土地最起码隔两天才能下地。桔梗籽儿需掺上细沙拌匀才能撒在地里,撒下后,再用铁耙轻轻地将籽儿耙到土皮下,既不能盖深,也必须盖住,太深了,芽儿出不来,太浅了,籽儿会被晒干。桔梗种子,黑色的,谷粒般大小,是托人专门去山东或者东北买来的,金贵得很!将麦秸薄薄地敷在上面,保墒,遮阳又通风。等这一切都做完了,再喷上一层水——还得保墒。这样,一周后,拨开麦秸,你会惊喜地看到嫩芽儿。再过几天,等嫩芽儿长到一两寸高时,可以用竹耙把上面的麦秸轻轻搂去。然后是提芽儿,补芽儿、芽间距三至四寸,提稠补稀,多余的芽儿还可以卖,五毛钱一棵呢!怨不得桔梗号称软黄金,连芽儿都这么贵。提芽儿,细琐着呢!拿左手中指和食指轻轻按住嫩芽儿周围的泥土,右手的拇指和食指轻轻捏住芽根儿,贴着土皮小心地提起,那个嫩哟,一不小心就会弄断。别看爷爷大手大脚,可提起桔梗芽儿来,那个认真劲儿,真像个绣花姑娘。毛手毛脚的孩子,像我这样,是绝不让碰的。

嫩芽儿长到四五寸时,将有一批被提出来,移栽到预留的空地。移栽的根茎长得更直溜,可以卖高价钱。

草儿,是最烦人的。初时,桔梗很脆嫩,草一盛就能把它们呛死。梅雨天雨多,一场雨,一茬儿草。农人们就像接到命令一样,齐刷刷地蹲在地里薅草。薅草和提芽儿一样,须小心,免得薅了草也带出秧苗。

七八月间,桔梗花开了,紫的、白的,惹来一群蜜蜂。姑娘,小伙儿,嬉戏在花海里。农人们,斜蹲地头,吸着旱烟,看着庄稼旺盛的长势,都眯起了眼,咧开了嘴儿。

桔梗浑身都是宝,根儿最值钱。根儿不到两三年是不能挖的。早了,药力没上来;迟了,药力散失。两年后,农人们眼瞅着行情,一旦市场利好,他们就可下地收获了。

挖桔梗,那可不是谁都能干的。叉子要特制的,叉股子要有尺半长。桔梗,条儿越粗越直越长越值钱。桔梗扎得越深越难挖。但凡高手,往往是大叉子套小叉子,能挖得毛丝儿不断。那表情简直就是挖野山参。白生生、顺溜溜的桔梗带着新鲜的泥土气息和着药香令农人们喜不自胜。是啊,洒下的是汗水,挖出的是收获。

个儿大、条儿直的称作条货,可以卖个好价钱,挑出来单放。其余当一般的鲜货卖。鲜桔梗也可淘净,去皮,晾干,当干货卖。刚出土的鲜桔梗拉到街上,寻个买主,论了价钱,过了磅,腰里鼓鼓地揣了。男人们邀上几个对味儿的酒友,馆子里坐,夹一块肉,呷一口酒,吸一口烟,微微泛起醉意,盛世风雨顺,却把桑麻提。姑娘们、媳妇们挎个包,提个篮,牵着手,哼着歌,买双鞋,扯二尺布,割二斤肉,打二两酒。小镇上,好不热闹。

男人们酒足饭饱回到家,醉意里晾起桔梗,静候秋天的旺市;女人们,依偎着男人的脊背,偷量着尺寸,缝起秋日的夹衣。桔梗,微温,微苦,但人们的日子咋就这般甜蜜呢?

嚼着三哥家拌的桔梗丝儿,爽滑脆嫩,酸辣香甜,那滋味真是幸福袭满心头。怪不得外国人那么爱吃咱们的桔梗呢。

《阜阳日报》
二〇一二年九月二十九日

菜园青青

小时候,农村人家家都有菜园。菜园不大,一两分地,吃菜,图个方便。家里来了客,米花菜拌凉粉皮儿、韭菜炒鸡蛋、熘个南瓜秧儿、调个黄瓜菜儿。村边树下,宾主相对,呷一口烧酒,吸一口旱烟,看着那青青的菜园。农家吃的是新鲜,享的是清福!

开菜园,离不了井。井,就打在菜园中央。井边竖个支架,支架上吊根粗壮的横木,横木前端是挂着水桶的竹竿,后端是一块砖头。一个标准的杠杆就做成了,真的不得不佩服农人们的智慧。浇水的时候,把水桶用力压到井里,横木上的砖头就被高高举起。灌满一桶水,只需轻轻用力,桶就被轻巧地提了上来。夕阳里,流水涓涓,秧苗挺直了腰杆,瓜藤扯起了嗓子,瓜果们腆起小肚皮。笑声里,爷爷的身影被拉得很长很长。

都说一分园,三分田,粮不够,瓜来凑。日子,不论好歹,农人们都乐呵呵地过着。富不弃田,穷不舍园。姑娘被养得水灵灵的,小伙儿长得壮壮实实的,跟园里的瓜果一样,个个都那般鲜嫩、活泼、精神。我们顽皮得很,拍拍这个瓜,敲敲那个果,算计着开吃的日子。看着我们那般急切,爷爷总笑着说:"急啥?包你吃个够!"

长大后,无论到镇上、县城,还是去省里读书,我都时常想起儿时那青青的菜园,想起它养活了我们一家人,想起它给我带来的人生体验和美好回忆。

大学毕业后,我成了一名乡村教师。单位分给我一间房,房前有块巴掌大的地方。看着同事们都在种菜,我也学着爷爷的模样,翻翻地,倒起垄,栽上苗。那时候,妻子在城里工作,我每周都会去城里,一去就是两三天。这期间,缺少打理的黄瓜妞儿可惨了,它们个个都蔫头耷脑,要死不活。我想,种菜,岂能有不劳而获的?正如生活,没有辛勤付出,哪来回报?在那之后,我索性不再种菜——直到被调进城郊的一所学校。

学校坐落在县城东郊,校园南墙根儿有块空地,是种菜的好地方。我向邻居们借来抓钩、铁耙、锄头,先扒后耙,再倒垄。两天工夫,二分地整好了。

四季白、玻璃翠(芹菜)、菠菜、米花菜,籽儿先撒了;葱、黄瓜、莴笋、辣椒、豆角、秧苗都栽了;再来沟韭菜,撒了籽儿,平平土,洒上水,不几天,芽儿就出来了。先前种下的,这时候嫩芽都出来了。四季白、芹菜、菠菜、米花菜都是两片叶儿,不像韭菜芽,刚破土时像绣花针。葱都直起了腰,黄瓜、莴笋、辣椒、豆角第二棚叶子都长出来了。

一天水,一天菜。我找人打个井,买个潜水泵,截十来米管子,插上电,水就来了。有水,菜就往疯里长。菜长,人就忙。闲暇时间,我就蹲在菜地里,浇水,薅草,打岔儿。尤其是韭菜,隔几天,就得挑桶粪尿浇一遍,再用清水冲一冲,这样才长得旺。傍晚时分,校园里,一片静,菜儿青青,潜滋暗长。直起腰,捶捶背,累吗?但看着眼前这郁郁葱葱的一片,我很欣慰,很畅然。

五月里,便有了丰收。我先摘了一根黄瓜,用那黄瓜上的皮刺去戳女儿的小手,她咯咯笑着把手缩了回去。我把黄瓜托在手里,不忍碰断它娇嫩的皮刺——怕那汁水儿珍珠一般滚出来。

韭菜能割了,芹菜能薅了,米花菜能掐了……所有的菜都赶着趟儿下来了。想吃哪样就吃哪样,信手拈来,那般脆,那般爽,那般惬意,那般喜悦。猛一想,种菜不就是播种人生吗?祖辈们不正是谙于此道,才世世代代根植于这生生不息的田园里吗?沐阳光雨露,承大地风云,汲江河之水,也许,祖辈们在以这种方式感恩大地的赐予。

我挎着篮子,给邻居们送去瓜果时蔬,与他们分享我心中的喜悦。

哦,青青菜园。

《阜阳日报》

二〇一二年十一月二十四日

红芋熟了

皖北的农人们,在二十世纪七八十年代,若论起吃来,除了金贵的白面馍、寻常的玉米、高粱面窝窝头,吃得最多的要数红芋了。

红芋,名称很多,什么红薯啦、地瓜啦、番薯啦。名称是次要的,能吃、挡饿才是重要的。小时候,年成紧,过了年,粮食就接济不上了,所谓"青黄不接"说的就是这个时候。人们耍了聪明,窝窝头就着咸菜,饥一顿饱一顿地凑合着。端午后,小麦虽然下来了,但交过公粮,人们还要留麦种,还要留着过年,平日里,谁家舍得吃白面馍呢?于是,大人们盼着季节,数着日子,巴望着地里的红芋快点儿长大。孩子们似乎更心急,没等红芋长大,就忙着溜到地里扒了起来。扒出来一看,离成熟还早着呢!于是孩子们又慌忙拿起红芋叶盖上。若被发现,少不得被爹娘一顿臭骂——祸害庄稼的罪名可不小。

秋天到了。大豆鼓起了嘴,高粱红起了脸,玉米也不忘撩起猴子们的欲望,那久耐的红芋也该长足块头了吧?农人们扛着叉子，背起箩筐，拉了架车，直奔向那青绿的红芋地。人们割了秧儿，掀开厚厚的绿被，整齐的田垄便呈现在人们眼前，像作业本上的田字格那般匀称。那一个个硕大的红芋，像一行行娟秀的汉字一样躲藏在土皮之下，单等着人们轻轻地一拨，它们就可以交送令人满意的答卷了。农人们挽起袖子，一叉子下去，满分！又一叉子下去，还是满分！轻风吹着，狗儿叫着，红芋们披着大红袍，咯咯地笑着。远处飘起袅袅炊烟，孩子们垒起土灶，架起柴，烤着鲜香的红芋，品尝甜美的童年。

村庄里弥漫着红芋久违的香甜气味。家家锅里炖的是红芋，箅子上馏的是红芋，灶下烧的还是红芋。人们吃着红芋面锅巴，蘸着辣椒糊，喝着红芋茶，顿顿是饱饭，餐餐是幸福。红芋好吃、挡饿，自然备受人们的青睐，而且，还有通气的药用价值！

红芋产量高，吃不完，人们就想着法儿储藏起来。红芋片是最佳选择。在地里，人们直接把红芋揪成片儿，撒在地里，晒干了，拾起来，拉回家。红芋片可以烧稀饭，也可以换二斤烧酒，留着年下待客。要么把红芋窖起来，吃时，下窖里提上两筐。要么打成粉，做成细粉或粉皮儿，可以炒着吃、炖着吃。

秋天里，农人们最忙的活儿就是打粉。人们把红芋放在大缸里洗净，然后倒进打粉机里打成末儿，再用网子过滤到一个大池子里。过两天放了池子里的水，再兑水，再搅，再滤一遍。末了,把粉面儿盛在生白布兜里,挂起来晾干,下圆上方的粉砣就做好了。收粉砣的也有,但人们都喜欢放着,专等着冬天里下粉。

　　霜冻以后,就可以下粉了。那些日子,村里格外热闹。一个村的,把粉都集中到一起,几个专门的把式俨然成了人物。人们选个大院子,支口大锅,锅左边摆了两口大缸,缸里兑满凉水。下粉的人家把粉砣抱来,往大盆里加热水,把粉砣化了,拌成稀稠适宜的粉浆。锅开了,一年一度的下粉就开始了。站锅的,高高地挽起袖子,左手端着铁制的漏勺,漏勺里倒入拌好的粉浆,右手紧握木槌,高高举起,重重落下,一下、两下,伴着有节奏的捶打,白生生的粉条便银丝般坠落在雾气腾腾的锅里。站缸的早挽起袖子,右手握着一双特制的长筷子,于滚烫的锅里,攥起晶莹的粉丝,左手旋即轻盈地接过,于清水里泛了,递给左边那个站缸的。左边的将粉丝再泛一泛,顺势码在递过来的竹竿上,主家儿接过竹竿,挂在外面的绳钩上。他们娴熟的技艺、默契的配合引来人们良久的驻足。这时候,最得势的还是孩子们。他们追逐着,拿小棍儿挑起根根粉丝,争抢着锅里翻滚着的粉布吉,或者将抢到的粉布吉撂在锅底里烧,黑乎乎的,攥在嘴里吃,惹起满院的笑声。那些天,村里村外,树林里,村道边,挂满了解冻的粉丝。它们沐着冬日的暖阳,一天天变得剔透而筋道。

镇子上,成车的新粉丝上市了。女人们手把秤砣,看斤论两,秤杆漂漂亮亮,粉丝地地道道,价格实实在在。

红芋,熟了。

丰收,来了。

《阜阳日报》

二〇一三年一月十九日

槐花飘香的季节

春天里,农人们可吃的东西特别多。这个芽儿,那个草儿,这个花儿,都能吃。要不说农村的娃儿聪明,汲百草之灵,那还用说。吃罢楮布吉,尝了榆钱儿,嘴边还残留着余香,那洋槐花就开了。

槐花,甜甜的、香香的,悄然地在枝头上咧开小嘴,咻咻地笑着,眼瞅着那一抹春色。村庄上下,房前屋后,甜的花,香的海,满是的。

槐花,白色的,花托儿让春天给染成了嫩绿,这嫩绿越发衬出了花儿的洁白,花瓣儿嘬成个小嘴儿,可着劲儿吹着春的奏鸣曲。

朵朵槐花缀满枝条,一串串、一簇簇,赶集似的,热闹着呢。成群的蜜蜂嗡嗡地闹着,这可是春天里少有的盛宴。花儿们也更加娇艳地敞开胸怀,孔雀开屏般散了蕊,任蜂儿们尽情采撷。

我们徜徉在高大的槐树下,盘算着先摘哪边,塞进嘴里,尝个鲜。抬头望,槐花荡在树巅,像雾,像云,像瀑布,肆意流淌,尽情歌唱。它们手拉着手,像亲兄弟一样,阔步走来;像姊妹俩一样,相伴出嫁。出嫁,自然要用心打扮一番,穿上洁白的婚纱,戴上嫩绿的头饰,这般俊俏,也不枉做了新娘。春妈妈做媒,清风、流水、晴空和沃野都是良家小伙儿姑娘,恰值年少,为何不嫁?既嫁,便不止一个,邀上伴儿,三五成群,左呼右拥,办个集体婚礼,岂不壮哉?庭院里,蜂儿们,敲起锣,打起鼓;花儿们,撒起香,设了宴;露珠们,蘸着仙草,酿起琼浆。草儿们、'花儿们、鸟儿们、孩儿们跟帖赴宴。众宾微醉,久之不去,不舍的是那春心荡漾的新娘。小溪畔,清风拂面,洁白的花瓣儿飘落水面,惹得鱼儿争抢,水面上泛起朵朵涟漪。它们也想娶槐花为妻吗?

这时节,爷爷拧个钩儿,爹绑了竿儿,娘拿了篓儿,领着我们钩槐花。奶奶说,小心点儿,别碰断了枝儿。

槐花儿高高在枝头,奶奶的训诫何以敢忘?哥哥们便仰起头,瞅准了,搭上钩儿,往下拽。但槐花成串地缀在细软的梗上,梗上又有枝儿相牵,要想不碰着枝儿,只得把梗儿连花儿钩下,那可是个技术活。哥哥们便将钩儿搭在枝和梗相接处,稳稳地钩住,轻轻地带下,那梗牵着花儿便飘落下来。最急的是我,忙不迭地跑向前,拾起一串梗儿,塞进嘴里,用嘴那么一捋,嘴里唇外都是槐花味。我一边嚼着甜,一边还嚷嚷着:大哥那边,二哥上边,三哥你快点儿。

槐花还可以蒸着吃,炒着吃。无须淘,箅子上铺了馏布,槐花拌上干面,铺撒在馏布上,盖上拍子,一袋烟工夫便蒸好了。娘拿来一只碗,用手蘸了水,这儿甩甩,那儿淋淋,兜起馏布,向盆里一丢,再陡然揭了馏布,蒸熟的槐花便齐崭崭地卧在盆里,香气顺着热腾腾的蒸汽扑了过来。呀,那股子清香,啊,那股子香甜,真是难得。

捣好的蒜泥,加上少许的盐,再和上点儿香油,啪地一泼,哎哟,那个香!三哥竟上手抓了起来,烫着了手,咂起了嘴——尽管他只比我大几岁。奶奶说:"看把你急的,还不如小四儿,恁不沉稳!"爷爷坐在门槛儿上,笑呵呵地说:"都有,管饱,抢个啥?"

炒着吃,油放得少些,但也甜中有香。香油金贵,不是轻易放的。

皎洁的月光下,爷爷吧嗒着旱烟袋,眯起眼睛,盘算着今年的收成。爹摆弄着明天的活计,娘挑弄着针线,奶奶手里捋着槐花,准备明天的早炊。油灯闪闪,土墙上投映着我夜读的身影。槐花飘香,村庄静谧。

听爷爷说,槐花不仅好看好吃,饥荒年月,它还救过不少人的命呢。听了爷爷的话,我不禁对这小小的槐花越发敬畏了。

城里的餐桌上也偶见蒸熟的槐花,盛在精致的盘子里被恭敬地端上来,但总也吃不出那个味儿。我是多么惦记那地道的蒸槐花呀。于是,在槐花盛开的季节里,我避开城市的喧嚣与浮华,携了女儿回到久别的故乡,又见那钟情的槐花。像当年一样,我拧个钩儿,教女儿钩下槐花,又一根根地捋下,上锅蒸了,和了香油,端上桌。女儿看我痴情的样子,不解地问:"老爸,城里咋没有槐花呢?"

"城里地皮金贵呀!哪里能种得下洋槐树?"三哥笑着说。

"净是些风景树!"侄儿说。

我看着女儿,心想,孩子,你明白了吗?

《阜阳日报》

二〇一三年四月二十日

桂花香晚

今年的桂花九月中旬才开,比往年晚了整整一个月!

可不嘛,从七月底到九月初持续高温,滴雨未见。直到九月中旬才像模像样地下了三天雨。气温一下子降了下来。"秋老虎"一夜之间被赶跑了。

人们放心了,桂花该开了吧?

是的,该开的,终究会开;该来的,终究会来!挡,是挡不住的。

第二天,桂花的叶儿间开始冒出了"芽儿"一样的小尖尖,不细看,你还就真的给疏忽了;接下来的两天,"芽尖尖"发胖了,像刚落地的婴儿攥着的小手儿;又一天,"小胖手"微微张开了,一丝丝隐隐的香,如情人般的依恋,竟出现了;再一夜,"小胖手"们一下子都张开了,一股一股的香,从那桂花树上蒸腾起来,弥漫了整个庭院……

啊!桂花!开了!

是的,桂花开了。

她,开得那般朗润、香艳、恣肆;她,开得那般小巧、集中、和善;她,开得那般细密、柔弱、深情。看吧,她,满枝满树,绝不推让,稠密的绿叶儿无论如何都挡不住她的金光灿烂、她的洁白如雪;她,轻揽月光的纱衣,挽来蟾宫脱俗的仙香气,飘然拂袖,洒满人间;她,尽情舒展,豪迈竟放,点滴香色,倾情释放。真乃花中大美!她,娇嫩、小巧,每一朵花都是四瓣儿,花蕊小心地藏于瓣儿间,总让人诧异那奇异的香竟是从她那儿冒出来的;她们抱在一起,一簇一簇的,成串儿成串儿的,一团儿一团儿的,像蜂房,藏着蜜,散出幽幽甜甜的香;你从远处,向她靠近,静静地、慢慢地……是的,别急,一步一步地走,就这样,边走边吸,对,深深地吸,慢慢地吸,就这样,是不是越来越香?最后,香得你闻不到香了,你——醉了!是吧?你——被那香——灌醉了!对吧?她,看似柔弱,却是那么浓烈;她,如此细密,却又这般深情。你,整个人被她掳了去,却是心甘情愿!你,由衷地慨叹:桂花迟更香!难道不是这样吗?

是的,桂花迟更香。非独桂花,凡迟迟未到者,皆在于苦苦的等待,于苦苦的等待中又细细地酝酿。细细地酝酿里,那情感可不就愈酿愈深,愈深愈浓、愈纯、愈厚了吗?

丹桂飘香时,我总会回老家看看。我老家在茨河湾,老家的院子里有棵金桂树,碗口般粗了。那个香啊,能飘半个茨河湾。

桂花树下,石墩儿上,几个小菜。爷爷抿口小酒儿,眯起眼,瞧着满树的桂花,说:"今年啊,桂花儿迟了!"又抿一口酒,说,"那年啊,桂花也迟了!"爷爷扬起手里的酒盅,指了指头上的桂花树,顿了顿,看着我,说:"那年,你爹还没放回来,你娘还没把你生下来。你奶奶问,咱家的桂花咋还没开呀?我就说了,等着,急个啥?娃儿还没生下来哩!他爹还没放回来哩!桂花儿等着咱哩!可巧,一个月后,你生下来了,你爹也从牛棚里放回来了!桂花儿才开了呀!嗨!桂花儿呀!通人性啊,她是在等着咱们哪!"爷爷眼里噙满了泪水。

"爷爷!这是哪年的事儿呀?"

"哪年?就你出生那年!你今年多大了?"

我满面惭愧地望着爷爷,心里想:桂花开的迟早,原来竟与人的命运有着如此紧密的联系。爷爷似乎醉了,光喝酒不吃菜。

我说:"爷爷,菜都凉了,吃一口吧!"

"啥?吃菜?吃啥菜?啊!桂花儿那么香,就啥菜?就着桂花香喝酒!桂花儿的香就是菜!最好的菜!来!咱爷俩喝!"

爷爷真的醉了。他醉于自己百年人生的回味里,他醉于桂花儿迟来的香里。

一轮圆月高高挂起,挂在故乡高远的深空中。茨河汤汤而流，万物吱吱而以长。茨河湾静谧而深沉，成熟而多情。在这深沉多情的茨河湾里飘荡着缕缕桂花的香气。噢，好一个迟来的桂花香晚。

《阜阳日报》

二〇一六年十月十五日

梅花情缘

我爱牡丹的高贵典雅、兰花的香远逸清、竹子的中通外直、菊花的消世顿俗,然而我更爱梅花的凌霜傲雪。所以,我自幼爱梅,稍大时就开始学画梅花。

梅分蜡梅、红梅、绿梅和白梅。梅花是先开花儿,后发芽,再长叶儿。在丹青里,梅以枝和花入画,独立寒冬,艳绝群芳。所以,梅的写生一定要在冬将尽春未来之时最好。

在冬日的艳阳天里,我徜徉于梅林之中,嗅着那沁人的芳香,抓拍着杂沓交织着的虬枝,望着那点点待放的花蕾。手中的笔呢喃着、亲吻着柔情的生宣,笔行间枝杈生辉,墨染处清香袅袅。写生是辛苦的,或蹲或立,或俯或仰,虽早出晚归,饥肠辘辘,但内心非常愉悦、幸福。

最苦的是雨中写生。那雨斜斜的、冷冷的,伴着雪粒儿。班里有位叫春梅的姑娘,因为名字里有个"梅"字,每次写生时我都会邀上她。她乐得闲游,我乐得与其相伴。她把伞,我作画,茫茫雨雾里,伞外飞雪迎霜,伞下笔墨传情。缥缈的芬芳里,是梅与人相识、人与梅相思,还是识而成思,思而生恋,恋而衷情？谁人可知？总之,雨中的画者不再寒冷。苦也！乐也！

最妙的是雪中写梅。那时的梅花已渐次开放。胆儿小的苞蕾还未敢释怀,被雪花罩了,上面是白色的帽子,下面是殷红的脸蛋,好像护士小姐那娇羞的脸色。绽放的花朵,丝丝劲伸的花蕊撑开了胭红的花瓣,像染了红的油纸伞,忙不迭地诉说着对雪花的衷情,祈盼着春姑娘的召唤！那雪花也脉脉点缀在花瓣间,殷勤地守护着他的爱人。枝条上落满雪花,像覆了一层松软的棉被,失去了往日的阳刚,有了些许女人的柔弱。

梅林里的写生,后来便成了创作的笔墨情缘。画展中,我的《春》获得了大奖,那画一直挂在展览馆里,毕业时给梅姑娘带去了。

如今,不知《春》还在否？那梅姑娘也还好吧？那年,教我画梅的宜川先生因为他的那幅《山妹背上新书包》的工笔画而入选了澳洲画展,不久,他便去了他魂牵梦萦的澳洲,从此竟再也没有回来。至今,我们也没有相见,想来,大约十年了。

每逢年末岁首,梅花总是如期绽放,殷殷的,似故友,又似久别的恋人……

　　　　　　　　　　　　　《阜阳日报》

　　　　　　　　　　　　二〇一二年一月二十二日

终有梅香暗自来

作为丹青爱好者,我尤爱画梅。梅以虬曲为美,花以清香而称,披霜挂雪,竟冬迎春,独立群芳而不傲,历经风雨而无悔。"梅花香自苦寒来"不仅道尽了梅花的品质,而且对人间沧桑作了绝佳诠释。又见梅花,我不禁思绪万千。

画梅大凡始于临摹,接着是写生,于是,我便成了梅林里的常客。

冬日的艳阳里,我徜徉于梅林。梅香是清逸的,远远地飘然而至,你便辗转于一片芬芳里了。冷雨中,斜斜的雨丝弥漫了梅园,花瓣儿蘸满雨滴,情人般闪着娇羞的眼泪。观梅,最好是雪天,雪别太大,刚好给梅枝穿上一件洁白的棉衣,刚好给待放的花蕾戴上一顶护士帽儿,刚好让花瓣儿上的胭脂红浸入赶来调情的雪花儿里,那才是最妙的。令人心醉的是,女友从遥远的家乡飘来,举着伞,伴我作画于一片梅香雪海。

写生的素材结晶成了一幅《磐石》,图中一枝劲梅缠绕着青竹,需青梅竹马之意,梅竹之侧踞一磐石,喻爱情之忠贞不渝。

《磐石》使女友成了未婚妻,最后成了我的妻子。

刚上班,我就借来了一块黑板,用砖垒做画案。开始,我还挺认真地作了几幅,后来便日渐稀疏,再后来竟然一连辍笔几个月,倒出来的墨汁儿也都龟裂在碗里。最后,竟越发地生疏,甚至于完全陷入了一片茫然。我曾多次提醒自己,也时常做着写梅大师的美梦。然而,慵懒和怠惰仍然像梦魇一样拖着自己掉进泥潭。夜深人静时,我扪心自问,你,还是那个钟情于梅花的人吗?在彷徨与疑惑中,我先是被调到城郊的一所学校,接着便又去了省城的学校进修。临行前,我还信誓旦旦地带上画毡和毛笔,然而,一个月后我便因为单位的催促和妻子的临产而将脱产学习转为了函授,作画的念头随着车轮的飞驰而渐渐远逝。

女儿的降生给我的人生增添了无尽的快乐。然而,蜗居在亲戚的闲房里,时常也聆听着恃"富"凌弱的漫语,尴尬不堪的我最终下了贷款买房的决心。我那拥有一间画室的夙愿终于可以实现了!原本就捉襟见肘的工资何以抵挡住还贷与生活的双重施压?世间竟有不投资也可致富的行当,那便是做保险,于是我决定要逃离了。不久,我便浅尝了事业的成功,却也领略了画室寂寞的无奈,那心仪的梅花也只好暂时封存于记忆里。去年,不谙世故的我终究辞去了总经理的职务。正当我庆幸于可以潜心作画时,接踵而至的变故却令我难以沉静,作梅——竟又成了奢望。先是爷爷的病逝,继而是父母交替住院,我终日奔忙于医院里。晚间,偷了闲,画室里虽偶有小坐,但有气无力,只茫然地对着宣纸发呆。

正当我拼命地为慵懒和怠惰编织着借口哀叹人生的时候,命运却又为我导演了更加可怕的一幕!我的妻子——曾撑着伞伴我画梅的恋人——得了乳腺癌!在漫长而愁苦的治疗中,我们除了频繁往返于北京的大医院,便是不断地凑钱和借钱。生命之旅中我的小家是那么凄苦和无奈。生命之于脆弱者当是哀号,而于坚忍者当是搜寻解救的良方。一日,去圆明园游玩,恰逢一当红画家举行画展。展品中有幅梅花甚是惹眼,但见画面之上,梅枝盘旋扭曲,梅花吐蕊喷红,满纸的热情、力量喷薄而出,令人为之一振。尽管面对满目疮痍的圆明园而心怀痛惜,尽管面对命运多舛的生活而心情悲怆,但这幅绽放的怒梅,不禁令我肃然起敬。我惊叹于她怒放在这满目疮痍的圆明园,我惊叹于她怒放在我凄楚无助的心灵里。我敬畏于展览方的用意,那是要国人在残垣断壁中奋起,我敬畏于作者的手笔,那是要我于生命羁旅中坚挺。

如今,妻已痊愈。圆明园一游,自幼爱梅的女儿颇多收获,那位画家欣然同意收她为徒。今年夏天,女儿在全省少儿书画大赛中喜获三等奖。兴奋之余,她说:"老爸,我要完成你的愿望——将来做个画梅的名家!"

听了女儿的话,我几多欣慰,几多感慨。

我尚年轻,何以将自己的人生目标交与爱女?

铺开泛黄的宣纸,倒出沁香的墨汁,提起久旱的竹笔,墨点红梅暖清冬,书写人生话青春。

我相信,终有梅香暗自来。

二〇一四年三月三日

花无语，人有情

连着几天阴霾，今日，阳光终于露出了笑脸。一大早，我来到那盆石兰旁边。石兰舞动着嫩叶儿，含情脉脉地看着我。我端详着，轻轻地抚摸着她。蓦然间，我的头皮不禁一阵发麻，浑身就像爬满了虫豸。我看见，石兰的嫩叶上叮满了小小的虫子，它们浑身绿明绿明的，透着亮，肥硕的肚腹几乎就要崩裂！它们安详地伏在石兰的嫩芽上，慵懒地睡在胭红的嫩叶儿间，一副憨态可掬的样子。它们个个肥嘟嘟的，一排排、一片片，集中在叶子正反两面。它们精明着呢，叶子越嫩，汁液越多，它们的数量越多。它们通体翠绿色，在绿叶的掩映下，很难被发现。

我的食指和拇指立即变成一个无情的"钳子"，顺着叶片碾压它们。顷刻间，它们尸横遍野。但我还是不解气，继续扩大战果，决心将它们的残余势力彻底扫清。我仔细搜索着，连躲在叶片夹缝里的"蟊贼"也不放过。终于，我把它们消灭得干干净净。

看着石兰感激的眼神，我仿佛看到她在欢乐地成长。

然而，转念一想：石兰活得好好儿的，怎么会有蚜虫来侵袭呢？我即刻询问教生物的老师。她说，要么风里本身就带着虫卵，要么虫子去年就已经将卵产在了石兰叶子上，春天，一遇到合适的条件，它们很快就会繁殖起来。末了她说，平时多照看几眼就行了，不至于生那么多虫子。

是啊，平时多看几眼。这似乎并不难。然而，平时，匆忙的我何尝注意过她呢？漫长的冬天，她躲在角落里。春天刚来，我草草地给她倒点儿水，就把她搁置在楼道的角落里，任由她生长。说句良心话，平时，我哪有工夫去探望她呢？尽管，我天天从她身边经过。看着大病初愈的她，我不禁羞愧难当。倘若我平时多看她一眼，她何以遭到蚜虫的围攻呢？又何至于满身伤痕，羸弱不堪呢？倘若……再多的倘若，也无法挽救我平日里的懒散与无为。而我还在为自己的懒散与无为做着堂而皇之的辩解。嗨！我呀！

猛然间想起，作为教师，很多孩子，我平时关注得也很少。直到他们考试不及格，直到他们犯了错，我才猛然良心发现，才去注意他们，才像个长者一样，有模有样地、煞有介事地去批评、教育他们。就这样，久而久之，他们由稚气未消的孩子逐渐变成自命不凡的少年，进而变成愣头愣脑、玩世不恭的青壮年，甚至会蹉跎一生。我清醒地知道，许多时候，很多事情都源自我的懒散与无为。

我能用"钳子"消灭石兰身上的蚜虫,为什么不能用心灵的剪刀裁去孩子们成长中的烦恼呢?

花无语,人有情。

《阜阳日报》

二〇一四年六月十二日

那些花儿

不知从何时起,我开始侍弄起花草了。

毕业那年,我进了一所乡村中学,分了一间小屋。小屋不大,办公、吃喝、睡觉三体合一。小屋前面有丛竹子,长势旺盛。只可惜竹丛里积满了生活垃圾,竹枝间还缠满了刺刺秧,真是大煞风景。我找来钩耙清理脏物,几个学生也来帮忙。清完脏物,又在四周围个篱笆,篱笆上挂个牌子——此处禁止倒垃圾!于是,那丛竹子连同篱笆墙就成了我的风景。

一日,朋友邀去小酌。微醉中,台阶上的两盆水竹引起了我的兴致,竹叶青翠欲滴,煞是好看,我便吟一首小诗以表赞许。朋友说,你若喜欢,就拿去吧。趁着酒意,我将一盆水竹抱回了家。没两天,朋友说,还剩一盆,养着也没劲,干脆也送给你吧,于是他把那一盆也抱了过来。没有花架,我索性捡来几块砖头垫在花盆下面,感觉挺美。朋友渐渐多了,吃酒的机会也多了,讨花儿的机会自然也多了。朋友们知道了我的爱好,有时也会将稍有姿色的花花草草藏起来,但我总会在伴醉里,循了香,觅个正着。于是,我便嘻嘻哈哈,半推半就地抱回来一盆。有时我也买,小镇上卖花儿的不多,一年碰不上两回。

花儿就是花儿,娇贵着呢!人忙起来,难免有疏忽的时候。那时,我正值热恋。每次我去城里约会,总要三两天。有一次碰巧赶上小长假,五六天也没着家。待我火急火燎地赶回去一看,花儿们个个低垂着头,蔫不唧的,似在抱怨:"你的爱情之花是旺盛了,可我们都快渴死了……"我好一阵调养,才让她们醋意尽消恢复元气。有时我在工作中的小小失误也会给花儿们带来厄运。班里有个叫"恶作剧王"的小男孩拿豆虫把女生吓哭一片,我狠狠地批评了他。男孩儿气在心里,趁我不在,就拿我的花儿撒气。他把那些花连根儿拔起,扔到房顶上,花盆儿被扔到操场上,一个个砸烂。破坏者很快被找到。男孩儿吓得缩成一团。他的父亲坚持要赔我花儿。我说:"花儿毁了可以再栽,但你这朵花要是毁了,还怎么栽呀?"花儿,终究没让男孩赔。

不久,我被调到城郊一所学校,渐忘了休戚相伴的花草。那时候,我们辗转租房度日。租住的宅院里,花儿偶尔也会有,一盆两盆的,贴着墙根儿,拘谨地活着。虽然不是我养的,但闲暇时间,我也会照看它们,给它们浇点儿水,松松土。房东太太见了总会说:"哟!先生还喜欢养花儿呀?!"我便怔在那里,半天说不出话来。我疑心她在嘲笑我——人都养不起,还养什么花儿?

我便愤愤地想:养花,还要分穷富吗?这辈子,我终究要在自己的房里养花。

有段日子,我们住在亲戚的房子里——说是住,其实是帮他看——他们定居在大都市里。院子里有个花坛,坛子里长满了乱蓬蓬的杂草,旁边散放着两盆吊兰,精神不佳的。我便生起了侍花弄草的性情,给坛子除草、施肥、修剪,像是自家的院子,丝毫也不见外。但,外就是外,里就是里,外永远也变不成里。一天夜里我从外地出差回来,一进家门就被眼前的情景惊呆了:整个院子,屋内屋外全塞满了别人的家具。原来,亲戚将房子卖了。未及通知我们,新房主就将东西搬了进来。妻子正等我回来搬家呢!我想带那两盆吊兰一起走,但,房主慢条斯理地说:"那花儿,好像不是你的吧?"那一刻,我猛然觉得,花儿,离我,好远——好远!天,灰蒙蒙的,下着小雨。踏着脚下泥泞的路,我们离开了那所有花儿的房子……雨,还在下着,淅淅沥沥。透过雨雾,我仿佛看到一片彩霞,霞光里,庭院深深,花径幽幽,我们徜徉其间——我、我的妻子、我的女儿。

几年后,我终于搬进了自己的房子,虽是楼房,虽然不大,虽然不是我梦想中的大宅院,但养几盆花、种几棵草还是绰绰有余的。我的花儿终于可以栽在我的盆里了,我的心终于可以栽在自己的心田里了,我这个躯壳也终于根植在了这个弥漫着花草香味儿的小城里了。

走在草木葱茏的乡间花径里,我常想:人之于花,若非自己欣欣向荣,何谈花之姹紫嫣红?譬之于事业,若无淡泊之志,何来潜修成佛?有个小男孩发来微信说:"先生,虽然您的阳台小,种不下太多的花草,但您早已在中华大地上养育了太多太多的花草!""哼哼!你个'恶作剧王',长成一棵参天大树了!好!"

《颍州晚报》

二〇一六年六月十四日

难舍亲情

故乡明月
——怀念台湾的舅爷

人是血脉亲,月是故乡明。

我办公桌的玻璃板下,一直压着一封信,是舅爷云广善先生(奶奶的堂弟)1993年从台湾寄回来的。

这是一封写给父亲的信。信中说,他的远房侄子不肯让他埋在自家地里。父亲说,舅爷上次(1992年)回来本想在老家寻一块墓地,日后好把骨灰运回来,但是,他唯一的远房侄子想卖给他却又不好开口提钱,所以就拒绝了(在老家,凡用坟地需是自家或至亲的,别人家的地是不好使用的)。父亲和奶奶一说,气得奶奶非要到北庄去骂她的娘家侄儿,好容易才被爷爷和父亲劝住了。

1993年中秋前夕,舅爷第二次回家乡,考虑到他已79岁高龄,父亲和哥哥就专程到南京机场去接。那天,我特地从菜市买了两条茨河的鲤鱼(舅爷的老家就在茨河边)。上次他回来时我还在外地读大学,后悔没见上面。

舅爷黑黑瘦瘦的。我进屋时,他正在帮奶奶戴他送的金戒指,看见我便笑着问:"这是老几呀?"奶奶说:"是老四,在学校当老师哩!"他和蔼地拉着我的手,拍着我的肩膀说:"好啊,是个教师,我们家也有知识分子了!"席间,舅爷喝了二两镜湖秘酿,吃了两块裕昌祥的月饼。他摇着奶奶的手说:"做梦都想吃块老家的月饼!"说得一家人都流了眼泪。

这次舅爷在家里住了四天。其间,父亲曾两次陪他回老家谈墓地的事儿,起初好像谈妥了,但后来还是没有落实。

临行前的一天下午,舅爷又专门一个人回到老家,独自坐在茨河边。茨河水缓缓流淌,似在畅谈童年的欢乐,残阳下碎银点点,似在诉说岁月的沧桑。末了,他满含热泪,捧了一抔他父母坟上的黄土,小心翼翼地包在布兜里,揣在怀里……那天夜里,他和奶奶一直叙话到深夜。第二天,姐弟俩双手相握,直到县城才松开。奶奶本要送他上飞机,怎奈年事已高,才嘱咐父亲和哥哥一定把他送到南京。然后,他需一个人拖着瘦弱的身体经香港再回宝岛台湾。

不久,舅爷便寄回了那封信。信里说,他已说服了他的女婿到广州来投资制鞋厂。

自那以后,每逢中秋,父亲都会令我按照信上的地址给他写信,但我们再也没有收到过回信,原信也没有退回!奶奶便有了不祥的预感,喃喃道:"怕是……""怕是年纪大了,提不动笔了,他的孩子哪知道跟咱亲?""再不亲也是咱家的种儿!"奶奶白了父亲一眼。

2004年奶奶溘然长逝,享年103岁,临终时仍不忘叮嘱父亲:"一定要找到你舅舅……把他的骨灰埋在咱家地里。"

四年后爷爷随奶奶而去,享年105岁,临终时也不忘叮嘱父亲:"一定要找到你舅舅……别忘了把他的骨灰埋在咱家地里!"

父亲常常捧着那封信念叨:"要是不在了,那边也得来个信哪!"

我曾托南山保险的朋友陈克铭去台中县大甲镇询问,说那里已盖起楼房。

我也曾托台湾的张正明教授特地去寻访,说那里的确新盖了许多楼房。

二哥去年赴台旅游,受父亲嘱咐,专门到了大甲镇中山里东阳新村,可那里已无从问起!

每年中秋的团圆席上,父亲总是先敬奶奶,后敬爷爷,再敬他的舅舅,我的舅爷。"可能,人已不在了……"父亲噙着泪说。

舅爷幼年丧父,结婚月余即被抓壮丁,1948年底去了台湾,1992年重踏故土。赴台五年后舅爷娶妻,生一女,取名"云念慈"(思念茨河之意)。如今他欣然回归故里,不想却又孑然而去,那一抔黄土又怎能寄托他那终老的思乡之情呢？"海上生明月,天涯共此时。"亲爱的舅爷,倘若您泉下有知,可否驾祥鹤、乘明月回归故里？

《阜阳日报》
二〇一一年九月八日

小鸭子

周末,带着女儿到乡下去看岳母。岳母年事已高,但身体还算硬朗。

一见面,女儿便嚷着要看自己的小鸭子。

"嗐,别提了,抱回来的第二天就被学生不小心踩死了一只,另一只过几天也不见了,兴许被谁家的狗叼去了!怪可怜的。"

"什么?"女儿瞪大了眼睛,"怎么会是这样呀?"她哭闹起来,弄得岳母尴尬得直搓手。我赶忙劝女儿:"回头再给你买几只!"

那还是去年夏天的事儿。一天早晨,我正在菜市上买菜,猛然间看见一堆小鸭子。它们簇拥在纸箱里,像一团黄色的云在车子上来回飘动。小鸭子个个伸着脖子,睁大了眼睛向外看,叽叽地叫着。我即刻被那充满惊恐和期待的眼神吸引了。它们毛茸茸的身体,叽叽的叫声,勾起了我的爱意。"来一对!"我对卖鸭人说。

它们的绒毛轻柔得像母亲的手,颜色纯正,黄澄澄的,毫无瑕疵。它们的小脚丫像胭脂奶做的红叶,轻轻地落在我的掌心,温温的、痒痒的。它们站在我的掌心里,瞪着两只明亮的大眼睛,调皮地望着我,用小嘴轻轻地啄我的掌心,一下、两下,抬起头,歪着脑袋,看看我,又啄两下,再抬头看看我。我被它们逗乐了。我双手捧也不是,抱也不是,就这样小心翼翼地把它们带回了家——像抱着新生的婴儿。

家对于它们是陌生的。它们不住地交换,不停地走动,想找个安全的窝。两只黄色的绒球,一会儿偎在沙发的角落,一会儿又倚在鞋柜边上。小女放学回家,见到它们,欣喜若狂,又是抱,又是亲,一会儿切菜叶,一会儿喂清水。不到半晌,小女与它们就成了好朋友。

不妙的是,小鸭子吃得快,拉得也快,地板上到处都是它们的"杰作"。我们忙不迭地用卫生纸擦。它们像是在逗我们,刚擦完,又开始"涂鸦"。女儿嗔怪地点着鸭子的小脑袋说:"解手怎么不去卫生间呢?""我偏不去!"小鸭子昂着头,倔倔地向前奔,慌得差点儿滑倒,回头望着女儿叫了两声,好像在说,"哪儿是卫生间呀?"

光吃菜叶是不行的。我们便到操场上的青草丛里抓虫子。我们抓到了蚂蚱、蟋蟀,肥肥的,带回来,将它们揪烂了喂鸭子。有时,也带它们去操场。我们晨练,它们就在草丛里玩耍。草儿又高又密,它们便挣扎起来,笨手笨脚的,让人忍俊不禁。见着青虫,我们便边逮边喂。

然而幸福的时光总是短暂的。它们的随意拉撒终于惹恼了妻子。纸箱底经常被它们踩得湿透,报纸换得比小孩儿换尿布还勤。我和女儿都不在家,这些都落到妻子一个人的肩上,况且她还是大病初愈。所以,我们决定把它们送到岳母家。"那里有茨河,鸭子喜水,长得快!"妻子说。

本想它们长大后可以跟女儿做玩伴,也曾指望它们下几个蛋给岳母补补身体。谁料,竟是这样呢!

我想,如果不是来我家,它们此刻也许正在水中嬉戏;如果不是被送到乡下,它们也许不会遭此劫难。再多的"也许"也无法表达我的不安与懊悔。现在看来,我所谓的爱心当初是多么肤浅和虚伪,我的决定又是多么轻率和不负责任。朦胧中,我仿佛又看到小鸭子那惊恐而期待的眼神。它们将永远活着,活在我自责的心里。

《阜阳日报》

二〇一二年二月二十三日

泥塑情思

首届中国农民书画艺术节举行了。这几天县城里特别热闹，聚集了很多前来参展的艺术家和慕名而来的参观者。

作为丹青爱好者，我又怎能错过这样的盛会呢？

太和公园的北门正对着文庙广场，由广场向北，便是文庙，这里是书画展厅。刚跨进院里，一股浓郁的墨香便迎面扑来。顺着墨香望去，一幅幅书作或虬如松根，或柔若春水，无不浑然天成；一幅幅画作或渲染行云，或皴擦成山，妙趣横生，令人自愧弗如，流连忘返。

由广场向南进入公园北门，跨过石拱桥，便到了第二展厅。这里原是烈士纪念馆，少时的我常来瞻仰"四九"起义暴动革命先烈和抗美援朝烈士的遗迹。20世纪90年代，西关盖起了新的纪念馆，这里便成了书画院。除少量的书画作品外，这里展览的多是篆刻和雕塑，我对篆刻不大懂，但对雕塑十分喜爱。

这里既有前人的精致遗作，又有当红的倾力佳品，既有泥人张传人的上品,又有韩美林新徒的力作,自然也少不了当地名人丁三的炭烧精品。沐着墨雨文风,徜徉其间,我不禁惊叹于这些作品的绝妙,更惊诧于作者的用心。然而,若论起它们妙在何处,我却又词穷了。

顺着展道前行,映入眼帘的是些泥塑作品,因为小且多,竟看得我情痴痴而意冥冥了。然而,就在这冥冥之中有一件东西却着实令我一惊。

那是一方泥塑的小池塘,塘中有大小两片荷叶和一枝半开不开的芙蓉。荷叶上卧着三只青蛙。大点的荷叶上卧着的那只正静静地蹲守,意在突然出击,捕捉来犯的飞蛾;斜下方的荷叶上卧着两只,左边那只半睡半醒的样子,似乎正在独享雨后的酥阳。左边这只乜斜着斜上方那位伺机而动的仁兄,好像在嘲笑它的故弄玄虚。右边那只侧着身子,将头探向水面,似乎在逗鱼儿。荷叶下面是泛着点点涟漪的池塘。所有景致均依景设色,以情渲染。那红红的蛙舌和胭脂的芙蓉更是俊俏,三双各异的蛙眼更添几分自在的神韵。其间俯仰生姿,动静相宜,上下和谐,令我观之怡然。

我没有急着去看标牌,也许无须去看标牌。只看那和谐的布局、栩栩的塑态,我便知作者一定是他。

他是我的朋友,亦是我幼时的绘画启蒙老师。其实,他比我大不了几岁。他是一个农民,地道的北方农民。他是放下锄头才拿起笔头的乡土艺人。他的父亲(远近闻名的农民书法家)常领着他到处画壁画,有时也给照相馆里画布景。后来,不知何时他自己学会了泥塑,最拿手的就是泥塑蛤蟆(青蛙)。有一次,邻居的几个孩子上他家串门,竟被条案上摆着的青蛙吓哭了。从那时起,人们便叫他"蛤蟆刘"。

那年我考上了高中,需到几十里外的县城念书。他便用羊毛毡兜来四只泥塑蛤蟆送我,说,毡子留着画画用。临别,他又笑着说,看到蛤蟆就能想起他的丑模样。结婚那年,他送给我四幅他的工笔猫以作贺礼(他的工笔猫自成一家,彼时已小有名气)。羊毛毡我至今还在用,蛤蟆却不知"蹦"进哪位朋友的怀里,工笔猫也早已"蹿"上别人的后墙。

后来,我被调到城里工作,联系渐少。再后来,我辗转到了省城,就再也没了音信。不承想,今日却在这里遇见他的传神之作。而且,其神韵较之以前更是难以描摹,其功力自然是更加深厚了。

近几年,所谓名家、大家也曾见过几个,也时常听闻某某已入了这个协会、那个协会,时常听闻某某的身价几许几许,润笔费多高多高。而他依然生活在皖北的农村,依然扎根于广阔的田野。从没听说过他的画炙手可热,也从没听说过他的蛤蟆有多么金贵。

《阜阳日报》

二〇一二年五月十九日

父亲的房租

"喂！是 202 的家属吗？你们的房租都欠了半个多月了，抓紧时间来交吧！"

"好的，好的，我们马上就去。"

老年公寓第二次打来电话催房租了。

父亲和母亲住在老年公寓，每月房租 1050 元。二哥经营药材，条件好些，原定房租由他来出。大哥、姐姐和我平时多去照看。没承想，这次二哥二嫂去国外旅游，时间稍长，走前忘了交房租，竟让人家催了两次。两年前，我妻子患了乳腺癌。作为教师，原本清贫的我，更是雪上加霜。工资还没到，我摸摸兜里还剩百十块钱，还要挨到发工资，否则，我会交的。姐姐那是出了门的闺女，这样的事情我很少麻烦她——毕竟她手头也不宽裕——几年前，姐夫因为贪便宜被人家骗了，至今也没缓过劲儿来。于是，我把希望寄托在大哥身上。可是，不知什么原因，大哥没去交。公寓那边只好又联系上二哥，二哥让儿子去交了房租。

对这件事,二哥自然很有意见。他便先埋怨起我来——因为他对大哥还是留着情面的。我虽满心委屈,但也没有申辩。在我看来,赡养父母是没有理由推诿的,更何况,我一向认为只要每个人都把自己当作父母唯一的孩子,那么,老人的赡养就不存在问题。二哥生气的时候,我妻子恰巧在场,她将事情的缘由讲清楚了。于是,二哥和大哥之间一场忍耐已久的战争终于爆发了。冷眼旁观的我渐渐明白:二哥揪着这个问题不放,正义之外俨然充斥着暴发后的骄纵;大哥的寸步不让里依然把持着昔日的残余威严。这样的骄纵与威严让三哥远离了他们。而这骄纵与威严恰恰又是父亲引以为傲的。因此,三哥渐渐与父亲疏远了,与那孝道也渐行渐远了。至于嫂子们,更是"男人光棍媳子愣",骄横与不让是远胜于男人的。人家的不和起自财富的分配不均,我们家的别扭则源于各自的骄横与自傲,这就是我们家矛盾的根源。

按说,我们兄弟姊妹五个,父母完全没必要住老年公寓,白掏那份房租。然而,事情远没那么简单。父母早年做生意,后来,也许因为年纪大,怕遇个头疼脑热的不方便,也许为了生意上的便利,就带着爷爷奶奶一起搬到了镇上。我们家情况很特殊,当爷爷奶奶年近百岁之时,父母也都七八十了,由他们照顾爷爷奶奶显然不可能。所以,大哥就主动承担起照顾爷爷奶奶的重任。奶奶去世后,爷爷就跟随大哥搬到了城里。爷爷仙逝后,父母就搬到城里。父母的住处,首选是大哥那里,因为大哥有栋小别墅,父母住下应该没有问题。然而,大嫂和父亲向来不和——若论缘由,话题太长,这里暂且不提——所以,大哥家就去不成了。姐姐是租房子住的,只有两间,且他们家有四口人,显然不行。我家住在三楼,父亲嫌高,不愿住。剩下,只有二哥那里了。二哥在城东马路边有一间铺面,上面有一套房子,也在三楼。二哥只好将铺面后面的一间仓库腾出来给父母住。顺便说一下,我父亲生于1930年,且是独生子,那个年代的独生子,可想而知,从小便娇惯。他早年当过干部,现在又有退休金,加上我们的恭顺,平日里,父亲的高傲就不难理解了。二哥忙于应酬,嫂子也时常不在家,一来二去,日子久了,父亲自觉他的尊严里被掺进了怠慢,于是,他决心搬出去。我们拗不过,只好将他和母亲送进老年公寓,于是便有了房租的纠葛。

　　房租事件后,暮年的父亲连续生病住了几次院。他的慢性支气管炎转成了肺气肿病,进而转成了肺心病。自觉时日不多的他,终于想起了他的三儿子。接到我的电话,三哥急匆匆地赶来了。但是,重症监护室不允许人们随时探视。所以,那次三哥竟没见上父亲。病愈后,适逢三哥儿子娶媳妇,父亲率全家回去祝贺。我们全家终于坐到了一起。

在重症监护室里,父亲在生命的最后时刻,请护士拿着本子,艰难地写了一行我们怎么也看不懂的文字……

父亲一生坦荡而自傲,他没有做过值得夸赞的功绩,也没有说过让人难忘的豪言壮语。他以他的威严和苛刻同母亲一道将我们养大成人。那难懂的一行字里,也许蕴含着他对我们无尽的爱意,也许深藏了他对我们无尽的期盼,也许……

去年父亲节,我们围坐在父亲身旁;今年父亲节,我只能满含歉疚的泪,用文字来敬慰他老人家的魂灵了。

现在,母亲住在我家里。我想,我不会再让母亲大人为房租操心了,永远不会……

《阜阳日报》

二〇一三年六月十五日

老唐头儿

老唐头儿,这是大家对他的称呼。至于他家居何处、姓甚名谁,从来没有人问过。大家只知道他姓唐,是个老头儿,人们就喊他老唐头儿。

老唐头儿是个做饭的。小时候,我跟着大哥在镇上念小学,学校有专门的食堂供单身的老师们吃饭。我时常跟在哥哥屁股后面去吃饭,一来二去,我们便熟悉了。食堂里外就他一个人。他双腿残疾,一条腿是弯曲的,而另一条腿几乎是跪着的,走起路来,两条腿如同拧麻花。我疑心他怎么能够走路的,每当看到他又瘸又拐地忙前忙后,给这个拿馍,给那个盛菜,给所有人舀稀饭,我心里都酸酸的。然而,他却毫不在意,边盛菜边和大家有说有笑。

砍柴,对于他,我不知道是怎么完成的。我每每看到他,他都是屁股搭在小板凳上,一只手举着斧头,另一只手扶着劈柴。他的下肢是用不上力的,所以,斧头砍下去的力量显然不够,有时竟将手里的劈柴磕碰得飞出很远。他不得不全身趴在小板凳上,趴着,去捡回来。趁着下课,我有时会去帮他。他总是笑呵呵地说:"不碍事儿,上学要紧,你去吧!"待我离开几步,他又忙说:"别忘了,晌午吃饭!"然后,他微笑着,摆摆手,示意我别迟到了。

最难的是冬天打水。食堂门前有口井,井沿儿是用水泥做的,冻上层薄冰,那湿滑,即使正常人也难以行走,何况是他?他便提着热水先将井沿儿上的冰烫化,再回去提两个桶并拉着钩担。然后,他匍匐在井沿儿上,把身子探进井里,晃动着钩担,桶满后,他整个人先慢慢地往后缩,双手攥着钩担一把一把地拉上来。最后一把,他先歇一歇,然后用尽全身的力气,将身子向上猛地一挺,双手趁势猛地一提,水桶就上来了。他要么被水桶磕得嘴唇青紫,要么上半身被溅出来的水打个湿透。食堂里有口大缸,食堂里每天都要用去满满一缸水。这水,都是他一桶一桶从井里提上来的!

有一年秋天,哥哥到县城学习,走时忘了给我饭票。没有饭票,我只好饿着。下午下着小雨,还没上课,同学说有人找我。我来到教室门口,原来是老唐头儿。他手里拿着一个馍,馍里面夹着菜,下身蜷曲着倚在门框上,笑吟吟地看着我,说:"你哥不在家,就不来了?没饭票,不碍事儿,尽管来!"他把馍递给我,转身要走时又叮嘱说,"别忘了,放了学,来!"……看着他一瘸一拐我心里挺不是滋味儿。我何曾为你劈过一把柴？我何曾帮你打过一次水？我何曾帮你向灶里添过一把火？有时候，我还嫌你是个瘸子。我的泪潸然而下。

　　自那以后，我们的关系日渐深厚。有票没票，我都可以去吃饭。冬天里，为了暖和，也为了跟他做个伴儿，我便和他睡在一起。油灯下，他煨壶小酒，嚼着蚕豆米儿，谈起了他那神奇的往事。他是个老革命，参加过孟良崮战役，后来又参加了抗美援朝。他的腰间至今还有弹片的伤痕，他掀起衣服说："你看，在这儿！"他的左肋下现出一道半拃长的伤痕。我用手摸，硬硬的。我缩回手，无限敬仰地看着他。瞬间，他那一瘸一拐的样子又浮现在我的眼前，可是，我一点儿也不觉得他丑，相反，我觉得他是天底下最高大的人、最值得尊敬的人、最可爱的人。说起他的腿，他骄傲而幽默地说："这双腿啊，算是抗美援朝的纪念喽！"原来，在追击南撤美军的战斗中，他的双腿被敌人的坦克机枪射中，后经抢救，命虽然保住了，他却落下个终生残疾，那枪伤至今还清晰可辨。我简直不敢相信，我眼前这位做饭的老头儿竟然是位老革命、老英雄！我被他的事迹惊呆了！

　　我不平地说："您怎么会在这儿做饭呢？"

　　他淡然道："比起那些死去的弟兄，我不知要强多少倍！"末了，他呷口酒，泪眼花花地说："活着就好，还有什么比这更值钱、更金贵呢?"我痴痴地看着他,半天没说出话来……在我心里,他已不再是个残疾人,他已不再是个做饭的人,他已不再是个普通人!但我们约定,我必须守口如瓶!

　　1983年的冬天,听说老唐头儿掉进了井里。待我从一墙之隔的中学跑到小学食堂时,他已经断了气,静静地躺在冰冻的泥地上,很安详,跟睡着一样。我告诉校长说,他是个老革命,是个大英雄。校长瞪着眼睛说:"小屁孩净胡扯,你见过哪个老革命来咱这破地方做饭?"两天后,小镇上来了两名外地的干部,他们分别是山东莱阳民政局和武装部的。小镇的人们才如梦初醒,人人一脸蒙。谁也不会想到,做饭的老唐头儿,竟然是位老革命!这事惊动了镇上唯一的一位老革命尹先生——抗美援朝中,他被飞机炸去了双腿和一只胳膊!他用仅剩的一只胳膊抡起拐杖砸向一旁的校长,怒道:"几十年了,你就不知道吗?"是的,校长是真不知道,这位老英雄一直隐瞒着自己的真实身份。县民政局、武装部以及阜阳地区军分区的领导们都来了。人们肃立在小镇的街边,为这位大英雄送行。他唯一的亲人——他的远房侄子从山东老家赶来,接他回家……

　　冬夜里,他点着酒精,边擦洗自己的残腿边说:"一个战友,下身被炸弹炸没了……"他用指头蘸着碗里蓝蓝的火苗,火苗在他手上燃烧,他继续搓洗着残腿,说,"我抱住他,血呀,浸透了我的棉裤……他抬起头,眼里闪着亮晶晶的光。他哆嗦着说:'帮我照顾老娘……'我费尽千辛万苦到了沈丘,他娘已经去世啦。途经这里时,我实在走不动了,就在食堂找个活干,老费(原来做饭的)走后,就我一个人干了。"

这是我俩最后的谈话。

老唐头儿,山东省莱阳市穴坊镇南唐家庄人士,本名唐小宝。

《阜阳日报》
二〇一三年十月一日

血染的军被

一位老人,一身泛黄的旧军装,一顶灰色带条纹的军帽,一双军绿色的球鞋。那天,他正在晾晒被褥,其中一条垫被被面儿已经烂得丝丝缕缕,棉絮也早已变成粉末,泛白的底色中依然可辨那特有的军绿色。老人轻轻拍打着,充满深情地说:"这是抗美援朝时用的棉被!"摩挲着那残损、破败的棉絮,我心中无限感慨。

我说明了来意,说,想以自己已故舅爷的军旅生涯为蓝本,写一部战争题材的长篇小说,请老人家谈一谈当年的事。老人很是动情,连声说:"好,好,那好,那很好!"他的手有些抖,嘴唇有些发颤。

老人参加过淮海战役、渡江战役,跨过鸭绿江参加过抗美援朝,戍守过海疆,一生荣立一等功一次、二等功一次、三等功五次,可谓身经百战,战功赫赫。坐在老人身边,聆听他叙说峥嵘的往事,看着他微微发颤的身子,我的敬意油然而生。

谈起自己荣立一等功,老人不无感慨,颤巍巍地说:"淮海战役，在碾庄，我们打黄维兵团，战斗很激烈，把人都打散了。我们奉命护送伤员到战地医院，路上，就听到一阵炮响，之后就见连文书员中弹倒地了……"老人沉默了，默默擦拭着眼泪，颤抖得连手巾都抖落在地上，整个身子也跟着颤抖起来，"我和一位战友边跑边扔手榴弹，快到敌人近前时，那位战友被敌人的手榴弹炸飞了。我一连扔了几颗手榴弹，敌人都缩成一团，他们看到只有我一个人，就胆子大了，不想投降。我随手抱起旁边一个炸药包，大喊——不投降，咱们就一起完蛋！这些敌人就投降了。我一看，6门榴弹炮呀，真喜人，我缴获了6门榴弹炮，还俘虏了15个敌人！"

老人擦了擦眼泪，扶了扶军帽，深深长叹一声："唉——哪一仗不死人呢？"他哽咽着，继续说，"我算是好的，没想到能保住命！"谈到自己负伤那次，老人说，"我们1951年11月25日进入朝鲜。一入朝鲜，就投入了战斗。白天，我们根本不敢出来，飞机打得很准。他们（指美军飞行员）能飞到坑道口去打你！给养、弹药、援兵都上不来。朝鲜山多，气温都是零下二十几摄氏度。我们一个连134人，最后只剩下十几个人，许多战友冻死、战死了……"老人眼里闪着泪花，颤颤地说，"没办法，我们冒着死的危险，爬到炸塌的房子底下找东西吃。天太冷，我们把被子裹在身上，拿破套子缠着手，手都冻得铁青。想脱掉靴子看看自己的脚冻成啥样了，一脱，皮就粘在靴子上了！只得不停地走，不能停，一停，人就不行了。那一次，在鸡鸣山，我和连长要翻过一个山头，去接应伤病员。向上爬时，就听到一阵枪响，那是重机枪的声音，我的连长当时就趴在那儿，不动了。我正想去拉他，突然觉得右肩膀一麻，我知道自己负伤了。我抱着连长的尸体，裹起被子，顺着高坡滚了下去。血，一直往外冒，流到靴子里，连棉裤都冻成了血冰。就那样，我硬挺着翻过两个山头，找到了伤病员，把他们带到了师部卫生所。"老人下意识地摸摸自己的右肩，默然良久……末了，老人用颤抖的双手扶了扶军帽，说："生命，谁都知道金贵，可是，打起仗来，谁还顾得了命啊？"

　　我默默地注视着老人，许久，许久……我知道，任何语言都无法描述他此刻的心情，他生死征战的坚强与勇敢，他战争洗礼下那质朴而圣洁的魂灵。作家魏巍曾赞美他们是"最可爱的人"！魏巍所言，我不敢评价。但我想，此时此刻，所有的赞美都是苍白的、无力的，就让这无语的沉默来洗刷那隔世的硝烟吧！因为是他们在重大灾难面前托举了整个民族和国家的希望，以血肉之躯打垮了觊觎中华的外敌！在这个世界上，在人类还未消灭国界之前，他们的功绩都是最伟大的、永不磨灭的！

　　"后来，毛主席的儿媳妇刘思齐去朝鲜，祭扫毛岸英烈士的墓。她跟毛主席汇报说，墓地的台阶有240级，代表着先后入朝作战的240万名志愿军战士！"老人用双手按住膝盖，嘴唇哆嗦着，像尊雕塑！我轻轻抚按着老人的肩臂。"后来，彭总亲自给我们佩戴军功章，比起那些死难的弟兄，我们又算得了什么呢？"看着老人涕泪纵横，我的眼睛也湿润了。

我轻轻地抚摸着那床破旧的军被——它浸满了战士的鲜血，见证了一段悲壮而辉煌的历史。

老人的名字叫张克荣，83岁，居太和县城老石条街。

老人于2022年10月30日逝世，享年92岁。

《阜阳日报》

二〇一四年三月二十九日

永远不变的，是根

2014年5月20日，茨河岸边的倪胡同村，人们从四面八方拥来，等待着那个庄严时刻的到来。

9时30分，我的舅爷云广善先生的骨灰撒放仪式开始。92岁高龄的舅姥双手捧着舅爷的骨灰盒。她的左边是她和广善先生的女儿云芙蓉，右边是广善先生和台湾妻子的女儿云念慈。她们身后跟着舅爷仅存在世的妹妹和其他亲戚。长天笼罩四野，大河缓缓流淌。哀乐里，人们默立两岸。他们来迎接这位游子回家，他们来跟这位老人做最后的道别。村庄苍翠无声，茨河水静静流淌。

舅姥云付氏，目光凝重，神态安然。她轻轻抓起一把亲人的骨灰，捂在胸前，久久不舍撒去……那是她的亲人，那是她结婚刚满十天就被国民党军队抓去当了壮丁的男人，那是她还没来得及认清脾气秉性的夫君，那是她苦苦等待、找寻了整整65年的亲人！"而今，你已化作一抔灰土。你终究还是回到了自己的家，回到了你曾经娶我为妻的村庄……你要将自己撒入茨河，而我又怎能忍心将你抛撒？也罢,就遂了你的愿吧。毕竟,你总算叶落归根了……"骨灰,飘落水中,河水无语,默默东流。

"广善啊,你说你是在这河边儿长大的,你说你曾在这岸边放过牛……我清晰地记得,我们在这个河湾儿里走过,手挽着手……就让为妻最后送你一程吧……"两颗清泪,滚落脸颊,老人紧紧地抱着那个生命不息的魂灵,慢慢飘洒那无限的情思……

"你走后,第二年我们有了娃,你最喜欢茨河湾里的荷花,我就给她取名叫芙蓉。新中国成立了,还是没有你的消息。我曾想,这辈子再也见不到你了。爹娘死后,堂兄弟们为了挤占咱家的田产、宅基地,硬是把我们娘儿俩挤了出去。没办法,1960年在逃荒途中我被迫改嫁。1992年,你第一趟回来,听别人说我没有守着你,你就狠心没有见我。在后来的信中,你才知道实情。你给我打过来8000元美金!其实,钱,又岂能补偿我几十年的相思之苦啊?"

泪水顺着脸颊缓缓而流,舅姥理了理被风吹乱的银发,轻轻拉起两个女儿的手,紧紧地攥在手心里。船头,两个姐妹相拥而泣。看着这缓缓流淌着的茨河水,云念慈想起了父亲,想起了小时候父亲经常跟她念叨,自己生长在茨河边,茨河湾也是她的家。念慈虽然生长在台湾,但她知道,茨河湾里有父亲的足印,自己的爷爷奶奶就深埋在这里……这里,才是她的根、父亲的根!所以,她才依照父亲的遗愿,将他的骨灰捧回大陆,撒向生他养他的茨河。她清晰地记得,在弥留之际,父亲怔怔地看着她,右手直直地指向北方,久久才垂下。

骨灰在舅姥的手里,飘洒着,亲吻着河水。

"广善啊,你真的又回来了。还记得吗1999年,南京,飞机场,临别时我问你:'还回来吗?'你说:'回。'我说:'一把骨头了,来回跑啥?'你埋下头说:'回!''死了呢?''死了也回!''死老头子,还是那股子倔劲儿!'"

……

舅姥,嘴唇哆嗦着,轻轻呼唤着夫君的名字……大河静默,人们悲泣。

舅爷,您又回到茨河湾,回到久违的家。您这颗漂泊了65年的心,终于可以安歇了,安歇在故乡的茨河水中。纵然沧海桑田、世事变迁,纵然海峡宽广、长空漫漫,纵然须发如银、物我两茫茫,但您,我的舅爷,还是回来了。因为,在您心里,永远不变的是根!

《阜阳日报》

二〇一四年九月五日

字写正，路走好！
——忆恩师范吉林先生

语文课上，一个孩子手中握着笔，向前趴伏着写字，姿势显然不对。我即刻拿起他的笔，向全班同学边示范边解说正确的姿势。

我在想：很多同学错误书写姿势的形成，不是一天两天，他们的小学老师怎么能熟视无睹呢？良好的习惯会影响一个人的一生，同样，一个坏的习惯也会影响人的一生。

由此，我不禁想起自己的小学语文老师范吉林先生。

范先生是位清瘦的高个子老头儿，戴着一副黑边框眼镜，这给原本就不苟言笑的他平添了几分威严。我母家姓范，论辈儿，我该喊他舅舅。

那时候，二年级的小学生就开始练毛笔字了。我们先是描红，接着临帖，帖是范先生自己写的。他将一张白纸钉在黑板上，然后告诉我们怎么坐、怎么握笔、怎么蘸墨、怎么落笔。记得我们学写的第一个字是"永"。那时，我仗着与他有点儿亲戚关系，就在写竖钩的时候跷起二郎腿，还一晃一晃的，一副颇为得意的样子……"笃——"一记重敲辣辣地落在我的头顶儿。先生背过身去,只说了一个词:"姿势!"惊得全班同学赶忙正襟危坐。

村里人都夸我的毛笔字写得好。我的大字簿,每次都被范先生逐个画了圈。有时,我也被他叫了去。我不知缘由,怯怯地进了他的屋。他的屋,跟他的人一样,两个字"严正",他的治学也是两个字"严正"。

"你看,"他用手指点着那个写得不够规范的"海"字,说,"三点水,不能一条线,中间一笔应该向外来一点。"他在"海"字的旁边写了一个三点水,说,"这样,就饱满了!"又说,"汉字是美的,得写出美来。"顿了顿,又说,"像人一样,父母所赐;字,祖先所创,不可随意哟!"他的老花镜滑到鼻尖上,镜框上面那双严厉的眼睛正定定地看着我。从那时起,我便知道,写字同做人一般,是万万不可轻慢的。在不经意的指点里,先生将做人的道理教给了我。从小学到大学,我接触过很多老师,但像范先生这样严正而细致的老师实在是凤毛麟角。

小学毕业那年,我特意画了一幅画——一个干瘦的高老头儿,戴副眼镜,握着笔,在黑板上写着"永"字。看后,他笑了,说:"画的是我吧?"我红了脸,羞怯怯的,转身跑了……那时已经时兴给老师送点毕业礼物,老师也会回赠给我们。那天,他来到我的住所——我那时跟着哥哥读书,哥哥是那所学校里的老师,和范先生同院。他抚摸着我的后脑勺,一圈一圈的,不舍地说:"长高了!"他眼里含着笑。一瞬间,我激动得落了泪。记忆中,这微笑是几年里少有的、难得的馈赠。能博得先生的微笑,对于我们,该是一件多么奢侈的事情啊!然而,我们即将分别。

此后,我上初中、高中、大学,直到混迹于浮躁的尘世。有一年,托人打听先生的消息,那人说,早已入土!我的脑海里即刻浮现出他的微笑,那般慈祥、仁爱,我的眼睛模糊了。

先生送给我一个笔记本,塑料皮儿封面;一支钢笔,新农村牌。笔记本的扉页上,工整地题着字:"字,写正;路,走好!"下面是落款,同样是工整的小楷:"老师:范吉林;时间:1983年6月30日。"冥冥中,我仿佛看到,先生正端坐于灯下,一笔一画地为我们写临别赠言。老花镜的黑框映射出熠熠的光辉。我的泪一下子涌了出来。

先生,如今我也是一名老师,我会让孩子们像我一样铭记您的话:

"字,写正;路,走好!"

《阜阳日报》

二〇一六年九月十日

萱草花开

在我的故乡,有一种俗称"金针菜"的萱草花,它没有牡丹的华贵,没有月季的鲜艳,也没有蔷薇的热烈,但是我永远守候的母亲花。

"萱草生堂阶,游子行天涯。慈母倚堂门,不见萱草花。"每当吟诵孟郊的这首诗时,我的眼前总会浮现出母亲倚在家门口等我回来的情景,耳畔总会响起母亲对我的声声呼唤。

母亲生于20世纪30年代初。在她很小的时候,她的父亲就死在了逃荒的路上。母亲姊妹三个,姐姐体弱多病,妹妹年龄尚小,年幼的她就成了家里的顶梁柱。嫁给父亲后,日子也很艰难。母亲生养了我们兄弟姊妹六个,我的一个姐姐因为生病家里没钱抓药,夭折了。我的父亲是个病秧子,且脾气暴躁,生活的重担几乎全压在母亲一个人肩上。那时,母亲随村里的男劳力到几百里外的邻省去挑粮食。挑回粮食,就推磨,磨了面就到镇上擀面条卖,剩下的汤给我们吃。那年月,是面条汤救了我们一家。就这样,母亲拉扯着我们一路煎熬着挺了过来。

幼小的我多么希望母亲能过上一天好日子啊！记得有一天,我望着母亲,痴痴地说:"娘,长大了我要让你住北京的三棚楼,顿顿吃白面馍!"母亲搂着我,亲着我的小脑门儿,说:"咱不住北京的三棚楼,娘啊,能吃饱就行!"娘的眼里闪着泪花,我知道,那是幸福的、期盼的泪。

从此,这个念想就深深地埋在我的心底。

然而,现实的路并不平坦,连续高考不第的打击险些把我打倒。母亲心疼地说:"实在累了,咱还有二亩地,天下没有过不去的坎儿。"那天夜里,我静静地坐在茨河岸边,茨河水缓缓东流……是的,世上没有过不去的坎！这么多年,母亲不知走过了多少沟沟坎坎。相比之下,我遇到的挫折又算得了什么呢？——一定要让母亲住上北京的三棚楼——第二天,母亲将一个厚厚的小布包捧到我的面前。她慢慢地打开,一层一层……

布包里是一沓沓钞票！十元,五元,一毛,两毛,用红头绳儿捆扎着。娘说:"只要你考,就是砸锅卖铁,娘也要供你!"我把布包深深地揣进怀里,一句话也没说,背起行囊,到县城复读去了。我知道,这钱是母亲用萱草花换来的。

高考的前一天,母亲拖着微胖的身体,背了两大包萱草花,从百十里外的茨河湾来到县城。娘说:"说好不来了,怕你有压力,我是想,来城里,金针菜能卖个好价钱。"

茨河湾里盛产萱草花。五月里,金黄的萱草花似开非开时是采摘的最佳时节。每天清晨,母亲都要挎着篮子踏着露水摘上满满一篮,在锅里焯了,晾干,装起来。这满满两大包萱草花,是母亲不知道唤醒了多少个晨光才得来的。

高考结束了,我因为要等分数,填志愿,所以不能和母亲一起回老家。我送母亲去车站。车快开了,母亲不得不上车。车门很高,母亲又矮,她先将剩下的一包萱草花托到车板上,一只手扒着车门,一只手扶着车板,左腿的膝盖跪在踏板上,身体微向左倾,右脚抬上踏板,才艰难地进到车厢里。母亲扭过身,掸了掸青灰色的布衫,喘着气,对我说:"回去吧,娘走了。"我转过脸,泪一下子涌了出来。

迈过了高考那道坎儿。原以为,我的梦想有了指望。然而,乡村教师那微薄的工资和蹇塞的生活使我又一次怀疑自己的能力。但是,又有谁能怀疑一个孩子对母亲的那颗赤诚而纯洁的心呢?母亲已日渐苍老,我也早入不惑之年,而梦想还是遥不可及。就在我为童年的梦想不懈拼搏之时,母亲却病倒了。

母亲一向强健,可这一病是那么难挨呀。母亲静静地躺着,眼睛盯着苍白的天花板……她累了,她稚嫩的童年曾支撑过姥姥一家的苦难,她无悔的青春曾见证过我们家族的沧桑,她仁爱的胸怀曾包容过我们太多肤浅的承诺……

母亲,走了。可您的儿子还没来得及让您住上那梦中的三棚楼……您让儿子该怎么面对这"子欲养而亲不待"的悲痛与无奈!母亲啊,我悲叹"此时有子不如无"!

母亲的新家就在老宅的西边,我想让娘还能倚在家门口盼着我回来,等我领她上北京,去住三棚楼……

老宅的院子里,我种下一丛丛萱草,祈愿金色的萱草花陪伴母亲左右,永远,永远……

又到五月,又见萱草花开。

《阜阳日报》
二〇一七年五月十三日

金筷子

那双竹筷子,几十年了,至今我还珍藏着。

小时候,弟兄们多,家里又穷,我们都用秫秸莛子吃饭。莛子粗细不一,又很滑溜,夹起东西,不是让人尴尬地掉到碗里,就是令人痛惜地掉在地上。所以,母亲狠下心来,给我们每人买了双筷子。为了区分,每人都用烧红的铁丝在筷子上烙了印记:老大就是"一";老二就是"二";三哥就是"三";姐姐就是一朵小花;我是爹娘的老生儿子,我的筷子上烙的是洋字码"5"。

用竹筷子吃饭,可比秫秸莛子稳当多了。饭场里,我们握着自己的筷子,像贵族一样,炫耀着。

后来,我要到镇上念小学。细心的母亲连夜在我的筷子顶端用小刀切了一圈凹槽,又用红头绳将两端系在一起。因为有凹槽,绳子才不会脱落。后来,我作了一首诗:"一双筷子,系着红头绳。这支是童年,那支是快乐;这支是我,那支是母亲。那红头绳呀,是故乡的牵挂。"

每次吃完饭,我都将那双筷子洗净挂在墙上。初中毕业,上了高中,系筷子的红头绳不知换了多少回。每次,娘都用红头绳又耐心地系上。母亲的认真劲儿,每次都看得我心里酸酸的。那是母亲怕我飞了呀!可是母亲,您的儿,就是那拴着红头绳的筷子,走得再远,也忘不了碗里的饭,飞得再高,也脱不了您手中的线啊!

就要上大学了,我迟疑着,还带不带那双筷子呢?听说大学里都吃米饭,用不着筷子。娘看着我,说:"带上!到哪儿,咱中国人都离不开筷子!到哪儿,孩子都离不开娘!"噙着泪,我带上了那双筷子,踏上了南去的列车。

大学里吃米多,筷子用得果然少。偶尔要用筷子时,食堂里一次性筷子多得是!偌大的餐厅里,只有我既带了勺子又带了筷子——那筷子,不仅用红头绳系着,还恭恭敬敬地躺在搪瓷缸里。南方的小生们见了,都窃笑。我则不以为然,大有我行我素的架势。记得我刚到镇上念书的时候,看到我的后脑勺上留着小辫子且辫子上还扎着红头绳时,那群"油头滑脑"的"小坏蛋"也曾取笑我是个假妮子——只不过,那时的笑里含了许多的天真,以至于我自己也咯咯地笑了。而今,这窃笑多少让我感到些许不适。不过,这不适尚不足以使我像个纯朴的村姑初涉华都时那般窘迫。后来,他们竟然熬不住,竟派了个女生过来,操着难懂的南方口音,问:"学兄,筷子为什么要拴着红绳儿?有什么特殊含义吗?"她那形影不离的男友和那群南方仔就站在我的余光里。"这支是你,那支是你的那一半!"我将筷子擎着,推到她的眼前,手指着,用地道的皖北话冲她说。她红了脸,怔怔地站在那儿,顿悟般痴痴地说她懂了。随后的几天里,食堂里竟然出现许多用红绳儿拴着的筷子。他们——互恋着的学子们——用那筷子相互喂着饭,有的竟把那筷子用到了极致——每人拿一支向自己的嘴里扒饭,红绳儿在两人中间来回地拖拽着——煞是滑稽!他们只知炫耀自己的痴爱,哪里知道,在我心里,那系着红头绳的筷子恰似金子般珍贵!

成家后,我有了自己的第一只筷笼子,那双筷子便赫然立于其间。看着那双早已被磨秃了头儿的筷子,捋了捋褪了色的红头绳,妻子啥也没说,默默地搓了根红绳儿,又把它们系在一起。她是我高中的同学,那双系着红头绳的筷子对于她早已不再陌生。

一位朋友曾跟我说:"你知道'新娘'一词的来历吗?就是老娘看不住你了,伺候不动你了,选个人来看住你、伺候你,这个人就是你的'新娘'!"原来,我只知道"新娘"就是妻子、爱人、老婆、贱内,却哪里懂得竟还有这般深意。打那以后,念及妻子,我便肃然起敬,她不仅是我的老婆、爱人、妻子,还是我的"新娘"!老娘是伟大的,未退位,就已为自己选好了接班人,还举行了隆重的交接仪式——儿子的结婚典礼。母亲是赛道上的高手，她把人生的接力棒成功地传给了下一任。在这个伟大的仪式里，新娘是那般从容、坦然。那双筷子如同权杖，而今递到了妻子手中。

前年在北京给"新娘"看病，闲来逛到前门大街，那里有个专卖筷子的百年老店。什么金筷子、银筷子、象牙筷子、玉石筷子、楠木筷子、紫檀筷子……名贵之至，浩繁之至。我买了双银筷子，听说过去皇上就用银筷子，可以测毒！看到包装华贵、典雅的银筷子，妻子却面露愠色道："什么金筷子、银筷子，家里不是有一双吗？"说完，将筷子掼在地上。

后来，我写了句诗："金筷子，银筷子，不如我家的竹筷子！"

二〇一三年三月十日

家有至宝更何求

提起父亲,我的心里总是疙疙瘩瘩的。说到女儿,我的心里也总是疙疙瘩瘩的。

记忆里,父亲一向对我严苛,至于钱,更是"抠得要命"。有一次,我要到县城给老师送一只猫,来回车票要一块九,路上吃一顿饭要一块。我壮着胆子跟父亲商量了三天,总算从他那里借了三块钱,还立了字据!中考那年,我因8分之差没能考上县一中,父亲三天打了我三顿,最终把我赶出了家门……提起父亲,我的心里总是疙疙瘩瘩的。

因自己受了父亲太多打骂的缘故吧,对自己唯一的女儿,我倍加呵护。

女儿出生时,我们寄居在亲戚的房子里,后来辗转住进城郊的学校里。一年后,我们又被迫搬到另一个亲戚的房子里。房租是不用交的,却要赔小心,看脸色度日。看着女儿天真的笑颜,我暗下决心,一定要让女儿住上自己家的房子。

我们终于咬着牙决定买房。为了还贷,我辞去公职漂泊于逐利的商海。整整五年,我鲜少回家。更令我难为情的是,每次回来,我几乎没给女儿买过东西,吃的、玩的,哪怕是一点点。每次回来,她都怯生生地望着我,好像很陌生的样子。在家里没两天,刚混得熟了,我又要走。她就泪汪汪地盯着我——她肯定知道爸爸是不得不走。她向我挥着小手,说:"再见——爸爸,记得回来哟!"每次出门,我心里都流着血和泪。

生活并没有给贫穷的我们太多美好的赠予。

那年六月,女儿正上小学五年级,我们的房贷也才刚还清,妻子却查出了乳腺癌。因为要去北京治病,我们只好把女儿寄养在亲戚家里。先前,她只是长久地与我分离,这一次却是连最亲近的妈妈也不能跟她在一起了。我不知道那一个多月她是怎样挺过来的,我不知道她是怎样时刻思念着病情危重的妈妈和为筹钱而急白了头发的爸爸,伴着凄楚的泪进入梦乡的。也许亲戚家的饭食是可口的,也许亲戚家的话语是温情的,可是,我的乖孩子呀,你那稚嫩的心灵,又怎能禁得起这狂风巨浪的打击呢?暗暗的静夜里,我曾想,女儿是不是投错了胎?她那么聪明,那么伶俐,那么懂事儿,她本该生在富贵的家庭里。

八月里,女儿被送来北京,历经生死磨难的我们又团聚了。日子尽管苦涩,但女儿很欢愉。我们一起游天坛,逛动物园,去军事博物馆。她给妈妈剪指甲、削苹果、喂汤药……医生和护士都夸她是个小精灵。

第二轮化疗时,说好了,我留在家里,妻子一个人去北京。但妻子走后的第二天,放心不下的我还是决定去陪她。那天晚上九点多,我背起包,把女儿揽在怀里,看着她,定定地说:"爸爸要去北京——我给姑姑打了电话,她回来陪你!"女儿镇静地说:"爸,你去吧,妈妈要紧,我能行!"转身的一瞬间,我看到她的眼里噙着泪花,脸颊微微抽搐一下迅疾又憋了回去,她是不想让我看到自己在流泪啊!出了门,我泪如泉涌。长这么大,我还从来没有让她一个人单独在家里睡过。暗夜无声,路影阑珊。家,渐行渐远。那一刻,我陡然觉得,自家的房子从来都没有这么大过。孩子,你才十岁呀,那一夜,窗外有风吗?那风大吗?风,该不会把你吓着吧?

生活的不幸不是天灾就是人祸。天灾,许是无法避免的,而人祸往往是疏忽所致。高考前两个多月的一天,女儿不幸崴了右脚。开始我没把它当回事儿,心想过几天就好了。两天后,我才在小巷里找个推拿医生给她做了简单处理。谁知,两天后她的脚依然红肿。这时,我才想起去找县里最知名的骨科医生。医生说是骨头错位!正骨后没几天,由于感染,她的脚踝周围竟突发丹毒!医生说必须请假!两周后,丹毒下去了。看着她一瘸一拐地走向教室,我的心阵阵绞痛!如果不是我的疏忽,如果不是庸医延误，如果……再多的如果都只是对我这个庸父的惩戒！

所幸的是，女儿从来没有抱怨过。即使在卧病的日子里，她也从未表现出一丁点儿懈怠。

作为儿子，很长时间我都无法理解父亲的刻薄。但慢慢地，我懂得了，正是父亲的严格，才练就了我面对多舛命运泰然处之的品性和能力。渐渐地，我明白了，砥砺前行是父亲赠予我的传家之宝。我开始爱我的父亲了，年岁越久爱得越深！是的，穷人家的孩子早当家。祖祖辈辈，我们家族就是靠着这个精神才繁衍生息，日益兴旺的。伟大的中华民族靠的不也是这个弥足珍贵的传家宝才逐梦寰宇的吗？如今，这个传家宝递到了女儿手里。

家有至宝更何求。女儿，你一定懂得。

二〇一七年六月十五日

祈福

在皖北农村,算卦被看作预知孩子未来的有力凭证。

父亲请人给我算过三次卦。

那时候,茨河湾一带有位叫陈瞎林的算命先生,据说算得极准。有一年冬天,我刚记事儿的样子。阳光洒满河湾,院子里金灿灿的。大人们围在堂屋里拉呱儿,孩子们在院子里玩叨鸡。"当——当——当!"巷子里传来几声竹板敲击的响动。"算卦的来了!"二大娘说。"给咱家兴儿算算!"我娘正纳着鞋底儿,眼瞅着我爹说。我爹正在卷纸烟,他将烟嘴儿掐齐整,划着火柴,边点烟边说:"成,这个陈瞎林,中!"

先生被请到家里坐定。他尖尖的嘴脸,两只眼里都是眼白,手握明杖,肩披褡裢。他努了努嘴,眨巴眨巴眼,声音尖尖地说:"报个生辰八字吧!"我娘便报出我的生辰八字。先生抬头望了望朝阳升起的地方(他不全瞎,还能通一点路),掐指一算,顿了顿,高声唱道:"这位小哥了得!八字生来最聪明,聪明伶俐在五行,待人接物样样行,哪块少你也不成。"又说,"二位老人家听着！这个小哥将来可是穿不了农家衣,吃不了农家饭了！""咋？他能吃上商品粮！""对！他能吃上商品粮,如不出意外,他一定是个状元郎！""咿——"……

于是,我便成了我们家的宝,我爹的宝！我成了家族兴旺的砝码。

然而,"状元郎"的预言似乎并不灵验。1987年的中考,我以4分之差没有考上省重点高中。我爹大失所望,他不住地骂我几天"笨蛋",又赶我"滚蛋"。在他密集的"两蛋"攻击下,我背起行囊,离开了家。在一片责难的声浪里,无助的父亲又一次请人给我算了一卦。算命的说我跑到了大西南。其时,我正在内蒙古集宁的茫茫天宇下南望故乡的方向,泪流满面！

十五天后,我终于回了家。父亲的希望也早已变成了我的希望。后来,我考上了大学,却不是"状元郎"。生活之路并没有像算命先生说的那样好运亨通、飞黄腾达,反而是艰涩难行、命运多舛。我四十岁那年,爷爷病故,父亲也因多年的慢支多次住院,我的总经理之职也因不善"磨转"而遭罢免。更不幸的是,我的妻子又罹患重病！四十岁,我一下子步入了不惑之年,就像小时候在塘里洗澡,一下子掉进了深不可测的洞一样,极尽挣扎,方才保命！

当我带着大病未愈的妻子从北京回来时,父亲早已等在我的家里了。看着鬓发早白的儿子,父亲一句话也没说,他定定地看着我,从怀里哆哆嗦嗦地掏出一沓钱来递到我的手心,重重地按了按……末了,他又喘息着,颤巍巍地掏出一张纸条递给我,说:"儿啦……我和你娘……又托人,给你,算了一卦……都……在上面了!"他的脸已经憋得通红,几乎喘不过气来。

父亲的病一日重于一日,住院的频率也越来越高,最后竟离不开医院了。听妻子说我在写文章,父亲脸上有了难得的笑容,但也说:"人过四十……不——学——艺……"听说我要出书,父亲咳得病床都抖了起来,说:"你……别……又弄个……大……窟窿!"他的脸已经变成紫色,眼里满是血丝……他无力地攥着我的手,说,"你……媳妇……还有病……花钱……我这……也……不知道……哪天……"

父亲又回到了茨河湾,回到了那个生他养他的地方。

跪在父亲的坟前,我一张一张地点着纸钱——我把自己新出的书一张一张地撕下来,当纸钱送给他。

我没有拆看那张纸条,但我清楚,那上面一定写着父亲对我的祈福。

二〇一六年六月十日

爷爷的三件宝

爷爷的三件宝,让他整个人充满着神奇。

头一件是他的大带子,蓝色的,冬天里,大襟儿袄一搂,腰里一扎,也不扣扣儿,扛起锄,就下地。热了,解下来,搭在锄杠上,凉快凉快,继续干。第二件,要数他腰里的旱烟袋,烟杆长长的,像杆枪,烟嘴儿玉石的,嗑得久了,温润剔透,烟锅儿铜的,烧得发褐。干活累了,装上烟丝,点上火,冒起烟,乏,就消了。爷爷的惬意,招来我的好奇,趁爷爷眯眼睛的时候,我冷不丁儿抢过来,吸一口,满世界咳嗽,眼泪、鼻涕都呛了出来!

最神奇的是,爷爷的第三件宝——帽壳儿。

夏天,爷爷爱戴顶草帽,帽檐儿卷得高高的。热了,当扇子;累了,垫在屁股下,当坐墩儿。冬天,是顶黑帽子,线织的,俗称抹捂灯,帽檐儿一层一层卷起来,戴在头上,像个大辣椒。风雪天,抹下帽檐,鼻子、眼睛、耳朵全捂了,暖和!我,傻卖俏儿,大冬天还戴着黄军帽,冻得稀里哗啦。爷爷摘下帽壳儿,捂在我头上,笑呵呵地说:"看看,还是抹捂灯好吧?""哎呀!爷爷,你的冬瓜头冒烟儿啦!"爷爷,笑了。我,乐了。

我知道,那无限的神奇就藏在爷爷的帽壳儿里。

夏天,爷爷斜靠在老枣树的背上。他一只手扶着帽檐儿,一只手伸进帽壳,口中念念有词:"变,变,变——"一只硕大的黄马泡,托在爷爷的掌心儿!"爷爷,你神了!""别慌!还有!"我们屏住气,静静地看着。爷爷的手慢慢伸进帽壳——"有了!"随着一声喊,一粒玛瑙般的东西在爷爷的掌心跳跃着,亮晶晶地闪着光!"爷爷,还要!"爷爷卖起了关子:"急啥?闭上眼!"这回该是什么呢?花蹦蹦?蚂蚱?老飞?兴许是蛐子吧?爷爷大喊一声:"睁眼!"啊!是只小狗,狗尾巴草编的小狗,毛茸茸的!"我的!"我一把抢在手里,偎在爷爷怀里。爷爷乐得眼泪都下来了。

冬日的矮墙下,我们偎在爷爷的膝头上。爷爷从帽壳儿里摸出吸了半截的纸烟,再摸出半盒挤扁了的火柴,点着烟。迷雾里,爷爷慢悠悠地将手伸进帽壳——两颗小红枣儿,咦!甜!接着是几粒炒黄豆,我们嘎嘣、嘎嘣嚼得可香啦。"那边看!——"爷爷指着前边,我们伸直脑袋,齐刷刷地朝前看。"来——了!"随着一声喊,我们折回头,才知道爷爷要变戏法。他把硕大的双手扣在一起,一副欲盖弥彰的架势。"爷爷,你坏,骗我们!""哈哈!"爷爷的手哗地一下张开了,一只毛茸茸的小麻雀站在爷爷的掌心,唧唧地叫着,窃窃地看着我们。"爷爷,你还会变活的?!""哪儿呀?雪地上捡的,怕冻着,就放在帽壳儿里了!"我们蹦跳着要抢。爷爷轻轻地将它放回帽壳,说:"养大了,还给它娘! ——"暖阳掠过茨河的冰面,绕着大堤照到矮墙上,我们和爷爷的影子好亲,好近。

那年秋天,生产队里的大白马疯了,连犁铧都奔掉了,谁都不敢拦。爷爷跑到大白马跟前,举起帽壳儿朝马脸上一盖,扬起右掌啪地一击,只听扑通一声,大白马应声倒下。大家都说爷爷有神力,爷爷拾起草帽儿,拍拍,说:"帽壳儿,盖得准!"

20世纪60年代,我爹被扣上了"右派"的帽子,大冬天戴个白白尖尖的纸帽子游街!爷爷不由分说,抡起锄杠横扫了那顶"帽子",拉着我爹就走。那些人一拥而上,欲抢回我爹。爷爷抹掉抹捂灯帽子,两眼圆睁,喝道:"哪个敢上?!老子一棍闷死他!"那些人面面相觑,缩了回去。爷爷曾刀劈土匪头子;淮海战役时是担架队长;新中国成立后,年年都是县里的劳动模范。他的声望可不得了。奶奶嗔怪道:"咋那么大的胆?!""抹捂灯在手,怕谁?!"爷爷举起右手,做刀劈状。

爷爷是个地道的农民。他一生最钟爱劳动,最忠实于土地。90岁那年,他还扛着锄下地。在他105载的人生旅途中,最忠实于他的莫过于大带子、旱烟袋和帽壳儿。旱烟袋连同玉烟嘴儿,送给了远在台湾的舅爷。抹捂灯帽子被岁月洗得发黄、发白,上面还残留着被误以为掐灭了的纸烟烧成的洞。爷爷有个习惯，只要上工的钟一敲，再长的烟巴儿，用手一捏，往帽壳里一掖，抬腿就走。直到有人喊："老太爷，你的抹捂灯着火了！"他才急忙忙地摘下来，扑打着，然后戴上。

　　爷爷一生不曾得过任何官帽，仅有的只是象征着劳动者本色的帽壳儿。捧着爷爷的帽壳儿，我的泪簌簌而下。泪光中，我仿佛看见爷爷正顶着冒了烟的帽壳儿，走向褐色的大地。

二〇一四年九月五日

疯子哥

"兴儿,你疯子哥死了!"

"啥?咋死的?"

"意外走的,就在端午节前一天。"

端午放假,我刚回到家里,娘一边和面一边跟我说。

"为啥呀?他身体不是挺好的?"我不解地问。

"他的疯病又犯了,到处乱跑,家里人把他锁在屋里,回来一看,他在梁头上吊着呢!"

疯子哥是我的邻居,和我家屋山搭屋山,虽年长我三十几岁,但我们是好朋友。

疯子哥大名叫什么,我不知道,我只知道村里人都叫他"疯子",原因是他得了个羊角风的病,一犯病就满世界乱跑,样子挺吓人。

在我的印象里,疯子哥是个能人。那时候,我们这儿改稻田,全村就一台抽水机、一台柴油机,只有他会使。一旦坏了,他只要捣鼓捣鼓,马上就能出水,真神了,幼时的我对他很是崇拜。

小时候,我们爱到抽水池旁边玩,伸出双手去撩抽水机里喷出的河水,或者在抽水池里胡乱打闹。疯子哥抄起藤条,一边追赶一边嘲笑地说:"有本事,到塘里玩去!"说着,他便一个猛子扎到对岸,然后摆摆手,让我们过去。伙伴们扑通、扑通地跳进塘里。我不会水,但也跟着跳了进去。我在水里连扑带扒,拼命挣扎。在这千钧一发之际,一只大手把我托了起来。我哭喊着、叫骂着,扑打着他。他笑呵呵地说:"原来你是个旱鸭子!"他拍着我的屁股说,"别怕,老哥教你!"虽不情愿,但被他托在手里,我只好听他摆布。他告诉我,两只手呈掌状用力扒水,两条腿用劲儿向后蹬,头,一昂一伏,腰,一哈一潜,就行了。他先托着我,我在他的大手里前扒后蹬。不知道什么时候,他把手抽了回去,我竟然没有下沉,学会了浮水。打那以后,我天天盯在抽水机旁,帮他糊抽水盖,帮他改沟。然后,我们浑身糊满河泥,一猛子扎到水里。

疯子哥爱喝酒。农闲时节,他总是抓几个鸡蛋,拿到街上一卖,拎着小酒,啃着猪蹄子,到戏场里一听就是一晌午。日头偏西时,他便晃晃悠悠地从集上回来,眼睛乜斜着,把我喊去,听他添油加醋地絮叨戏文。碰到背集,他就跑到自留地里,揪把韭菜,摘个辣椒,切切,拌上盐,倒上醋,点上香油,和巴和巴,端上来,放在凳上,拧开酒瓶盖儿,喊上我,喝两盅。我不喝酒,他就自己喝,边喝边和我唠他的故事。他呷一口酒,吐一口烟,眯起眼,似在回忆,似在畅想,又像在自言自语:"小兴子呀,你不知道,老哥这辈子最后悔的就是,没有娶那个娘们呀!"他顿了顿,又呷一口酒,吸一口烟,眯起眼,眼里分明噙着泪花。"你不知道,她有多俊啊!"我知道,他说的是肥东县的那个姑娘。原来,刘邓大军渡江那会儿,刘伯承率部路过我们村。疯子哥那年十六岁,帅气、机灵,一心要给刘司令员牵马。司令员拗不过,只好带上他。到了肥东,住在老乡家里,老乡的女儿正值妙龄,几天下来,他竟深深地喜欢上了那个姑娘,那姑娘对他也是情意绵绵。两人相约渡江战役胜利后,让刘司令员为他们主持婚礼。但是,我的三大娘——他的母亲,三天两头地打信非要让他回来,他又很孝顺,只好回来。他的美好姻缘也就断了。村里人都替他惋惜地说,跟着刘伯承还不成个将军?但,在他看来最大的遗憾不是没跟成刘司令,而是没有娶上那个姑娘。末了,他便醉了,之后便是悔,悔得骂自己,不该听娘的话,毁了自己的事。

关于他的疯,其实不只是羊角风病。打徐州(淮海战役)那会儿,我们村撑事儿的男人都去支前。疯子哥和爷爷一副担架,他们抬着伤员,半路上被炸弹掀翻在河里,起来后他就疯得乱跑。从那以后,每听到放炮声,他就抱头乱窜。从此,他就落下这个毛病。这些都是听爷爷说的。

听说,疯子哥死后,没有人哭他,就那样拿破席一卷,埋了。

我没有去责怪他的家人,也许,疯子哥给他们丢尽面子。我想,他一定是感到了羞辱。在他轻生的一刹那,也许,他想到了他终生心仪的那个姑娘。也许,他想到了自己传奇的一生。一个普通的人很普通地死了——像他那个时代的许多人一样,带着遗憾,带着自己的传奇。

二〇一〇年六月三日

神医老刘

我们镇上有位先生,人称神医。神医姓刘,人们都叫他刘先生或者老刘。

老刘,新中国成立前就来到我们镇。起初,在老街口租间房。看病的来了,他开了药也不要钱,说,好了再给钱。经他救治的,没有不好的。至于钱,他也不要,给不给随你。一来二去的,找他看病的越来越多,十里八村的不用说,就是百八十里的,也都赶着马车,或骑着毛驴找他看病。老刘看病有个规矩:镇上的老相识,头疼脑热的,拿钱也不要;远路的,照样,好了再给钱。他的声誉越来越响。后来,一间屋太小了,就改成两间,再后来挪到了新街口东头儿。

那时候,我姥姥家在老街的十字街口,跟老刘是邻居。公私合营那会儿,姥姥进了合作社,老刘进了镇上的医院,这样两家就更好了。

我认识老刘是因为母亲住院。那时,母亲肚里长了个瘤子。一听说瘤子,全家人都吓傻了。可老刘笑呵呵地说:"不碍事,割掉就好了。"我幼稚的心灵里对他的话是深信不疑的。母亲的手术做了,他是主刀——镇上的医院里,能动刀的,恐怕就他一个。母亲住院的日子里,我常常趴在老刘的书桌前,看他写那些曲里拐弯的字码儿。他总是笑眯眯地抬起眼,看着我,说:"看得懂吗?"见我一脸的迷茫,他竟拿了温厚的手指刮着我的鼻梁,慢腾腾地说,"嗯,大了就懂了!"在别人眼里,他是久负盛名而备受敬畏的,而于我,他竟是这般随和而友善。不久,母亲就痊愈了。在我幼小的心里,我头一次认为,他真的是位神医。

然而,这位神医,我竟然骂过他。那是一年夏天,我病了,什么病?我也不知道,好像看似严重其实又无大碍的那种!母亲把我抱了去。他依然笑容可掬,也不给我看病——我没有见他拿听诊器,只漫天里跟我开着玩笑,说我光着屁股乱跑啦,去野地里摸人家的瓜啦,躺在地上撒泼不吃饭啦……然而,冷不防,我的屁股上麻麻疼疼的,早挨了一针!我是晕针的,遭这一戳,哪里受得了?竟咧开大嘴哭闹起来,不仅如此,那哭闹声里竟夹杂着骂人的脏话。母亲赶忙拍打着我的屁股,并向老刘说着好话:

"孩子小,不懂事儿,你千万别往心里去!"

"咋了?蚂蚁咬一口也比这疼,还系个红领巾呢,还是小司令呢!"

他一边用酒精棉球揉我的屁股,一边奚落着我。泪眼中,我看到他依然笑容可掬。他总是半开玩笑半治病,不经意间给你一针,而那一针就会药到病除,真乃神也!曾经有位先生,小镇上也颇有名气。有一年,我的右臂上起了一道红筋,碰巧老刘回了老家,母亲只得带我去看那位先生。刚见面,我就被他吓哭了。那人长得像胡汉三,说的话比胡汉三还要厉害。他说,如果红筋涨到脖颈儿里,小命就没了。还说,幸亏找到他,否则就没命了。母亲也被他唬得一趔趄。第二天,老刘终于回来了。一看情况,老刘笑了,说:"没啥,虫子咬的,不用吃药!"说着,他拿根黄瓜塞进我的嘴巴,说,"滚蛋吧,该玩玩,没事儿!"同样是医生,你看,就是不一样。

我四年级那年,姥姥病了,大腿根部长个疮,没在意,竟化了脓。对姥姥的病,老刘可谓尽心尽力。那时候他已经退休,又被返聘回去。他一边打理自己的诊所,一边操持着镇里的医院,还要每天亲自为姥姥换药。我们一家都很感激。他却笑容可掬地说:"没啥!"

后来,我到城里读高中,每次回来都要经过车站旁边老刘的诊所。每次,我都会进去跟他打声招呼:"大爷,我回来了!""回来了,别走了,搁这儿吃饭!"他总是颤颤巍巍地从椅子上站起来,总是笑容可掬地迎我。他已过古稀之年,诊所早就交给了他的儿子。他还给人看病、开方子。有他在,镇上的人安心;看着熟悉的人打门前经过,他安心。他,早已经是镇上的人啦。

那年暑假回去,透过诊所的玻璃门,我看见只有他的儿子独坐在他的藤椅上。我没有进门,一种不祥的预感在我心里升起。回家一问,果不其然。母亲说,老刘得了癌症,回老家之前,攥着街坊邻居的手不舍得放下。送他的队伍排了很长。泪光中,我仿佛又看到老刘那笑容可掬的面容。

老刘,河南省郸城县人士,新中国成立前系国民党军医,投诚共产党后曾服务于淮海战役,之后于我镇行医长达 70 余年,与镇上人们结下深厚友谊,被皖北一带乡民称为神医。

二〇一三年六月九日

沙雕奇人

第二届全国农民艺术节开幕了,展区就在太和公园。

嗅着满园清俊的墨香,我来到了左广场的书画展区。人们徜徉其间,点评着,赏鉴着,和艺术家们交流着。

公园右侧的湖边摆满了展架,架子上各种展品琳琅满目,有玉雕、牙雕、石雕、木雕、炭雕,还有泥塑。我第一次见到这么丰富的雕塑作品,不免有些眼花缭乱。迷离间,我来到一尊雕像前。这是一尊人物雕塑:一位老者斜挑着一副担子,担子里摆满泥塑娃娃。他们或蹲,或立,或蹦,或跳,或佯哭,或假笑,或两人相斗,或三人相搏。个个憨态可掬,神态迥异。娃娃们脸上都红扑扑、粉嘟嘟的。看得你仿佛置身于小人国。塑像中的老者,两鬓斑白,面色红晕,略带微笑,撩起衣袖,向着前方,甩开大步。老者高不过10厘米,每个小娃娃长不盈寸。我不禁惊叹于艺术家的雕工了。看展牌,上书:"品名:沙雕;作者:老百姓"。

沙雕?我还是第一次听说。"老百姓"!又是哪位大师呢?

展会秘书长告诉我,"老百姓"原名张献坤,安徽省太和县高庙乡张华村人士,现年 79 岁。"老百姓"既是绰号,也是艺名。

张献坤四五岁时就跟父亲张兴运学沙雕,10 岁时就开始走南闯北卖沙雕。父亲师从河南太康县的刘姓艺人。那年张兴运逃荒走到太康县,好心的刘大叔教会了他这门手艺。从此,他便有了这个营生,结束了东奔西跑的要饭生涯。至今,张献坤还记得跟随父亲卖沙雕的情形。他们带着沙雕坐船到阜阳,从阜阳又到南京。精细的工艺惹得外国人也来买,一块钢洋一个。老人小时候苦啊!秘书长说,5 岁时,他就瘫了。他母亲在雪天里纺花,他天天陪在母亲身边,天长日久,就瘫了。他母亲用柴火、艾叶给他熥。整整一年他才好。我们正在为他做专题片,手头的资料还不全。听说"文革"时,他捏的钟馗都被砸了。从此,他就不再干了。后来,他到五七干校当木工,闲暇之余好捏个泥人啥的,都像周围的老百姓,所以人们就叫他"老百姓",他的真名倒很少有人知道。近年,他又开始干起来。七八十岁的人了,一身的劲!

"我想见见他!"

"他在那儿,来吧!"

老人坐在河边的石凳上,斜倚着栏杆,看着自己的得意之作。看到我们,他笑容可掬地站起身,那脸面儿和作品上的像极了。听说我想见他,老人竟变得谦恭起来,笑着说:"没啥!就是个玩意儿。"

谈起沙雕工艺，老人神采飞扬，毫无保留地说：

"用砂礓先打粉，然后沉淀、和泥，用棒槌捶，捶到能搓成布剂，用手一捏，不裂口，泥就成了。先造型再捏型。复查，对称不？用牙签、麦秸秆儿、苇签子、铅笔头儿细雕，功夫都在手上。晾七八成干时，再整一次形，阴干，再晒。上窑时要固定死，不能动，上面盖瓦片，烧一天一夜。确定无水汽时，再大火烧，然后冷凉出窑，用砂纸刷，上砂姜粉，涂上不掉色的原料水（秘方），最后上彩。那时都用进口的官粉，现在都用咱国家自己的颜料了。啥都有：武打类的，孙悟空三打白骨精做得最多；抗战的也多——八路军枪挑小日本；文戏也有——白娘娘和许仙；余下就是碰见啥捏啥，老百姓最多，要不咱也对不起'老百姓'这个名儿呀。"

"一直没有人宣传您吗？"

"有！界首陶瓷厂给我来过信，阜阳、广东，都来过信。光想教人，都去打工了，没有人学。"老人顿一顿，接着说，"我也不收钱，就想把这个手艺传下去，丢了可惜！有所聋哑学校，就在太和八中对门儿，我常去那里教孩子们做沙雕。五六年前广东、山西的陶瓷厂到处找能人，请我去做技术顾问。那年，我在旧县集东头被人撞成残废，就没有去成。"老人遗憾地说。

末了,老人拉着秘书长的手,说:"我别无所求,就想收几个徒弟,可不能丢啊!"

看着老人那期盼的眼神,我不禁对他肃然起敬。

老人,身怀绝技,传奇一生,所求却是那么简单。

二〇一二年十一月二十五日

姥姥

1984年深秋,姥姥走了。

那天午后,趁三姨不在家,她拖着病体爬到墙根,用竹竿儿挑起了挂在墙上的敌敌畏——那是夏天用来灭蚊子的,大半瓶,她一饮而尽,然后爬到床上,安静地躺下。等人们发现,并将她火速送往医院时,她竟永远停止了呼吸。姥姥就这样离开了我们。

我只知道姥姥得了病,臀部长了个疮,后来坐大、化脓,不得不切除,手术部位留下一个深深的洞,又不得不下捻子。每次换捻子,姥姥总是疼得撕心裂肺。伺候姥姥成了头等大事儿。我们家在乡下,活儿又多,母亲难以朝夕陪侍。大姨本身也疾病缠身。姥姥就三个女儿,我又没有舅舅,于是,照看姥姥的重担就落到三姨身上。三姨是商店的会计,再加上姥姥,就愈显忙碌。这些,姥姥都看在眼里。她是个明白人,她不愿拖累三姨。

姥姥,范付氏,生于1903年。听娘说,我的姥爷很早就不在了,不知是饿死在逃荒的路上,还是去了更远的地方,总之,自那年外出谋生,他就再也没有回来过。姥姥就带着我娘姊妹三个艰难度日。后来,姥姥从偏远的乡下搬到镇子上开个茶馆儿,卖起了纸烟。我清楚地记得,姥姥的左手掌心有一道深深的疤痕,那是土匪用刀砍的。那年,土匪闯入李兴集,一个土匪头子抢了姥姥的纸烟,姥姥上去要钱,那贼人竟一刀劈了下去。就这样,她的左手留下了残疾。我不敢想象,在那个贫弱的年代,姥姥是如何救治自己,又将我娘她们姊妹仨养大成人的。姥姥该是多么坚忍和坚强!

记忆中,姥姥终日坐在商店的柜台里,摇着蒲扇。只要赶集,我就怯生生地躲在娘的身后,远远地牵着她的手。姥姥总会给娘塞钱,又特意多给一毛。我知道,那一毛是给我的。我不敢接,最后,还是母亲替我伸出了瑟缩的手。临别,姥姥总不忘叮嘱一句:"可别忘了,那一毛钱就给兴儿花!"乡下孩子没见过世面,对姥姥我虽然怕生,但内心深处还是想见她的。

一年夏天,我约几个伙伴一同赶集。为了拢住他们,我特意夸耀了姥姥的慷慨。壮着胆子,我依偎在柜台外边,高高的柜台挡住了我盼望的眼神和忸怩的手脚。姥姥就在柜台里边,和我只隔着一个柜台,我甚至能听得见她轻轻的喘息声。姥姥会看见我的——我心里想——那高高的柜台一定挡不住姥姥的视线和递钱的手的。我一直在柜台外站着,站了多久,我也不知道,总之,我的手都攥得冒出汗来了。就在我窘迫得想快快而去,接受同伴们的嘲笑时,姥姥说话了:"早看见了,那么大个孩子,就知道光着屁股乱跑,贪玩儿!"随着那嗔怪的声音递过来的是一把糖果儿,"去吧,回家去,让你娘给你缝个裤衩!"怯懦中,我看到了希望。我默默地嘎嘣、嘎嘣嚼着糖果儿,愣愣地望着街面……见我不走,姥姥扑哧一声笑了:"傻孩子,给!吃着,还想拿着!"我踮起脚,猛地拿过那一毛钱,飞一般逃了。姥姥——终究是仁慈的,我想。

没多久,我便有了一身体面的夏装。娘说,那是姥姥请镇上的裁缝做的。那个体面,农村孩子何曾有过!

姥姥不仅慈爱,而且公正。小时候,我们家很穷,三姨时常把几个哥哥穿过的衣服送给我,虽然不是新的,但足以让我在穷伙伴面前傲视群雄。然而,哥哥他们总会露出鄙夷的神情。我便每每只能穿着自己的破衣烂衫拜见姥姥。这些都被姥姥看在眼里。一次,姥姥竟把他们喊到跟前,厉色道:"你二姨家在乡下,日子不好过,你们可不许难为小兴儿!"末了,姥姥又愠色道,"记住了?"打那以后,穿上他们的衣服我再也没有背生芒刺的感觉。姥姥是公正的,这公正对于贫穷而爱面子的我,是多么弥足珍贵呀!

在镇上,姥姥备受人们敬重。姥爷去世之后,姥姥从未改嫁,带着三个女儿苦命支撑,走过风风雨雨。她没有儿子,我没有舅舅。每次回老家,母亲总要叮嘱:"别忘了,到你姥姥坟前磕个头!"尽管我们从来没有忘过,但母亲还是再三嘱咐。是啊!她更能体会姥姥一生的不易,那不易使母亲和她的姊妹们备受恩泽而长大成人,那不易也一直润泽着我们的心灵。

她的一生是平凡的、苦难的,我不想用伟大来形容姥姥。我只知道,在同时代的女性中,她活得更为艰难。生活的艰难逼迫她变得刚烈、坚强。这正是全镇人敬重她的原因。

姥姥,我们永远怀念您。

二〇二四年二月二十六日

玉石镇尺

我的案头一直珍藏着一把玉石镇尺,那是国画老师王宜川先生赠予我的。

那年,我大学即将毕业,他也即将去澳大利亚。原来,他的那幅《山妹背上新书包》的工笔画获得当年全国第三届青年书画大赛一等奖,并入围澳大利亚展览,他将奔赴澳大利亚参展并被邀讲学。临行,他兴高采烈地邀我去他家。

"对方邀我去讲学,另外想留我在澳大利亚,这是我梦寐以求的!"

他很兴奋,望着正在做饭的妻子说:"过两年,你嫂子也去。"他激动得一直在搓手,又忙着为我泡茶,茶水洒了一地。

"有时间,你到澳大利亚来玩。"他已经把自己当作澳大利亚人了。

我有些蒙。那些年,出国是热潮,很多人被那股热潮卷走了。有的是真想学有所成,回来后一展才华;大多数则是镀镀金,好回来显摆;也有些干脆不回来了——他们对家的概念起了变化,他们要以世界为家。他属于哪种呢? 也要弃家而不顾吗? 我朝夕相处、引以为傲的老师,也将同他们一样,一去不复返吗? 我呆呆地望着他,半天没有说话。他的学生很多,专业班的、选修班的,我只是选修班的一个,他只带我一个人到他家里。而我显然没有想象中那般激动和惊喜。他拉着我的手说:"虽然远,但我们可以通信,你别忘了画画儿,画梅花。"

他是我的第一位国画老师。大一时,我选修了国画。因为酷爱与勤奋,且进步极快,使得先生对我倍加青睐,那青睐是广被专业班的学生所艳羡的。他给了我画室的钥匙,课余时间里,我几乎天天泡在画室里。我技艺非凡,甚至国画系的优等生也难以企及。他差不多每天都来看我作画,每次都笑着说:"好,画得好,进步很快,就这样画下去!"他时常带我去市委的梅林写生。大冬天,我们站在雪地里,双手冻得通红。那时,我很穷,冬天里还穿着西服。休息时,他把我的手塞进他的羽绒服里,搂着我,给我讲解雪梅的画法。后来,我创作的《雪梅》在市里获得了青年书画大赛一等奖,毕业时就留在学校做了纪念。

专业画师作画时,一般是不许别人观看的,他也一样。对我,他是执意要打破规矩的。每次作画,他都约我去画室。每到关键处,他总是边画边指导:"这里,浓一点;这里,淡一点;这里,用水染一下!"他专注地画着,我忘情地看着。丹青如云竹弄影,水墨行舟梅生香。

我们相处得日渐情深。我本想,即使毕了业,我也可以常来看他,或者他也可以寻我。却不料,他要去澳大利亚,而我也终将被命运驱赶到某个穷乡僻壤去做终生难名的教师。我预感到,从此我们将天各一方,终生难见。想到此,我不禁黯然神伤。默然无语中,我离开了他的家,连握手道别,竟然也忘了。

第二天,有人传来口信,要我去美术系一趟。办公桌上有封信和一方锦盒,给我的。信封上的字竹笔所题,是宜川的手笔。打开锦盒,我不禁惊呆了。那是一方玉石镇尺,上面镌刻着一行清秀的字:"全国第三届青年书画大赛一等奖",末端一枚"中国美术家协会"的印章深嵌其中!这是他的奖品,这是他最为珍贵的奖品,就是凭着这个奖品,他才去的澳大利亚!他是要将这宝贝一样的奖品赠予我吗?

《山妹背上新书包》的奖品就是那方玉石镇尺。2009年的一天下午,他兴冲冲地说他创作了一幅画,让我去看看。我们俩跑进画室,那幅画就挂在墙上。画中一位山村小姑娘,面带清纯的微笑,梳着黑油油的辫子,肩上背着一个新书包,旁边斜放着一只背篓,背景是深远的青山。意境优美而主题鲜明,工笔勾勒,细腻传神,宛若真人。款曰:山妹背上新书包。

信中说:"来不及当面送你,特别托美术系的李主任转赠镇尺一方权作纪念！"又嘱我说，"梅花，不能丢，好好画，会有收获的。"

我原以为他沉浸在出国的喜悦里，忙于辞行的应酬，哪里会在意一个穷书生的牵挂，又哪里记得故人的不舍？在他深挚的情谊里，我那毫无凭据的揣测又是多么浅薄，那玉石镇尺好像压在我的心头上，很重，很重。李主任说，他昨天夜里就走了，现在，说不定正在印度洋的上空呢。噢——我的恩师，我的朋友，我还没有和你作别……

我终究做了一名乡村教师，于清贫的生活里，做着烦琐的工作，流转于庸俗的杂务。我一边慵懒拖沓地活着，一边编织着师训淡忘的谎言。而在这谎言里，日子也渐渐变得荒芜。玉石镇尺，沉甸甸的，无时无刻不压在我的心头上。于静夜里，我常常思索，何时再浸泡那尘封的竹笔？何时再铺开那泛黄的生宣？何时再请出那珍藏的镇尺，践行师训，不负流年呢？

事后得知，他的才华倍遭几位同系教授的嫉恨，又因为年轻，几次晋升教授却无着。他被迫远走澳大利亚。他的澳大利亚之行，与一般人是不同的，我想。

宜川兄，高鼻梁，大眼睛，俊朗而爽直。

二〇一〇年七月一日

往事如烟

那夜，那电影……

那时的农村娃儿,一年到头儿很难看上几回电影,名字倒是还能记得几个,至于内容,现在都早已忘却了,记得最清的,便只有那看电影的情景了。

小时候,我们家有牛,有马,还有猪。每天放学后,总得背起大大的箩筐,到茨河边去割满满一筐牛草,否则,回来便会挨吵!爹说:"牛吃不饱,你也别想吃!"割完草,洗了澡,背了筐,踏着被晚霞拉长了的身影,总是痴痴地幻想:今晚,如果有场电影,那该是多么惬意呀!几个月的梦想,有一天终于变成了现实。回来的路上,早有人飞奔着呼号"今晚咱庄有电影"!

"真的吗?"

"骗你是小狗!"

"俺不信!"

"不信,你去看看,布挡(银幕)都拴好了,就在学屋门口!"

我便撂下筐,甩了镰,一溜烟儿飞奔到村里。老远就看见,学屋前边的半空里悬着一块白白的布,周围还镶着黑色的边儿——那就是布挡,久违的布挡,我朝思暮想的布挡。今天真的有电影!

布挡下,早已挤满了小孩儿,像逢了大集一样地热闹。他们雀跃着,舍命地欢呼着,拿小坷垃头可劲儿地向白幕布上砸去;拽着拴布挡的绳儿打滴溜儿;更猴儿一点的竟爬到布挡正面的树上,骑在杈上,学着放映人的模样和腔调,开始向全村的人们倾力地广播着喜讯!不一会儿,他们的嗓子就哑了。要聪明的,都火急火燎地在布挡的前面和背面来回穿梭着,激动地规划着自己的小凳儿放在哪里,既看得清,又听得见,且能清楚地看到放映人怎么熟练地换片子,大队书记讲话时怎样地口沫冲天。有的还用脚量一量,尽量做到精准,像工程师在设计图纸,那般神情别提多郑重了。不一会儿,便把最佳的空地分个精光!

夜幕降临,孩儿们都定定地坐在那里,举着头,眼睛直勾勾地盯着布挡,生怕它飞了去。几束手电筒的光直直地射在幕布上,顽皮地定在那儿,良久,又倏地在银幕上上下飞舞,绘制出各种即逝的图案。"放电影的来了!"有人喊。于是,大家"一齐"站了起来,齐向后面看去,寻着,问着:"来了吗?"但确是没有来。那人又说:"还在书记家喝酒哩,马上就喝完!"

大人们都喝了茶,端着烟袋来了。少时,外村的人也拥了来。布挡的正反两面都挤满了人。大家都痴痴地仰望着那银幕,夏夜里它显得格外白亮——那是大家的希望。"放电影的正吃馍哩,一会儿就到!"那人又道,"我从书记家刚出来!"他左右晃着身体,脑袋摇着,看着大家,生怕别人不信!

书记家的方桌被架了过来,两个人高高地举过头顶,生怕别人看不到。他们吆喝着,命令着:"让开,让开!别碰着桌子!"黑压压的人群骚动起来,向前挤的,向后退的,被踩着的不免要骂几声。本村的仗着势力,向着外村人喊:"向后去,上边儿靠!"带着孩子的开始喊:"别乱跑了,这就开始了!"骚动的声音一阵儿高过一阵儿,天上的星星也被震得眨起眼睛,莫非它们也想看电影?

"放电影的真来了!"那人高声大喊着,接着他重重地咳嗽两声,以示确信无疑,并毫不客气地表明这是他的独家新闻。人群拥了起来,前面的都站起来,后面的都扭回头,外围的都朝里挤,中间的向外扛,推搡着,叫骂着,像鸡棚里撒了米儿,羊圈里跳进了驴。孩子们先前霸占的地界瞬间化为乌有。无奈,他们只好跑到了背面,一边和老人们争抢着空地,一边叫骂着不讲理的大人。

放映机箱子被熟练地、很有气势地打开,盖上,啪、啪、嘭、嘭,影片匣子被拉得哗啦啦地响,方桌上架起了高高的放映机,放电影的这回真的来了!摩电机先是一声咔嚓嚓的脆响,接着便是两个间歇的震荡,最后才是顺畅的歌唱,电被发出来了!

灯光下,人头攒动,大队书记一年之中最辉煌的时刻到了,下面就是他的讲话时间。他的讲话始终伴随着年轻人尖厉的口哨声和轰其下台的嘘声。他始终是那么傲慢地一板一眼地絮叨个没完,鸡儿啦,羊儿啦,瓜儿啦,藤儿啦,东沟的水,西塘的鱼儿,北地的苗儿,南地的秧儿……总之,杂七杂八,事无巨细,终于,个把钟头过后,也许他渴了,也许那酒劲儿上来了,也许他也想早点看到电影。最后,他终于声嘶力竭地向大家宣告:"那今儿个就说到这儿,不耽误老少爷们看电影了!"于是,老少爷们都齐刷刷地盯着布挡,平心静气地等待着。

电影,开始了!

……

第二天一早,爹问:"草呢?镰呢?筐呢?……"娘问:"没吃饭,饿吗?"

只要有电影看,谁还记得那筐?谁还记得那饿?

夏夜里,大人们累了一天都睡了。灯下,我正在看书,突然隐约听到那咔嚓嚓的摩电机响,初时微弱,细听又是那般亲切、撩人!怎么办?去,不知在哪庄,也没有大人同路,再者也该放了半片儿啦;不去,实在可惜。嗨!干脆去吧!于是,虚掩了院门儿,遍寻了伙伴,出了庄,循着声,踏着歌,跳跃着,奔跑着,双手交替地拍在屁股上,响响的,十来个小伙伴,马队般奔腾在寂静的田野上——向着那梦想中的剧场。

激动中竟忘记辨识方向,只傻乎乎地跑,猛然间发现竟跑错了路!于是停下,侧耳细听,好!准了,就在二郎庙,走!一声令下,马队开拔。谁知,二郎桥早被淹在沟里,无奈,既已近在咫尺,又岂肯作罢?干脆蹚过河,提了鞋,拎了衣服,穿着裤衩儿,光着脚丫,直奔银幕而去。

近了,更近了,庄上犬声鼎沸,摩电机的声响更加刺耳,已听到电影里的人声。"是《小兵张嘎》!"有人激动地喊。

第二天,风声终于走漏,爹拿起扫帚,一路追打过来:"不想活了,半夜里蹚河看电影?!"娘说:"水大,淹着咋办?"

为了看电影,有时竟冒着挨打的风险。不过,这还算不了什么,更令人懊恼的还在后头呢。

冬夜里,有时候,碰巧两个庄同时放电影。那次我们庄排在后面,茶没喝,我们便早早地等在电影场。发兵,摸营,藏猫猫……所会的游戏全玩了一遍,等得实在太久了,玩得实在太累了。有人提议:"我们先去睡会儿,派个人专门站岗,放电影的一来就喊我们!"大伙儿一片声地赞同,精选了"哨兵"后,便一会儿钻进了谁家的牛屋,闻着微香的牛粪味儿,顷刻便入了梦乡。一睁眼,天已大亮,太阳高高地挂在天上,金灿灿的!坏了!昨晚那电影……那电影……大家全都醒了,爬将起来,相觑着,埋怨着,打着骂着那个失了职的"哨兵"。有人喊:"别急,也许昨儿夜里没有来,没放成呢!"我们便怀了这渺茫的希望,却又坚信着所希望的是千真万确,人人都在默默地祈祷中飞奔到学屋前的空地上。那树,两棵,还是那两棵!那树杈,那拴布挡的杈,还在那儿!冷冷的,似在嘲笑我们。空地上,纷乱的脚印,还有那板凳腿儿的印痕,清晰得要命……完了,确实完了。

"错过了吧?"二大娘说,"昨儿晚上放了。"

"放的啥?啥时候放的?"

"你们走后半个时辰吧!放的是《智收姜维》《武林志》。"

"啥?"

"哨兵"早已逃之夭夭。

我们站在那两棵树间,呆呆地望着。似乎那上面就拴着布挡,正放到东方旭掌击达德洛夫,中国人在欢呼,而何大海正被特务用匕首刺死……那被刺死的简直就是我们,那欢呼着的简直就是另一群看了电影的伙伴!我们肯定会被他们笑话,看不起了!

一连几天,我们都像丢了魂一样,在那两棵树之间来回游荡,似乎发誓要寻回丢在那儿的宝贝。

……

后来我到镇上读初中,那两棵树不知什么原因被砍了,那电影场也搬到了别处。

不过在镇上也有电影看,我曾因先说不去而后又偷着去而挨骂,也曾因偷了五毛钱去电影院里看《三毛流浪记》而挨打,也曾因看了《神秘的大佛》里老和尚眼睛被挖的一幕吓得不敢在夜里出门!

再后来,听说老学屋被拆了,我便再也寻不到那电影场的原样儿,我再也没有看过农村的露天电影。

那个可怜的"哨兵"终被我们抛弃,追随了另一群伙伴。许多年后,大家见了他,谈及往事,他竟还记得,那夜,那电影,同时又笑我们痴!

如今,我很少看电影,更不用说露天的了。我再也寻不到那儿时看电影的情趣。我的"嘎子",我的伙伴儿,我的电影,何时才能再相见?

《阜阳日报》

二〇一〇年六月二日

泥巴鱼

小时候,爱吃的东西很多:田地里烤的红芋、成串的毛豆、烤得焦黄的蚂蚱、肚子大大的老母蛐、炒得香喷喷的花蹦蹦,还有……至今想来,涎水还直往外流呢。

然而,最爱吃的还是泥巴鱼。夏天的河边,一根竹竿、一枚拧弯的大头针,再加上半截儿蚯蚓,足以让鱼儿上钩。不到半天,就钓上来一大捧。起初,大家想穿起来烤着吃,怎奈,一穿,鼻子、眼睛都没了,还吃什么呀?"干脆,用泥巴一糊,放锅底一烧,保准好吃!"大放瞪着鱼眼说。

当下,大家便捞起河泥,裹了苲草,锅里添了水,灶里架起柴,把鱼儿裹在泥里,撂在锅底……

大伙儿选了两个烧家,火不能太旺,目的不是烧水,而是要把火尽量扑向灶膛四周,要把泥巴烧个正着。一个烧,一个翻,烧得仔仔细细,翻得手忙脚乱。我们围在灶边,指指点点:

"快翻这个,快翻那个!"

"锅里水开了,再加点凉的!"

"看着外面,大人们下地快回来了!"

大家的眼里闪动着火苗,也闪动着欲望,那香就在嘴边儿……

等不及烧熟,心急的大放便伸手抓起最外面一个。泥巴火热,烫得他弓着腰,双手倒腾着跑到院子里。大家跟着往外跑,连烧锅的也忘了神圣的职责。大家围成一圈儿,等着他掰开那个神秘的"仙果"。"仙果"烫得他像捧了一坛圣火,怕烫着又不忍丢下,急得他手舞足蹈起来,一边满院子跑一边鼓起腮帮使劲吹,大伙儿跟着他边跑边吹。末了,有人说:"别慌,别忘了擦手!"大放便又慌忙收起鸡爪般的双手,在衣服上连蹭几下,又忙不迭地捧起"仙果"。他小心地先剥去外面烧焦的泥块,里面是湿泥,还冒着热气,再往里,几乎看到白生生的鱼鳞了。终于,最后的一层也剥了去,一股鲜香,伴着河泥的滋味儿和着鱼腥味扑鼻而来。

"好香!"大伙喊道。

"别慌,没熟!"

"还生着哩!"

"就你急!"

"快加火!烧锅的看啥热闹?快!"

于是,大家又都聚拢在灶旁。烧的烧,翻的翻,加水的加水,指点的指点,巴望的巴望。

终于,等到熟透了的那一刻,大伙儿再也按捺不住,一哄而上,各抓各的,各吃各的,各领各的那份美味儿。满院子鱼香,满院子吧嗒吧嗒声,满院的鸟鸣,人乐,鸟亦乐!

吃饱,那是不可能的。大伙儿又拢在一起,热议着各自的香甜,最终有人发话了:

"鱼,可没脆呀?"

"坏了,肠子也吃了!"

"吓,谁都不准讲出去!"

后来,大家便恭敬许多,先脆鱼,放上盐,裹上泥;再后来,先脆鱼,放上盐,用荷叶包了,再裹泥,依然好吃;再后来,大了,不屑了;最后,老了,回味了!

《阜阳日报》

二〇一一年六月二日

张桥庙会

儿时的记忆里,最热闹的要数正月十五的张桥庙会。

张桥架在村北的茨河上,庙就在桥北头儿。庙里供奉着大仙爷和大仙奶奶。为了祈求平安,远近的人们都来祭拜,香火十分旺盛。

初一到十五是庙会期。正月初一,喝了五更汤,女人们就挎着竹篮去庙里烧香磕头,参拜祈福。她们把大馍埋在香灰里烤得焦黄,拿回家给男人们吃。据说,吃了它,可以身体健康,百病不生。

初二一大早,男人们就忙活开了。人们奉上精美的贡品,挂起长长的鞭炮,点上祈福的香烛,悠扬的响戏回荡在黎明的夜空。进会时,最隆重的礼仪就是树旗杆。旗杆,通体染红,上挂三角形的红旗,虽然只是一棵普通的香椿,但传说是大仙爷显过灵的,所以被看作神木。想生子的,必先在大仙爷面前虔诚地许下心愿,方才获得抢夺神木的资格。树旗的少,夺旗的多,争抢,是难以避免的。护旗的,一定要挑个机灵人,既不能轻易被人抢去,又要恰到好处地放手,尤其要选中人最多最强的那一方,才算最有面子。抢旗的,自然领悟主家的心愿。几个彪形大汉分工明确,先拨开其他几拨抢旗的,待挤近了,两个膀大腰圆的悍将便不由分说地将旗杆抢在手里,举过头顶,旋即传给另一个顶尖的汉子。没等汉子转身,先前的几拨又回拢来将他团团围住。力量和技巧的角逐,决定了谁是最后的赢家。没抢到的,明儿再来。赢家扛着旗杆,抱着一对"请"回的金童玉女,敲锣打鼓,欢天喜地地回了家,喝起了得胜的酒。旗杆,栽在自家院儿里,金童玉女就捂在老婆的被窝里,期盼着来年生个大胖小子。这就是流传皖北的庙会习俗——夺旗杆。

正月十五是正会。一大早,大姑娘、小媳妇梳着辫儿,提着篮儿,迎着风儿,踏着草儿;小伙子、老爷儿们穿着新鞋,蹬着自行车,挺起熊腰背,叼着烟;生意人卖大花的、卖小响的、卖铁货的、卖桌子板凳的、卖牛羊的、卖丸子汤的、耍把式的、打花米弹儿的、说媒拉纤的、见面相亲的……各色人等,一律穿上最鲜亮的衣服,沿着小道儿,顺着河岸齐奔张桥而来。不到半晌,这里便成了人的海洋。

桥面上,大路边,夹河两岸,甚至桥墩旁都摆满了生意摊儿。十里八乡的人们都赶来烧上最后一炷香,敬上最后一次神,打明儿起,年,就走远了,一切都将重新开始。

耍把式的面前围的人最多,舞刀枪的、玩猴儿的、扔套圈的、打气枪的挤满了堤坝。

打花米弹儿是我的拿手好戏。平日里,只要碰到,我总要打上两把。今天,恰逢盛会,不露两手,哪对得起一年一度的庙会?我们寻个摊儿,讲好价,一毛钱打一次。我们便一毛一毛地打,先试试手气,再一毛一毛地添。兑换的花米弹儿,一串一串拎在手里,荡在风里,最后再比谁赢得多。不吃,只是比。该我了,我眯起眼,屏住气,紧盯着飞旋的点数,瞅准了,啪的一声扣动扳机,飞镖打了出去,直直地钉在十点上。老板按点数兑给我十个花米弹儿。花米弹儿乒乓球大小,用爆开的大米蘸上糖浆团成,白生生的,拿丝线穿了,一串一串的,看一眼就不忍离去。

倘若大人们给的钱多,还可以在河半坎儿里美美地喝上一碗辣辣的丸子汤,那是坟台丸子,出名得很,外焦里嫩。假如碰了巧,还能撞见正在谈对象的一对儿,那该是何等得意。瞧去,桥墩下,两个人儿怯怯地立在那儿,似近非远,似看非见,心神不宁而又神情专注。姑娘满怀的柔情随那羞答答的河水而去,小伙儿那火辣辣的眼神直奔姑娘娇羞的红晕而来。看着看着,那小伙儿好像是我们自己,那姑娘又好像是我们心中的恋人。"对象喽,对象喽!"我们蹦跳着,哄笑着散去,飞奔在田野的阡陌里。

掌灯时分,庙会的夜空早已灯火辉煌,那里正上演着久违的电影和刘忠河的大戏。村庄上空腾起朵朵烟花的迷彩,远近高低,让你目不暇接。

我们欢闹着、追逐着,在散发着年味的村庄里,尽享童年的欢乐……

《阜阳日报》
二〇一三年二月二十三日

饭场儿

我生长在皖北的农村。要说农村有什么好,一时半会儿,恐怕我也说不上来。我总觉得,家乡是那么朴素、纯真、仁厚而安详。家乡的记忆里,很多事情是难以忘怀的。比如说,饭场儿吧。

饭场儿,简单得很,就是几家邻居凑在一起吃饭的地方。没有桌椅板凳,也没有人端茶倒水。几棵歪脖子柳树、几堵矮墙、几堆柴垛,几条憨厚的小狗,几只追逐的小鸡儿,便是饭场儿的全部景致。

开饭了。男人们端着大粗碗陆续踱进来。他们光着膀子,斜搭着汗褂,趿拉着布鞋,找个地方,褪出一只大鞋来,一屁股排上去,左看看,右听听。对门儿的玉祁哥还没到,场口儿的弯脚嫂子家还在冒烟,矮墙后,老奶奶家正在掀锅……不大会儿,孩子们也都端了大瓷碗,冒冒失失地赶来,边走边唱着喏儿说:"今儿,俺家吃面条。"那个说:"俺家是蒸槐花,喝稀饭!"这个忙接上:"俺家是咸糊糊!"……孩子们边嚷着边比画着,挤在一处。

你夹一筷我的,我舀一勺你的,他又掐一块你的,各家的都尝个遍。孩子们边嚼边热议着:"大放家的好吃!""新河家的太淡了……"碰到好吃的,少不得被大家抢个精光,少不得又哭着嚷着不愿意,少不得又遭来吐舌头、扮鬼脸的一阵奚落。"咋了?上回你吃人家的,忘了?没出息!"爷爷端着碗出来了,"抢个啥?要吃,我这有。"

女人们总是姗姗来迟。来得最晚的是大放的娘——弯脚大嫂子。她走起路来,一跛一跛的。她的碗总是有节奏地洒着汤水,一步一洒,一步一洒。我们总是偷偷地绕到她的背后,跟着走,跟着笑,也因此没少得罪大放。她来了,饭场儿,也就齐了。玉梁嫂子,全村最美的女人。她一手端着碗,胳肢窝里还携着才几个月大的绣花,踢块砖,屁股骑在小小的砖上,那砖就没了影儿。玉梁嫂子一边喂奶一边说:"来,咱娘儿俩一起吃,吃了好下地!"是啊,农村人活儿多,哪有工夫斯斯文文地喂孩子呢?

最欢的,是小狗儿。它们屁颠屁颠地跑到你跟前儿,眼睛巴望着,尾巴摇得山响,喉咙里还不停地哼唧着。好了,一块红芋皮,不错,没白费口舌;好了,又几粒馍渣,算没白辛苦;好了,终于来了份大餐,玉祁哥的一点儿残粥在碗底儿上。别唤了,我来了,干脆就着碗底儿舔个精光……最厚脸皮的,要数鸡儿们。它们蹦着、跳着,抢你的食。一不留神,它们把嘴伸到碗里,啄起来就跑,斜斜地飞去,迅即吞下食物,再来。它们会跳起来叼你的馒头,哪怕你正要送到嘴边它也敢抢,还示威似的咕咕地叫着,瞪着两只大眼睛瞅着你。

末了,爷爷说:"好了,别闹了,下地了!"于是,大家一会儿散了。男人们牵牛的牵牛,驾车的驾车,扛锄的扛锄;女人们刷的刷,洗的洗,喂的喂,端起针线簸箩,三三两两扎在饭场儿聊起家常。

饭场儿,有时也是会场,东家长,西家短,南地的瓜,北地的秧,爷几个就着饭场儿,抽着旱烟,三言两语,没个说不透的。

后来,我上了高中。暑假里,我端了碗,来到路口,饭场儿空荡荡的,就我一个人,我只好悻悻而归。看着我一脸的不快,娘说:"饭场儿,没人喽!大放他们早就打工去了,你弯脚大嫂子病了,玉梁家的挪到东地去了,你玉祁哥去年死了,香兰、银屏出嫁了,哪儿还有人呢?"

听着母亲的话,我仿佛又看见饭场儿我们争抢食物的情景,仿佛又看见玉梁嫂子喂绣花的情景,仿佛又看见那讨好的狗儿、调皮的鸡儿……然而,如今,饭场儿的道路变成了水泥路面,道旁也建起了错落的小洋楼。荡然无存的,何止是饭场儿?说书场、老学屋这些,哪儿还能寻觅着踪迹呢?

饭场儿,早已是夕阳里的温馨;童年,早已是过去记忆中的美好;故乡,早已是心灵深处的回味!

《阜阳日报》

二〇一三年十一月二日

战鼓声声

生在农村,长在水边,无论春早的燕呢与莺啼、夏夜的蝉噪与蛙鸣,还是那大自然无数的天籁,孩儿们是早就听惯了的。然而,最令人难忘的,还是那飘荡在村庄上空的大鼓书。

农村人,要说最大的乐子,莫过于听大戏、看电影。大戏,只有逢会时或者大户人家有了喜事儿才能碰上,很难。看电影,那时候,一个村一年也轮不上两回,自然是难舍中的向往。剩下的,就是听大鼓书了。

午收结束,庄稼种到地里,人们稍有空闲儿的时候。晚上,农人们喝过茶(皖北人称吃晚饭叫喝茶),将睡没睡之时,便听到咚咚咚的敲鼓声。好,今儿个晚上有戏听。"孩儿他娘,走,听戏去!"

男人们端着旱烟,拎着板凳,趿拉着鞋,来了;女人们揣着鞋底儿,别着针线,抱着孩子,来了;孩子们追着,打着,喊叫着,来了。老少爷们都到齐了。但见那说书人一手执板一手拿槌儿,噼里啪啦几个和弦打过,接着几个响鼓擂过,拿起腔,捏起调儿,眯起眼,起势开腔:"鸡也不叫了,狗也不咬了,时候也不早了,老少爷们,你这厢听了——"戏,就开场了。我们围坐在河边,数着星星,撩着溪水,听着那阵阵鼓音。天空,深邃;村庄,静谧。

听戏,讲个滋润。男人抽着烟,眯着眼,晃着头。女人纳着鞋底儿,扎一针,扯一线。孩子们哪能耐得住?绕着戏场,发起兵,摸起营。唱戏,讲个架势。三根竹竿儿,架起战鼓;左手举起响板,右手拎起鼓槌;双手相和,声声相依;浑身曲张有势,唱腔悲喜交加。男人们听得入了迷,光想着英雄救美人;女人们听得起了悲,直骂那莽汉负了心。晚风阵阵绕村来,繁星点点漫天走。鼓声阵阵恰似万马千军战正酣,板声点点好个妻离子散悲声起。戏场虽简,却能排兵布阵。战鼓虽小,也堪戏说古今。村庄的静谧更显鼓声震撼,农家的和平愈见悲欢离合。但听那说书人,平地里引个诺,颤颤地抛入高空,悲声里细细怯怯地接了,又撕心裂肺地将他撂于鼓上荡在声儿里,再顺着板声的升降拉个来回。只见那说书人早已泣不成声。男人们攥紧了烟管,五脏怒火脚底;女人们,停住了针线,两行清泪湿衣裳。恰在动情处,却又啪啦一个响鼓,一切戛然,万籁俱寂。何也?预知分晓,且听下回分解!吊你胃口!

于是,白天里干着活,人们也不忘热议着戏里的悲喜,品评着说书人的技艺。而到了晚间,人们更是如约而至,聆听那小姐的忠贞、公子的负义。然后,人们又带着未知的遗憾,遥想着明天的结局。一部戏,十来天才能唱完,农人们的心也被提着十来天才得以放下。而那乐,却是久久难以忘怀的。

孩子们是一向没有耐心的。偶尔听几句,也不过聊作炫耀的资本。听得最多的,也许是《三侠五义》,或者是《五鼠闹东京》,要么是《王宝钏》……余者,便了了了。

一曲终了,村里的脸面人儿出来,领着唱戏的先生提着布袋,敲着战鼓,挨户收粮。"唱戏的,啥时候再来呀?""唱戏的,今儿晚上再来一场吧?"……"不长不长,秋风一凉!"于是,秋收一毕,凉风渐起。农人们怀揣着丰收的喜悦,梦想着离奇的戏文儿,再来聆听那向往的鼓书。

我们大了,大鼓书少了,现在,大鼓书几乎绝迹了。我不知道,那夏夜里的说唱源起于何时?我不知道,那农人们的仙乐,绝迹于何处?于闹市的浮华中,我搜求着那儿时的天籁,却陷入深深的迷惘中。我要到哪里才能将你找寻?也许,你已被尘封在收音机里;也许,你已被珍藏进难觅的网页里。

哦,远去的战鼓声,我心中的天籁,我心中的仙乐,我该到哪儿找寻你呢?

《阜阳日报》

二〇一三年十二月二十一日

老学屋

村子中央有座老学屋。

老学屋朝南,三间土坯房。课桌是泥糊的,凳子自己带。黑板是油漆的门板,两根木棍撑着。课程就两门儿,语文和算术。四个年级挤在一个教室里,一、二年级"西半球",三四年级"东半球","东西半球"同时上课。

老学屋前面的空地,是我们玩耍的好地界儿。我们在那里发兵、摸营、走亲戚、拜花年儿、摸爬猴、掏鸟窝、看电影、捉迷藏。老学屋虽陋,但趣味颇丰。两位先生与我同村,一位姓王,喊老表的,一位本家,喊我小叔的。大家一个村,又沾亲带故,管束起来,优待,自然不会吝啬,于是便有了:不交作业而没被罚站,洗澡误了上课而不被向严厉的父亲告发,把豆虫夹在女生书本里不会被驱赶回家……这些优待,往往使我大起胆子来。然而,幼小的我怎么会知道,优待也是有限度的?

老学屋里买了只钟表,鹅状的,放在中间的梁头上。那只鹅浑身雪白,鹅头顶着鲜艳的红帽儿,回眸凝视着椭圆的肚腹里那三根楚楚跳动的指针。整点一到,悦耳的铃声就震响起来。伴着铃声,鹅头连同尾巴就忙活起来,鹅头一仰,尾巴一翘,鹅头一颔,尾巴一合,真是撩人。我们总想探个究竟,鹅肚子里到底装了什么机关?怎么探?热议的结果再简单不过,拆开它。趁先生不在,我们便捡起坷垃头儿去冲。起初,大家都提着心,怕被先生看见,怕掉下来摔坏了。待看到那高昂的鹅头,似乎正在嘲笑我们的无能时,大家竟壮起胆子,越发猖狂起来。"别冲坏了!""别冲坏了!"未及听清善者的提醒,我们就将它冲落在地。随着惊心的震响,鹅头蔫儿了,鹅翅僵了!伙伴们先是傻愣愣地呆立,接着便一哄而散,只留下我一个,呆若木鸡。半天,我才强作镇定,自语道:"一个是老表,一个是我侄儿,怕啥?"父亲的责骂里,我听到了先生讲情的声音:"爷,其实不是我小叔干的,他只是出了主意,是别人打落的。""天哪!这哪里是求情?分明是落井下石!"在我心里说。于是,责罚的工具由先前的破鞋底子,即刻升级为笤帚疙瘩并夹杂着棍棒。

说起棍棒,我还真的经历过一场难忘的劫难。一个冬天的早晨,先生正挨个儿检查背书。其实,我早就背得滚瓜烂熟了。初升的阳光射进窗棂,几只喜鹊在枝头上叫个不停。窗外,弯脚大嫂子正在喂鸡,她一边"鸡勾勾、鸡勾勾"地唤着自家的鸡,一边跛着脚"呕哧、呕哧"撵着别人家的鸡。玉梁嫂子正朝缸里倒水,水冲击缸壁的哗哗声,钩担与铁桶撞击的铿锵声,煞是悦耳。全村挑水的女人不多,而她又是最漂亮的那一个。别的女人都是双手抱着钩担,局促而小心,唯有她,一只手扶着,另一只手伴着步调轻盈地甩动,她身材高挑、体态健硕,那动作,才叫个美……正在我心猿意马之时,背书,竟轮到了我。

一场短兵相接,在所难免。

"背!"先生面无表情——有声的命令里夹着无声的威严。

我早就背得烂熟,何惧之有?本小爷张嘴就来。但嘴张了,却没有来。我杵在那里,木桩一般。

"背呀?"

"……"

"能呀!背呀!"

"……"

"我叫你走神!我叫你傲气!"

先生——那个我的远门儿老表,那个见了我爹就点头哈腰喊"表叔"的"怕老婆子",那个见了我娘就喊"表婶"的落魄文人,竟然将那神杖一样的竹竿棍,暴雨般劈向我的头顶。啪、啪、啪三下子,我听得真真切切,挨得结结实实。我没有捂头,豆大的泪珠顺着我的脸颊滚落下来……"多快好省地建设社会主义……"我脱口而出、一气呵成,将那段文字背了出来!

"早知如此,何必挨打?!"先生愠怒地说。责罚之痛,之于形体往往是可以急速健忘的,但若置于心中,那痛将是历久而弥新的。

年终,要评三好学生。大家都看好兰香。她长得俊,小手细嫩细嫩的,声音清脆清脆的,男孩子都喜欢她。但到镇上参加算数比赛,我得了93分,她只得89分。我捧回了大红大红的奖状,她捧回了一路的眼泪。三好学生,自然非我莫属。男孩子们使尽了吃奶的本事终于把她哄好。可是,她那要强的娘却不依不饶,拿起笤帚疙瘩就把她的脑袋敲得啪啪响,说:"咱这一门儿咋就不胜人家?"她那当村主任的爹也愤愤地骂道:"女子就是不如男!"兰香眼哭得像桃儿一样,要死不活的。多亏爷爷拦住,把她爹娘臭骂一顿,才算罢了。当天,我跑到镇上,向主持竞赛的老师哭诉一番,老师大发慈悲,破格给兰香补发一张大红奖状——名次跟我一样……那年的三好学生,兰香比我多一票——我投了她一票。最终的三好学生是兰香。

多年以后,每当走过老学屋,我都无限悲凉。家族的斗争竟然波及年幼的我们,无知稚嫩的我们又怎能担起如此重负呢?我常想:大家世代为农,相栖一村,何必纵性争强,相煎何急?

不知哪年,老学屋被拆了。随着那三间土屋,被拆的还有老学屋前的电影场、同伴间那无邪的友谊,还有那美丽而快乐的童年。

二〇一四年九月十五日

老井

老家的村子中央有棵歪脖子大柳树,柳树下边有口老井,柳树根一直扎到井里。井有多老,养了我们多少代人,谁也说不清楚。爷爷说,他小时候就吃这井里的水,他也曾问过他的爷爷,得到的答案也是不清楚。

井水,很甜。全村人都靠这口井,饮牛、饮马也一样,洗衣服也从井里汲水。井壁,老砖砌成;井沿儿,青石板砌成;井口,桑木板镶的边儿。年月久了,井里的老砖上长满了青苔,青石板被磨得溜光圆滑,桑木板也不知道换了多少茬。至今,我还记得,每天清晨,男人们第一件事,就是挑水。

从井里提水,是个技巧活儿。男人挑着担来了,将桶放在井沿上,站稳脚跟,拿钩担的一头儿钩住水桶,用手攥住另一头的钩儿,徐徐下到井里,左右轻轻地摆几下,看着桶口朝下,朝下轻轻一探身,桶口就潜入水里了,再顺势一提,水就灌满了。一桶清凌凌的水就提了上来。倘是笨手笨脚,又把不住火候,将水桶掉进井里也是有的。于是大伙儿就帮着捞上来。谁家的新媳妇逞能,也来挑水。她红了脸,学着男人的样子,站在井边,弓着杨柳腰,荡起桶,只听得扑通一声,桶掉井里啦。大伙儿赶忙帮着捞桶。碰见泼辣的,扑哧一笑,再来;若是羞涩的,钩担一撂,扭着小腰,跑了!井沿边,欢声一片……孩儿们撩起水,你泼我一身,我洒你一脸,追着、闹着。老井沿儿是片欢乐地。

然而,欢乐的老井沿儿也发生过悲壮的往事。听爷爷说,老井里有条暗道——那是老祖宗们为了躲避匪患、战乱而精心设计的。最早,我们村被一圈寨墙围着,暗道就通向寨墙外的河边——用两块砖掩着。那年,日本鬼子从山东一路杀过来,村里人把几个新四军藏在井里,通过暗道转移到西塘的蓖麻荡里。鬼子用刺刀挑死了以打水作掩护的三太爷(全村四个党员之一),三太爷的血顺着柳树根儿流了一井。三太爷的儿子五爷,是百里闻名的土匪头儿。为了给父亲报仇,五爷率着他的百十条枪,把鬼子堵在村里。战斗整整持续一上午,五爷还是败了。鬼子把五爷拴在大洋马的尾巴上,一路拖向刘大庙。可怜的五爷被活活拖死在范庄埠,弃尸于荒野。《细阳春秋》里对这一事件有着详细的记载。那队日本兵走到李兴集时,又在东街挑死了一个教书先生——他的上衣有两个口袋,很像八路军干部。那以后,大柳树的叶子一直泛着红,井里的水也更清、更甜了。幼小的我被这段历史深深震撼着。我惊叹于自己的家族竟然有这般惨烈而悲壮的历史！

渐渐地，我长大了，村里人开始用起了压水井。老井，默然地守候着柳树，柳树默然地守候着老井，他们默然地守候着村庄。后来，不知道是谁，砍倒了柳树，搬走了井边的青石。老井日渐荒弃。为了拓宽村道，最后，村民们把那口老井填了。从此，老井消失了……

正当人们对老井渐渐淡忘的时候，老井却以离奇的方式重新回到人们面前。

事情源于一封信——我舅爷的遗嘱。

舅爷云广善先生1949年随国民党去了宝岛台湾。淮海大战将败之际，他的师长（历史原因，暂隐其名）托其将自己的家小及一生的积蓄转至海外。舅爷却将这笔不义之财全部运回老家，交给了我的爷爷。爷爷将这批财宝藏于老井的暗道中。斗转星移，2009年舅爷客死于中国台湾省台南县大甲镇。2010年中秋，舅爷的女儿云念慈将父亲的骨灰从中国台湾移葬至茨河湾，并将一份遗嘱转呈给我的父亲（我的爷爷已于2008年仙逝）。舅爷在遗嘱里特别强调，将这批财宝献于家乡的教育事业。

老井沿儿再次迎来了世纪的喧闹与欢腾。沉睡了三十多年，老井，涓涓清泉，似老泪纵横；老井，苍老深邃，如旷世精灵。

有它的保佑,财宝,分文不少。

茨河岸边的倪胡同村,舅爷的老家,建起了一所新的小学——广善小学。

人们为老井披红挂彩,在老井上建起了广善亭。村民们议定,将老井命名为广善井,又立宣德碑于井沿之侧,嘱余撰文以记之。文曰:

唐贞观年间,谢氏主仆二人自南阳东迁至此,凿井种菜为生。宋元以后,谢氏一族于此繁衍兴旺。明天启年间,乡达谢宝元出资修葺此井,并于井中凿一暗道。公元一九四二年六月初三,日军一路由山东经亳州来犯,共产党员谢思泉指挥村民将新四军伤员李志勋等七人(彭雪枫旧部)由暗道转至村外,日军将谢思泉刺杀于井边。谢晋玺(谢思泉之子)率部与敌激战数时而败。日军将谢晋玺拖于马尾,至范庄埠南二里方死。谢,号骂日军,誓不惧死。民国三十七年十月四日,云广善先生(国民党第118师上校团长)托村民谢凤君将数包财宝藏于井内暗道。公元二〇一〇年三月初九,依照云广善的遗嘱,村民将财宝取出并于广善故里建造小学一所。斯井膏泽,护佑村民万代,救助新四军伤员数名,潜藏云氏财宝数年。村民感其恩德,树碑立传以敬之。

公元二〇一〇年五月五日南谢村全体村民。

至此,老井又重回人间。

《阜阳日报》

二〇一三年八月三日

老街口

　　我老家李兴镇,是皖西北有名的古镇。镇子西、北两面朝着河南省。这里地处中原腹地,据东西而扼南北,北揽魏礼而南拥楚风,自古民风彪悍,匪患猖獗。境内皇姑河、茨河像两条玉带,一南一北,东向而流。古镇原名领集(领头儿的意思),老人们说,古上(朝代不详)这里曾经瘟疫盛行,一个名叫李兴的郎中捣鼓出个方子治好了所有人的病,遏制了瘟疫,为了纪念这位神医,就将镇子改称李兴镇。皇帝的女儿要回娘家,为防避匪患需走水路,所以,就在镇南开凿了一条河,这就是皇姑河的来历。传说?史实?似乎都不重要,重要的是,这里曾积淀下丰厚的文化底蕴。而于这沧桑的历史更迭和悲壮的刀兵洗礼下,古镇犹如一首浸透了万种风情的诗,那般亘古、含蓄、悠长……其中风韵尤佳的去处,莫过于老街口啦!

　　老街口就是古镇的老十字街口,东、南、西、北四条街相汇,成一十字路口儿。老人们说,旧时的古镇,街很窄,丈余,以青石铺就。两厢店铺栉比,南北商贾云集,是古之军事要塞,豫皖交界的经济枢纽。

民国初期,我姥爷不知去向,也许是死在了讨饭的路上,也许让土匪掳了去。我姥姥就领着我娘她们姊妹仨搬到镇上,在老街口摆个茶烟摊儿,艰苦度日。那年月,豫皖交界有名的土匪有三股,他们较着劲儿轮番洗劫古镇。一年夏天,青天白日,土匪抢了我姥姥的烟摊儿,未及理论,土匪头子竟举刀劈向我姥姥,可怜我姥姥左手掌心留下了永久的深痕……土改那会儿,一个干部征询我姥姥的意见,是要三亩薄地还是要三间当街的铺面。那时候,我姥爷的范姓里有一户是当地的大财主,一街两厢的铺面和镇上的田亩大多是他家的。我娘说,不管要什么,也都是咱范家的。那个干部本打算将三间铺面留给自己,可是,他拗不过我娘,又考虑到自己的身份,只好悻悻而去。就这样,我姥姥她们就在老街口儿安了家。

我姥姥家的南边是家油坊,姓朱,再南边是家磨坊,姓谢。老街口儿向东的路北有一家茶馆儿,老板姓徐。镇上的人都去那儿冲茶。品茶的也有,多是些闲人。一盘瓜子儿,一壶茶,一帮爷们儿,东西两街家国事,南北四巷悲喜情,只要经他们一白话,保准比说书的还热闹!我常拎着茶壶去冲茶。茶馆不大,火炉上坐着十来个大铁壶,终日吱吱儿地冒着热气。哪只铁壶开了,伙计就两只大手拎起来,对着茶壶嘴儿嘟嘟嘟地往里倒,听到"哑巴响儿"了,就高高地亮起壶嘴,旋即一扬,做出倒完了的样子,一滴水也没洒,神了。冲完了水,我也不走,就为看他一亮一亮的招式。久了,他冲完茶,便用戴着满是油烟手套的粗壮手指在我的小鼻梁儿上轻轻一刮,说:"走喽!"于是,我便不舍地恋恋而去。幼小的我认为那时,那地儿就是整个的天整个的地了。哪里知道还有个什么地球呢?我曾痴痴地问娘:"地球啥样儿?"娘把手里正缠着的线团子朝我脑门儿上一戳,说:"地球?就这个样!"

打小儿起我就到镇上读书,住在姥姥家后院的两间小屋里。那时,小镇的北边新发展起来的十字街口,新街口沸反盈天,老街口淡然宁静,宁静得像个老人,捋着胡子,暮色渐起中,悠然地回味着那无尽的往事……

姥姥家的斜对过儿,是座高高大大、青砖灰瓦的宅院,门楼上精美的砖雕透着古朴与典雅。那里曾经是大财主的宅院。解放以前的历次变故中,那里都是全镇的最高指挥中心。

古镇的青石板路上,闯过打家劫舍的悍匪,进过烧杀淫掠的东洋鬼,荡过醉眼蒙眬满口胡诌的懒汉,但走得更多的还是那些双脚稳健、心怀淳朴之风的乡民,他们永远是岁月流逝中的主流。

暮色渐浓,更声迭起。古巷幽深里,一老翁斜挎竹篮,手提马灯吆喝着:"火炸子——火炸子——"

一声悠长的吆喝,石板街,清幽,清幽里荡起老街口儿的莽原……

啊,古镇,这首诗,真美!

《阜阳日报》

二〇一四年十二月十三日

学习雷锋好榜样

"学习雷锋好榜样,忠于革命忠于党。"我是唱着这首歌长大的。

小时候,我们都爱做好事儿。半截铅笔,一块橡皮,一枚硬币,只要拾到,就会交给老师。帮退休老教师打扫院子,提桶水。上学的路上,帮老人推车。当大人们赞许说这孩子真好时,我们会红了脸跑开。有一年夏天,上学的路被雨水淹没了,好几个村庄的孩子都被堵在路上。我和几个大个子的孩子商量,从自己家里搬来砖头垫在漫水的路上。大家踩着"砖路"高兴地过了河。没多久,不知是谁把这事报告老师了,校长在大会上表扬了我,弄得我怪不好意思的。在我看来,这些事都是应该做的,既不是别人要求的,也从来没有刻意去做过。

1987年暑假,我只身一人前往锡林郭勒大草原,在商丘火车站遇到一位老奶奶。她肩上斜背着一个大行李,两只手里还拎着十几个坛坛罐罐,走路都很困难,别说去排队买票了。我即刻放下自己的行李,帮她接下东西,问清去向和时间后,拿自己的钱给老人买了票。她是去太原的煤矿看她刚出生的孙子,她给孙子做了很多小衣服,又给儿子带了很多家乡的特产,甚至还有自己做的酱豆。我是取道大同转集宁,我们同路。上车的时候,我两个肩上挂满了包袱,一步一挪地护送老人上车,给老人找好座位后,我才去找自己的位子。到了太原,我背起老人的行李送她下车,在出站口,她的儿子跑来接她。听了老人的话,他感动万分,又是给我买包子,又是给我钱,还把他的地址留下邀我有空去玩。我没有要他的钱,也没有要他的地址,我只要了包子,因为我整整一天没吃东西了。直到今天,这件事,我还是第一次提及。尽管当时我孤苦伶仃,但我还是义无反顾地帮助了那位老人,那时,我并没有想到"雷锋"两个字,也没有想到助人有多么高尚,我只知道风雨兼程中的人们是多么不易,伸手相助,大家可能走得更稳、更好。

大学毕业后,我成了一名乡村教师。教授知识的同时,我更加注重同学们道德情操的培养,号召大家学习雷锋的无私奉献精神。离学校十几里远的村庄,有座敬老院,每逢星期天,我都会带着孩子们去看望那里的老人。孩子们帮老人梳头、剪指甲、洗衣服、晒被子。日子久了,这些在父母跟前撒娇的孩子竟然学会了体贴、孝敬老人。即使碰到刮风下雨的日子,孩子们也不忘骑车去看望他们。提起孩子们,老人们眼里总是充满感激。敬老院没有电,老人们晚上都是摸黑。我们送去蜡烛照明,又通过多方协调使敬老院通上电。就要毕业了,孩子们带着自编自演的节目,向老人们作最后的道别。孩子们陪老人们吃了午饭,把晾干的衣服叠好,放在枕边。夕阳里,孩子们握着老人的手,久久不舍得离去。

后来,一个叫李子顺的孩子,高中辍学后仍然坚持看望那些老人,结婚后,善良的妻子每次都和他一起看望老人,直到今天。此事在当地被传为佳话。当地电视台曾做过专题报道。

十几年过去了,那里的老人已经换了几茬,但是人们对老人们的关心和照顾从来没有间断过。李子顺以及更多的好心人为老人的晚年带去了几分温暖和慰藉。他们并不贪图什么,只想做点平凡的善举。

《阜阳日报》
二〇一三年三月十六日

三间河

三间河其实是片小水塘,有三间房那么大,所以叫三间河。童年的记忆里,那里是我最难忘的地方。

风儿吹绿河畔的时候,我们便像久违的春燕一样飞回了三间河边,折了柔嫩的柳枝,拧做小小的管笛,和着轻风流水,奏响心中的歌谣。

夏日里,除了捕蝉、捉蛙,在三间河上最大的乐子莫过于从弯腰的大柳树上扑进河里。伙伴们浑身抹满河泥,沿着柳树的驼背爬上去,泥猴儿般纵身一跃,溅起阵阵水花。接着便又爬上岸,又糊满泥,又爬,又跳,没个十来趟,是不过瘾的。岸上的路早被水花溅个净湿,险些滑倒了小脚二婶子。猴儿们都赤条条地闹腾在水里,新媳妇又恰逢最娇羞的时光,撞见了,岂有不避让的?爷爷便扬起枝条,吆喝着:"快!还不上岸,丑不丑?"

"不丑、不丑,就不丑!"

扑通,扑通,又一阵水声……

冬日里,大人们活儿少,孩子们更清闲。我们聚拢在一起,大孩子挑头儿,顺着河沿一溜儿滑下去,一趟一趟的,看谁滑得快。不到半晌,河沿儿全白亮亮、滑溜溜的。不到半晌,每个娃儿的屁股上都绽开了花——棉花露了出来。大放露得最狠——屁股蛋儿都看见了。大伙儿一阵阵地乐。欢闹声惊动了各家的娘,她们拿着棍儿,握着鞋底儿,高高地举过头顶,一片声打将出来,喝骂道:"新棉裤弄烂了,看我不打死你!"每个人都少不了一顿揍。冬天,衣服厚,光听声不见疼,只有大放真正地挨了几下,撅着屁股,瘸了好几天。

生活中不总是有阳光,也有令人悲伤的阴天。

那年秋天,三间河边上演了我童年里最悲伤的一幕。

那时候,我们家做服装生意,每到逢集,姐姐和父亲就会拉着板车赶集。车上装着三只大箱子,箱子里装满衣服。车子很沉重,晴天还好,倘遇阴雨天,道路泥泞不堪,脚下一滑,甚是艰辛。

那天早晨,我去上学,姐姐和父亲也要赶集。大家同路,我便主动帮姐姐拉起板车。夜里下了小雨,天儿还阴着,路有点儿滑。我拉着车子,吹着口哨,姐姐在后面推着,父亲在后边跟着,云卷着,鸟儿飞着。走到三间河边,拐弯的时候——至今我还清晰地记得,原本我是顺着车辙走的,但不知怎的,是老天跟我作对,还是夏天里我欺负过大柳树?是我用力过猛,右轮被大柳树暴出地面的根反弹了回来,还是用力不够而直接被挡了回去?总之,车轮顺着柳树根滑了下去,整个车子开始向右倾斜。我吓得停了哨声,大喊着"姐!——姐!"。姐姐也被吓蒙了,她使劲儿地推,我拼命地拽。车子像头死猪坠向河水。父亲一边叫骂着,一边飞奔过来,但车子早已带着绊绳,绊绳裹着我,淹没在水里。河水很深,我不顾深浅,扎下去找寻车子,可是我怎么也寻不着。我哆哆嗦嗦爬上岸,未及站稳,即被父亲那铁耙般的巴掌扇进水里……

邻居们都跑过来,大家七手八脚终于把沉重的车子从河里捞上来。河水从箱子里向外汩汩而流。

那天,村西挂满了万国旗——几百件衣服在寒风中飘舞着。那天,我家少挣了200元。

那天,爷爷生平第一次雷霆大怒,他打了他唯一的儿子——我的父亲——他两次把我打落进冰冷的河水。

第二天,我在三间河边痛哭了一场。

从此,我再也没有在三间河边儿玩过。

……

曾记否,春天里,我们爬上弯腰的柳树吹柳笛;曾记否,夏天里,我们猫在河里捉鱼;曾记否,冬天里,我们踩着冰在河里打雪仗;曾记否,秋天里,三间河里那凄惨的一幕。

长大后,我游过淮河,迈过黄河,跨过长江,但那短短的三间河从未淡出我的记忆。

因为,那里有我的欢乐,也有我的悲伤。

二〇一〇年十一月三日

来客了

　　好客,是茨河湾人的天性,但在四十多年前,由于贫穷,他们往往又怕来客。

　　来了客,总要把家里最好的东西拿出来。但拿出来就没有了,尽管年下省出来的东西,目的就是招待客人。

　　一般家庭,年底下的白面馍,过了初一、初五、十五,就不准吃了,放得长了霉醭,用湿毛巾抹抹、晒晒,还放起来。尽管我们急得跟狗不得过河一样,母亲就是不让我们吃。至于年底下炸的馓子、丸子,也金贵得要命,一直放到有了滞年油气,也不让动一口;甚至那炸的面鱼(农村人吃不起鱼,用萝卜片子外面裹上面糊炸出来充作鱼),我们也吃不着;最金贵的是肉,哪怕是肥肉片子,都放在粮食垛里,热了放,放了热,不到来客,是万不准动的。

　　于是,我们便热望着来客。来了客,我们便可以撒点儿娇,当着外人的面,大人是不好吵人的;来了客,我们就可以盯着要两片肉,偷着捏两个丸子或掐一撮白面馍,再不济,也可以闻一闻肉香,听一听小锅里炒菜的声音。爹和娘也盼来客。月上梢头,爹和娘就筹划着、议论着。谁,该来了;谁,就这几天;谁,过几天就该来……他们计算着,然后再去掬饬那些金贵的食物。他们不是盼望来客,而是该来的,省不下来,于是,还不如早些来,免得人惦着,心慌。日子,就在盼望中度过。

终于,来了一个,但,竟没有住下,尽管爹拉着他的手老半天。皖北人实在,真心留人。那人,也是铁了心作假儿。那年月,作假儿是门学问。大家日子过得都不易,留客,是农家的美德。但你若真的直白地住下,主人肯定认为你肯吃,肯吃,便是无德。于是,大家都学会了作假儿。

"别走了"

"不了!"

"真的,还有二两老白干!"

"不了,不了,你不知道,我沾酒就醉!"

"你看,这可是虚情假意?"

"我知道,咱俩谁跟谁呀?"

"你好作假儿,今儿,就住下吧?"

"瞧你说的,作啥假儿? 改日!"

说着,便是拉,那边就是推。拉拉扯扯,又是一袋烟工夫。倘若真留,那边再软一点儿,也就住下了。于是,少不得翻箱倒柜,提油打醋,少不得晚间娘又啰唆:"你还真留!""啥话?实在!"倘若真的作假儿成功,回去的路上,那人又少不得骂自己假儿作得太真,竟作掉了!真走了,也是半惜半庆的。惜的是,拉了半天,竟没留住;庆的是,终归是省下了。况且,他本不在计划之列。我悻悻然,因为没有沾上光。

客,是分等级的。常来常往的不必那么客套;远亲、老亲倒要慎重些;至于求人家办事的,当是贵客,免不得要惶恐一番。

北庄的表叔,因为常来,也就不当客待。娘总是在小锅里给他熬上两碗汤。馓子、丸子、细粉总要有的,还有肉片儿、白面馍馍,那是最基本的。表叔总是像看不见我一样,只顾自己享用,末了,顶多掐一小块白面馍,递给我,笑笑。他眼睛里流露出一种神情,幼时的我虽然看不太懂,但我想,那大概是不舍,而又有些歉意吧。

于是,我们便盼望着贵客降临。贵客是不敢怠慢的,礼节上也最隆重。

那时,大哥在镇上教书,是耕读教师。为了转正,父母每年都会把镇上的头面人物请到家里,又请来大队的头脸们陪着。我们全家提前两天就开始做准备。

娘拉着我,千叮咛万嘱咐道:"可不敢赖在堂屋里,只可远远地外边玩去。"

爹也总是瞪着眼睛说:"别不成样子,丢了人,客走了,看我不收拾你!"

客人们来了,在堂屋里正襟危坐。我只得趴在院门的门框边儿上怯怯地向里张望,时不时看见爹那愠怒的目光。上菜了,我见到了久违的炒小鸡儿、久违的白汤丸子、久违的辣椒炒肉片儿……香气,不断地从灶屋里飘出来。我便壮起胆子挨进大门,又挨进灶屋的门框,碰着爹端菜时,我只好将头深深地埋下。爹终究是能看见的——灶屋跟堂屋挨得那样近。他的余光里,那怒,是被拿捏着的,他早已有言在先。还好,娘把留下的半截鸡爪给了我,并说:"快跑吧,别让你爹看见!"我赶忙掴了鸡爪,如获至宝,奔出院子。闻一闻那撩人的香,上下左右地看了看,竟不舍得啃,最后,还是唧唧扭扭啃个精光,直到嗦得净白无味也舍不得扔下……灶屋里的香气阵阵袭来,我又挨到灶屋旁,聆听堂屋里那殷勤的祝酒和酒酣的漫语。

酒酣的漫语里,年下省出来的美食顷刻间便装进了贵客们的肚囊。也许,这些于他们倒未必是鲜见的,而于我是极其渴望的。父亲的驱逐与我之羞怯与其说是争面子、怕丢人,不如说是某种难言的无奈和对贵客们的尊重。那里既藏着农家的纯朴与真诚,又融合了农家的期盼与酸楚。我想,当人们对食物不再充满依赖时,作客,已不再是那般神圣而令人向往。当食物不再被珍藏时,我们——农家的孩子——才有了自信和尊严。少时的期盼里,我领略了客人的尊贵;成长的见闻里,我懂得了父辈的艰辛。

对食物的珍视,是我与生俱来的品质,因为我的血液里流淌着"饥饿大于尊严"的基因。看到丢弃食物、浪费粮食的现象,我都无比痛惜。每当这个时候,我都会想起奶奶常挂在嘴边的一句话:"饿你三天,石头都是香的!"

一篇《客来了》,聊慰我那被岁月驱赶了的童心。

可慰的是,如今,我的家里,客常来,女儿俨然就是主人。

二〇一三年五月一日

初恋

初恋的滋味,总是在未能捕获的痛苦和畅想既得的幸福里酝酿着、煎熬着、寻觅着。

少时的我喜欢画画。偶然间在笔记的扉页上画了一幅女孩肖像,不知是潜意识里就有呢,还是巧合,那肖像竟然和同班的一位女生有些相像。不料,恰被一个好事的男生看到,他拿笔在肖像的下巴处添了一颗黑痣,这下就越发地像了。于是,他便雄鸡叫鸣一样长长地伸出脖子,高高地举起我的本子,惊喜万分地宣布,谁谁谁喜欢上谁谁谁了,看看,这是他画的她的像,像得很呢!我还没明白过来,谣言竟已四起。说者有心,听者又岂能无意?那以后,谣传里,我们便似乎是一对儿,以致远远地看见,便红了脸早早地避开,于避开里又找寻着再次相见的窘迫及逃离后的惋惜。我想,那便是初恋了。

她是美丽的。印象里,她仿佛总是低着头,步履轻盈飘逸。她低着头,是怕见我吗?她步履匆匆,怕是要避开我吧?我总是甜甜地痴想,酸酸地回味。她那桃仁一般的眼睛,闪烁在停滞的书页上,她那彩云般的身影,跳动在夜晚的灯影儿里,她那温软的轻咳,颤抖在我惊蛰的心弦里。我被她捉了去,关进那绵缠而又坚硬的笼里。我苦苦地挣扎,却又坠入柔丝的沼泽地中,越陷越深。于是,我便做了茧束的寒蝉,领略她猎手般蚕食的酥痛。有谁见过被秋波射穿了的心扉吗?有谁抚慰过被温情击透了的胸膛吗?有谁品尝过被痴恋咬碎了的纯情吗?我魂,飞矣。

深坠情网中的我,成绩一落千丈。好友不忍我的"堕落",竟将这天大的秘密告诉了班主任。班主任并没有责骂,只轻轻地告诉我:"爱,若不藏于心底,必将有损心志,伤其魂魄!"看着我,班主任委婉地说:"放下吧,好好学习,毕竟你们还小。"恩师的警告里深藏着对我的爱惜和期待。然而,那情窦,已如鱼钩上的钓饵,早已被我死死咬住。放下,岂是轻易的?于是,那鱼开始翻滚着,想挣脱那魂灵的钩束。怎奈,那钩似乎带着倒刺儿,一旦咬住,就万难逃脱。

那年暑假,我们相约去县城看望小学时的老师。第一次,我们挨得那么近。我们一同乘车,一同吃饭,一同向老师敬酒。她虽扭捏,但坦然相对。我虽羞怯,却若萍水隔畔。回来的路上,车上人很多,我们贴得那么近、那么紧,紧得我喘不过气来。我哪还有气呢?站在她的身边,听着她的呼吸,嗅着她身上微微散发的体香,看着她羞红的脸颊和明亮的眸子。我早已窒息在她温软的清波里。正如饥渴的征夫,最好施他以食物,暂缓他对琼浆的苛求。那次的接触,缓解了我心灵的旱情,滋润了我久干的情墒。我终于挣脱了迷离的网,衔着一线相牵的钩儿,逃了。

我的成绩慢慢上升,而她成绩的慢慢下降。即将中考的我们受着双重煎熬。漫夜的青灯下,我自责地问,是你的搅扰使她身心受惊了吗?是她的怜惜使自己自顾不暇了吗?……无边的猜测岂如鸿雁传书一探究竟呢?我平生第一封情书里,没有一个"情"字儿,却饱含深情的问候和谆谆的劝慰。小姐若有芳心,岂不为之动情?回信,在久等中来了。回答竟是曼妙无边的"不知道"。

那年,由于没有考上重点高中,加之严父的苛责,我开始谋划着出逃。好友们苦劝无望,只好求救于她。我们被人约好,在她家见面。平生第一次,我进入一个女孩儿的闺房。她的房间,整洁、干净而温馨。我们对坐无语,双目凝视脚下的地面,只用意念传递着心灵的密码……执拗的我还是踏上了漫漫征途,兑现了少年那坚毅的抉择。

……

后来,我们都上了高中,我们都成家立业,都从稚嫩走向成熟。回想当年,那青涩的爱——如果可以这么说的话,留给我们的是美好、纯情的回忆。我们没有古时男女相倾的过度斯文与含蓄,我们没有当今男欢女爱的浪漫与赤裸。那个时代,我们期待着相思却惧怕着拥有,顾怜着身影却躲闪着碰撞,总是在未能捕获的痛苦和畅想既得的幸福里煎熬着、寻觅着。

　　我的初恋,距离婚姻相隔甚远,而婚姻之于初恋更是终难比拟的。今天,当人们将婚姻挂在嘴边的时候,请回忆一下自己的初恋吧。因为初恋,永远是无欲的、纯净的,而婚姻永远与人性、世俗相伴!

二〇一二年十一月五日

搬家

求学的岁月里,我搬过很多次家,与许多同学做过室友。

清贫的煎熬中,我们结下了深厚的友谊。他们中有的圆了大学梦,有的默默离开了,带着满心的伤痛和无奈。我不知道人生的第一个竞技场到底给我们留下了什么,兴奋、失落、无奈、伤痛……也许更多。

初二那年,为了更好地学习,我搬到镇上,住在姑爷家。那是两间东屋,紧挨着姑奶家的厨房。姑爷是个屠户,冬天,他的皮大衣上涂满一层厚厚的羊油。爷爷开玩笑地说:"哪天叫你姑爷的皮袄拿过来煮一煮,咱们家也开开荤!"院子里,弥漫着羊膻味儿,锅碗儿都透着难闻的膻气儿。我从来不吃姑奶端过来的饭菜——尽管,姑爷每每瞪着眼睛训斥我:"上好的羊肉不吃,傻呀!"那时,我总是夜以继日地疯学,我的疯学不仅没有给自己带来佳绩,反而使我在临近中考的时候大病一场。那场病,可把同学们吓坏了。他们七手八脚地把我抬到一墙之隔的医院。两位室友,左右不离地看护着我。那年,我没有考上预想的县一中,失落中,我搬出姑爷家。姑爷不解地问:"考个啥?累病了不值!"

家里人好不容易通过关系把我转到县一中,我又开始了租房的生涯。自己住一间,有点奢侈。那时候,我们大都合租,最低两人,三四个的也有。高二那年,我们四个人合住一间大房子,郭庆友、谢之东、赵华锋和我。郭庆友和我一个班,谢之东在另外一个文科班,赵华锋初三复读。郭庆友一身的老农气息,老实;谢之东一脸的诗人气质,好写个歪诗啥的;赵华锋酒量特大,爱串亲戚,去一趟醉一回,我们都叹为观止。但有喜事,比如谁这次考得不错,班级第几,年级第几,我们都要庆贺庆贺,也是穷极而生智的。房东是个菜农,我们就拣些残枝败叶,再收拾一番,做几个小菜儿不成问题。荤菜也有,楼下大宝家是卖粉鸡的,总把卖剩的给我们盛来一大碗!我们如获至宝,先只是看,谁也不舍得动,末了,其他菜都吃完了,我们才开始动筷。先是拘谨地夹起靠自己近的肉,再慢慢儿地往里探,最后端起碗,轮流着将那半碗汤美美地喝了……那时,最爱吃的是板面,但我们买不起。于是,就学起板面师傅的样子,把面和得硬硬的,在桌子上铺张报纸,从大宝家借来一个啤酒瓶子,洗净了,将面裹在瓶壁上,连滚带抻,厚墩墩儿的板面就成了。往锅里一撂,尽管还夹着生,但好吃。酒——是没有的,我们只好拿起搪瓷缸子,倒进面汤,高高地举起,为了理想,干杯!日子,是清苦的,但我们把生活经营得那般滋味横生。"诗人",最终没有跨进大学的校门儿,因为高考不考作诗;满身农气的郭庆友,继承了父辈的衣钵,回家务农去了;赵华锋,高中毕业当了兵,在部队里考上了军校,现在,已经是团长;我,复读了两年,吭吭哧哧,歪歪扭扭,考上了师专。四个人,只有我考上了。但,我没有丝毫优越感,在我看来,值得回忆的是我们那清苦里结成的友谊和那年少轻狂的斗志!后来听说,郭庆友打工打成了大老板。人的价值,岂能是一个高考所能决定的?生活之路宽又广,何必非往胡同里闯?相聚,是欢快的,而离别,却是无声的悄然。我们奔着一个目标而来,却带着不同的前程离去!究竟是什么让我们劳燕分飞?多年以后,我明白,是生活,掺杂了太多俗念的生活,使得原本快乐的我们凄苦难耐!使得原本顺畅的人生,充满坎坷!

记得,最后一年复习,我实在难以支撑,终日斜躺在斗室的破褥里。那是一间不足 6 平方米的小屋——一床,一桌,一炉——月房租 15 元。房东是个纸厂工人,酒量不大,但每天必喝,每喝必醉,每醉必唠嗑儿。他抓住我的手,斜着眼,指向前方,慢慢地高喊:"大学,进攻!进攻!进攻!"他,醉倒了,我的泪,来了……那年七月,我辞别了那间蜗居了一年的小屋,也辞别了人生中第一段难挨的日子。

曾记否,为了租房,我们奔走于街巷;曾记否,为了省下5块钱,我们和房东吵个不休;曾记否,多次搬家后,我们又聚首,回忆,那份儿真!

《阜阳日报》

二〇一四年八月十六日

淘书记

淘井,为了得到水,以解生命之源;淘宝,为了收藏,做发财的梦;淘书,为了阅读,充实浅薄的自我。

小城的中心有片湖,湖不大。先前波光粼粼,清澈见底,鱼儿常戏其间。20世纪末,湖上建起商铺且美其名曰"水上商场",成为红极一时的盛景。从那时起,湖面日渐削减,湖水日渐腥臭。湖畔有个花鸟市场。市场不大,但这里集中了众多经营古玩字画、花鸟虫鱼、金石玉器、旧书旧报的摊主。平日里,很是热闹。

得闲,我总是要逛逛的。这里有几家旧书摊,书虽旧,但多是正版;年代也似乎久远些,透着古朴。我爱翻那些线装的古书,如《列子》一类,我是见了就买的,还有养花、烹饪、琴棋书画,甚至是建筑、古钱币类的书,但凡有,我是不会轻易放过的。

于是,大家混得熟了,摊主们也就不再欺生,他们往往拿捏到合适的价格,而我也乐于相淘。

淘来的书,好的就爱不释手,一般的就束之高阁,反正自己的书,何时看,还不由自个儿?书,有时就像特殊的庄稼,永不过时,什么时候收割似乎都行,没人催你,于是,你就很自得地徜徉其间了。

一位朋友知道我爱淘书,就留了意。碰巧,他有位开书店的朋友,说是要关门,那残存的书竟散放一地论斤贱卖。他急火火地跑来跟我说,又说,好书流到别人手里,岂不可惜?于是,我们便急匆匆地同去。果不其然,在一张小木床上,凌乱地堆放着好多书,旁边,散落一地。我们边看边挑,一口气竟挑了百十本。那位朋友也不点,就说,听说哥哥爱看书,就送你吧,什么钱不钱的?都是货底子,算了吧!看着他母亲那怜惜的眼神,我还是掏出五十元塞给他,他硬是又塞回来,说,瞧不起人呀,不就几本书吗?我的朋友也说,干脆哪天摆个场儿,算作书钱!就这样,我们用一个大塑料袋装了那百十本书,硬生生地拉了回来。至今,那场儿摆没摆,我也忘了。

那百十本书,两年,我竟看了个遍。我看书是不拣地方的,抖动的车厢、做饭的厨房、解手的厕所、睡意渐起的卧榻。有一次,几位好友来访,我顺手拿起一本书读了起来,连他们走了,我竟也没有发觉。看书,我似乎没有专门的时间。有一次,竟然在熙熙攘攘的大街上翻看起刚刚淘来的《中外散文名篇鉴赏辞典》来,恰被人撞个满怀。那女人冲我笑了笑,挺善意的。

淘书,有时竟也淘出惊喜来。那次,正翻看间,眼前竟唰地一亮,像偶遇了多年未见的挚友一般,我不禁失声啊了一下——原来,我撞见了那本失却多年的《唐诗宋词鉴赏辞典》!扉页上还赫地然写着我的名字和购书时间:1983年!那亲切,是毋庸置疑的!那激动,是难挨的!但我没有声张,因为,我怕被宰!我用原价的三分之一"赎"回了那本书——至于那书,当年被借予了何君,继而又被何君送给了某某,直至最后如何到了这书摊儿之上,我就不去拷问了。

忽然想起,曾经借出去的那些书,竟一本都没有还回来。唉,哪一日我将与你们再相见呢?

《阜阳日报》

二〇一四年十一月二十日

漫漫羈旅 |

长夏漫漫

1

等待许久,我终于拨通了"等着我"的热线电话,我要找到他,找到那个在我走投无路的时候给过我帮助,把我从迷途中解救出来的人。多年来,我一直在心里深深地怀念着他,为他祈祷,为他祝福。岁月的流逝没有磨平我的记忆,相反,思念是酒,愈久愈浓,愈浓愈烈。

那是二十五年前的夏天。那年,我因4分之差没能考上县城的重点高中,父亲一怒之下把我赶出了家门。

那年,我十七岁,才刚初中毕业。

我清晰地记得,有两件事促使我离家出走。第一,当然是没考上高中。不过,这也不是什么大不了的事儿,前两天校长还专门到我家,他让我回去复读。我不愿复读,因为,关系好的同学有的考上了中专,有的上了高中,就我一个回去复读,总感觉脸上挂不住。再说,我的成绩本来很好,只不过在中考前得了一场大病,所以影响了考试。只要复读,下一年肯定能考上,肯定能为学校挣名额。而我是不愿意让学校拿我当筹码的,所以,我拒绝了校长。第二,是我把家里的留声机拆坏了。当时,我们家买了部留声机,那是全村唯一一部除收音机以外的最高档的家电。每天午后,半个村子的人都会聚拢在我家院门前听留声机播放戏曲唱片。留声机俨然成为我们家(特别是父亲)在全村人面前炫耀的资本。可是,留声机被好奇的我拆开了,拆开后却怎么也装不回去了。父亲盛怒,他一边大骂我"笨蛋",一边用铁耙般的巴掌打我,让我滚蛋。在他一连三天密集的"两蛋"攻击下,第三天夜里,我含着泪,决定离家出走。

为了出行,我做足了功课,所有行程都清楚地标注在地图上,甚至时间点都把握得非常准确。

然而,正当我兴冲冲准备从集宁换乘汽车前往目的地锡林郭勒草原时,车站的售票员却不把票卖给我。看我只身一人,而且是个半大的孩子,她不无警觉地盘问起我来。听了我幼稚的想法,她警告我不能独自前往。

去目的地的线,断了。茫然间,我不知所措。现在,该去哪里呢?

集宁街头,八月天,塞北的天空已经凉气袭人。回望几千里外的家乡,我不禁失声痛哭,出逃七天以来,我第一次感到了孤独与迷茫。

　　苍茫而高远的天宇下,异乡街头,我茕茕孑立,茫然四顾。一个孤苦伶仃的南方少年,浪迹于北疆的地平线上。他满头污垢,浑身脏臭,目光呆滞,孤零零如丧家之犬,怜兮兮恰孤雁落单。几辆马拉的大车以及人们的服饰表明这里是真正的内蒙古,地图上的景致变成了眼前的现实。然而,这种方式又是多么凄凉。站在汽车站的广场上,周围的房屋在眼前不停地晃动,好像火车还在前行!我告诉自己,那是饿晕了。已经两天了,我没有吃一点儿东西!记得还是在太原火车站时,我帮助一位河南的老奶奶买车票,又扛着行李把她送上车。到了大同,来接她的儿子买了一笼包子谢我,他要给我钱,我没要。三天来,那笼包子是我唯一的一顿饱饭,除了实在扛不住了,在火车的厕所里喝上一肚子自来水外,我是滴水未进!摸摸衣兜,还剩十块钱,仅仅十块钱!若在往日,拥有十块钱,那算是富翁了。然而,此时此地的我,向前,至少要十四块钱才能到锡林郭勒盟——此路已不通;向后,面对遥遥云外的家乡,区区十块钱,也只够走到集宁和大同的中间!十块钱,仅有的十块钱!唉,我真的知道什么叫山穷水尽了。出逃之前,我只从两位同学那里借到(其实是半借半骗)八十块钱,加上平时积攒的三块七毛钱,总共也就只有八十三块七毛钱。别说人家不卖给你票,就是卖给你,你也只有十块钱,那四块又上哪儿去找呢?

街头,行人熙攘。人们满面春风,悠然自得。此刻,我再没有初进草原时的兴奋与激动,再没有初见牛羊奔跑于绿野间的新鲜与刺激,再没有一睹草原上雾气蒸腾红日起的慷慨与激昂。晨风,吹起了蒙古族姑娘秀发上的璎珞;朝阳,普照着幸福而安详的集宁城。

这时,一个小男孩,右手牵着爸爸,左手牵着妈妈,摇着,晃着,嬉闹着,打我面前蹦跳着闪过——那是多么幸福的一家呀!我生于皖北的农村,土生土长,弟兄们又多,别说牵着你玩儿,父母终日趴在地里,能有空儿搭理你就算不错了。父母对我们的爱往往是深藏心底的——就像泥土对庄稼的爱一样。这样的娇嗔之爱于我们是遥不可及的!刹那间,那小男孩仿佛就是我,两边的就是我的爸爸、妈妈。泪水涌出眼眶,我多么希望这是真的呀!然而,正是我那狠心的父亲,他一边骂着我笨蛋,一边猛扇着我的后脑勺让我滚蛋。在他一连三天的"两蛋"攻击下,我开始了出逃的计划。那天清晨,我起得出奇地早。先是帮家里挑满一缸水;接着帮爷爷把茅坑里的粪挑出来,拌上土,又拉到地里;最后默默地帮姐姐往灶膛里添柴火……我极力掩饰着自己,不让自己哭出来。我在心里默念着:亲爱的爷爷,我走了,大了我再回来看您;姐姐,从今天起,你再也不会嫌我烧锅冒烟了;娘,不孝的儿被您那狠心的当家人赶走了,不管哪一天,只要回来,我就来看您。十点后,家里人赶集的赶集,下地的下地,就连邻居家也空无一人。我背着两个包,一个装了所有的书,一个装满所需的衣物。我知道,路上会马不停蹄,所以没有带被子,当然,再有我就带不动啦。为了不让别人发现,我特意从庄稼后绕道茨河大堤走到镇上。到了车站,我立即钻进去县城的汽车。为了节省时间,更是为了躲避家人(家里人肯定会沿着去县城的路追我,因为,长那么大,除了县城,我哪里也没去过),我决定在双浮下车,然后跳上前往商丘的班车,一路北上,从此踏上了漫漫羁旅……

然而,逃出樊笼的兴奋、离家出走的悲壮、纵览山川的激越,都随着目标线路的中断而一落千丈,进而是一片悲凉。前程漫漫,而退路又何其茫然。泪水已不能挽回一切。罢,罢,罢,不如学古人,于头上插一草标,卖身以求暂时的栖身之所。然而,闪念之间又一想,谁能要一个初中毕业的半大孩子?

无助中,我漫步于喧嚷的街市,锡林郭勒的风光已不再是向往中的新奇与美好。渺茫的故乡业已泛起追梦中的缥缈与瑰丽。间有路人投以惊异的目光,那偶然的一瞥或令惊鸿误以为关切——尽管,只是淡淡的。太阳渐指中天,我必须在十二点之前确定新的目标,否则,我将露宿街头。我仰天长叹,故乡啊,你可知道,你的儿子正愁苦难当?祖国啊,你可知道,你的儿子正饱尝离群之苦?想到祖国,我即刻想到了北京。北京,啊!是北京!那里有我的邻居,方印、大放他们都在北京打工,他们的来信都是我来读,回信都是我来写,我知道他们的地址——石景山区,北京重型机械厂!我要去北京!我要去北京!我竟然大声疾呼而欢呼雀跃了——多年以后,每当忆起这一幕,我都激动不已。

我满怀激动,折回火车站,扑向售票窗。集宁到北京票价十八元!看我面露难色,好心的售票大姐提醒我:"有学生证吗?"看我羞涩地拿出了初中毕业证,她笑了,但还是给了我一张半票!我喜出望外,连连道谢。

我狂奔着跳上列车,饥渴暂时放在一边,只剩下即将见到亲人的喜不自胜。

车到居庸关,我随游人爬上心仪已久的长城——此前,厕所里的自来水我又灌了个饱!晚上七点多钟,从列车上远远眺望,北京城早已华灯尽燃,辉煌一片。

2

　　出得西直门站,已是晚上八点多。随着一路民工,我在一座石桥边歇息。桥边卖小吃的挺多,我捏了捏仅剩的那一块钱,吃,还是不吃?不吃,今夜怎么能撑得过去?吃了,明天如何坐车,又如何找人?听大放说,北京的公交车便宜,一毛钱能坐几站路。好吧,吃!不过,不能超过两毛钱,一定要留足坐车的钱!反正明天就能见到亲人,管他呢!我从路边要了一碗面条,两毛钱,碗小得像碟子,面就一小撮,少得可怜!不吃尚可,吃了,反而令我更加饥饿!没办法,忍吧!北京的天,夜里还很热,我掏出一张报纸铺在温热的水泥地上,脑袋枕一个包,怀里抱一个包,像狗一样,蜷曲着睡了。

　　为了赶早,清晨五点钟我就醒了。五点半乘公交,直奔石景山。我一路打听,七点多钟赶到了北京重型机械厂大门口。正在我满心欢喜,准备迎接在厂门口遇见家乡亲人的激动一刻时,保安的一句话再次让我陷入绝望——安徽的老乡早就不在这里干了!

　　我浑身瘫软,一屁股坐在凉地上,泪水再一次模糊了我的双眼。

是啊,打工的,哪有长久的地方?

虽然身处绝境,但我不能坐以待毙。

"大叔,他们到哪里去了,您知道吗?"

"不知道!"

"您能不能帮我打听一下?"

……

看门儿的很冷漠,很无情。

上班的人们,手里拿着油条边走边吃!我强忍着咽了咽口水。一阵眩晕乘虚而入,我失去了知觉……待我醒来,眼前只白花花一片,我不知道过去了多久,我只知道,我再也站不起来了。

我见过乞讨者,举着手中的碗,颤颤巍巍,握着一根打狗棍,跌跌撞撞。碰到好人家,盛一碗,稀不楞登的;差的,放狗咬你也未可知。那份羞辱,那份难耐,非常人所能承受。而我,饥寒交迫的我,饥渴难耐的我,愁苦难当的我,面对如此境地,又该怎么办呢?乞丐起自何时,我不知道,但就人类的发展而言,奴隶社会就应该有了。我很小就在家门口见过许多次乞讨者,就连邻居大放的娘,每年冬天都要出去要饭。听爷爷讲,我的祖辈也曾逃过荒,要过饭。唉!要饭,有何丢人,有何鄙贱,有何自惭形秽?!试问天下,谁酒足饭饱去要饭?谁腰缠万贯去乞讨?也罢,老子今天就要做一回乞丐!爷今天就要做一回臭要饭的!

脸与命相比,算得了什么?

"大叔,能不能借我两毛钱,我买根油条吃?"我强忍着眩晕,摇晃着站在两个保安面前。

尽管我声音很低,但我相信,他们一定能听得到。但,回答我的却是沉默。

……

书本,给予我,一个十七岁少年的,是那般的善良与美好,现实给予我的又是如此的漠然与残忍!我只能躺回墙角——倘没有人驱赶的话,看来,这里将是我坐以待毙的所在!恍惚中,我沉入梦乡,那里,我跟伙伴们争抢烧烤的泥巴鱼;那里,我跟兄弟们争抢奶奶的白面馍;那里,我跟卖火柴的小女孩抢夺焦黄的烤鹅……我痴情地啃噬着喷香的烤鹅腿,猛然间,一只大手将它抢了过去,我猛地扑上去,抓住那只大手……那只大手使劲地摇晃着我,我醒了,醒在阴冷的墙角里。蒙眬中,那只大手将我搀扶起来,那只大手斜背着我,走进一个板棚——我得救了,救我的是那只大手——我啃噬的不是烤鹅腿,而是他粗壮的大拇指!

3

工棚里,人们七手八脚,掐人中的,倒茶水的,拿馍的,盛菜的,乱成一团。在呛了两口水后,我旋即将两个大馍、一碗菜,就着一缸子水吃个精光!一双双怜爱、惊异、惶惑的眼睛看着我——尽管是陌生的,却是善意的——多年以后,我混迹人世,几经坎坷,阅人无数,饱览各种眼色,与此相比,其善意与真诚是万难相比的——那是淳朴的、无欲的,基于同类应有的救助。我不想用一个"爱"字来表达,恐怕有损于那份源自天然的淳朴。

中午一点多,他——我的救星,才在厂门口找到我,那时我已奄奄一息。

午饭时,听其他工友说,厂门口有个安徽的小孩儿在找老乡,饿得不轻,像是从家里跑出来的。他丢下碗,就跑了出来。

见了我,他二话没说,背起我的包,扶起我就往工棚里走。我的命,被他从死神的手里抢了回来……

看我缓了过来,大家都慢慢散去,只有他默默地注视着我……他,高高的鼻梁,相貌清俊而潇洒,如果不是满身灰尘,他该是很标致的。

"跑出来的?"

他用眼睛问我……

泪水一下子涌了出来,顺着脸颊,浸湿了我的胸襟。是感激而泣,是悲切而泣,还是重生之泣?我说不清楚,我只知道,那是我有生以来第一次痛哭,世间最悲,莫过于无声,世间最痛,莫过于无语。我哭得委屈,哭得悲切,哭得淋漓。

我用点头回答他:"我是出逃而来!"

我一边告诉他我的身世,一边打开书箱,翻开几乎所有的课本,所有的课本上都有我的名字,证明我没有骗他。他相信了我。他定定地看着我,问道:

"接下来,怎么打算?"

"我要回家!"

"我要念书!考学!"

"好吧,工地上不方便留你,要走就尽快,省得家里人着急。我去请个假,送你!晚上七点钟还有一趟火车去漯河,那里离你家就不远了。"

他洗了澡,换了衣服,背着我的包,领着我离开工棚。

这时候,我才稍稍有心情看一眼北京。说实话,北京的确没我想象的那般美好。我们一直都在地下,乘地铁直奔北京站。到了北京站,他给我买了票,又为我买了面包、橘子、苹果和两瓶饮料。

候车室里,我拿出纸和笔把自己的详细地址写给他:安徽省太和县李兴镇南谢村一队。他笑着接了,藏在兜里,说:"回去好好念书!"

"大哥,我想找你,你的地址呢?"

"我叫方新峰,安徽黄山苍溪村人。在北京,咱们就算是老乡了。你不要找我,在外面打工,也没个准地方,有时间我会去找你的。"

"我怎么跟你联系?"

"你不要联系我,也不要朝我家里写信!"

看我一脸的疑惑,他又说:"记住,一定不要给我写信,最起码要十年以后!"

我惶惑地点着头,默默地看着他,攥着他的手,久久不舍得松开。

眼看检票的时间就要到了,他站起来,拍拍我的肩膀说:"明天下午三点多到漯河,你再从漯河到周口,周口到你家的车就多了。我就不送你上车了,晚了,我就回不去了!"接着,他从兜儿里掏出二十五块钱塞给我,说,"买车票,吃饭,这些钱够你到家,省着点花。"候车室里人声嘈杂,可是我什么也听不见。我一直盯着他看,不停地点头,眼泪一直在流……他的眼里也流出泪水,他伸手给我擦着眼泪,安慰道:"快别哭了,是大孩子了,不哭。"旅客们都排起了队,检票时间到了。他看着我,笑着说:"走吧,路上小心!"然后,他转身,消失在我蒙眬的泪光中……

我久久不能平静。我们相处仅仅两个小时,然而,这两个小时却改变了我的命运,影响了我的一生。啊,老乡,多么亲切的字眼儿，多么温馨的称呼，多么及时的援助！世界是那么大，大得让我流离失所，举目无亲；世界是那么小，小得让我起死回生，他乡遇老乡。他的背影，淹没在熙攘的人群中，我甚至还没来得及看清楚他的模样。但我知道，那个渺小的身躯却投下一个巨人般的背影，投在首都的天宇下，镌刻在我的心底。

按照他给的路线，出逃十一天后，我终于回到家中。家乡如故，然而，我却觉得恍若别离很久，相隔很远。羁旅漫漫中我浅尝了人间的悲苦、冷漠与爱心，那是书本难以演绎的心灵活剧。回想当年，我不知道如何评价父亲严厉的驱赶。但客观上，父亲却锻炼了我无比坚毅的性格，这也许就是我在漫漫羁旅中的最大收获。而这最大收获的支撑点，或者说这个最大收获的发现者，就是我的那位朋友。

4

那年秋天，他从北京南下至其他城市打工，途中特意来到我家。看到我在上高中，他无比欣慰。逗留三五日后，他又将远行，临别时我一直把他送到百里外的县城。半年后，他从北京来了信，随信寄来一张照片和价值两百多元的书。照片，我一直珍藏着！那些书曾帮助我考上了大学。后来，渐渐地，他的信越来越少,我的信不断地被退回。再后来,我们竟然失去了联系。

我一直在寻找他,无论是上大学时期,还是工作以后、结婚以后,我始终没有忘记寻找这位朋友。是他,在危难时救了我。是他,用天然的爱心拨正了我的人生轨迹。

朋友,你在哪儿? 你过得还好吗? 我,很想你!

二〇一一年八月三日

高考,凄美的回忆

20世纪八九十年代的农村孩子,要想跳出农门,出人头地,除了参军提干,就只有考学这一条道。

怀揣梦想,我参加了四次高考,四年的高考生活,给我留下一段凄美的回忆。

第一次高考,我感觉懵懵懂懂,完全没有惊惧,明知考不上,也就没什么压力。三年高中,转瞬即逝,还没咂出什么味儿就到了尽头。高一我痴迷名著。那时候,书很少,而看书的人又偏偏很多,一本书后边往往要排很多人。《少年维特之烦恼》我是趴在被窝儿里一夜看完的,因为,我是"插队"的,第二天人家等着看。高二,我跟一帮热血青年搞文学社,忙于创作、油印刊物,搞得一身油墨。刊物叫《冲浪》,可是还没等我们冲出去,《冲浪》就在家长们的棒喝声浪里夭折了。高三那一年,我刚要拉开架势,高考就来了,这叫一个猝不及防!失败,自然是无可抱怨。那个年月,正常情况下,能够第一年考上的,绝对是凤毛麟角,除非这人聪明绝顶且家境殷实。一般的寒门学子,吃饱虽然不是问题,但要说营养,那可是远远不及的。况且他们还要考虑房租,还要自己做饭,与那些家在城里,不愁吃、不愁住的同学相比,自然占不了上风。高考不单单考学生,更是考家长、考后勤,就像一场战争,后勤失败,何谈胜利?

第一年复读,我铆足了劲儿,成绩进步飞快,分数比第一次高考高出95分,但仍无缘登榜。第三次高考,我的分数与最低录取线仅差1分。自费,学费是望尘莫及的。委培,仅有一个名额。那时候,复读生很常见,但复习两年以后,脸面就开始受不住,即使别人不讲,自己也感到尴尬、无趣。没办法,我只有参与竞争,最终,那个名额被干部家庭出身的考生夺了去,他的分数比我低了整整2分!为此,我们家白白花去了900块!900块呀,我整整心疼了好几年!我第一次尝到了高考以外的打击。接踵而来的是亲友们轻声的问询:"怎么,又没走掉吗?"这使我仿佛忘却尴尬而又倍感羞怯了。我像躲避早已踏入高校的同伴一样藏匿于他们的视线之外。

宽广的茨河边,我静静地擦洗着心灵的创伤,仁爱而宽容的茨河水呀,也许,只有在您的怀里,我才能感到一丝平静和安然。

每次高考,母亲都会来到县城给我做几天饭。世上只有母亲不嫌弃儿子,无论他发达还是落魄。1993年,我最后一次参加高考。母亲拖着微胖的身体又一次从百十里外的家里赶来。她给我捎来了红枣儿,还有积攒多日的鸡蛋、鸭蛋。眼睛里闪着泪花,娘深切地说:"实在不行,咱还有二亩地,看你瘦的,都脱了相了!"娘是想让赴死的儿子撤下战场,可是,儿子怎么能呢?我只有背水一战。剩下的短短两个月里,我发疯似的"咀嚼"着课本。娘带来的鸭蛋开始都是新鲜的,放久了,都变坏了,打在锅里满屋子都是臭味儿,我吃起来却香喷喷的。每天晚自习后,我总要再点上一支蜡烛,教室的墙壁上我瘦弱的孤影跳动着。为防蚊虫叮咬,我特地借了一双深勒儿胶鞋。待蜡烛燃尽,鞋里早已经湿漉漉的了。

又一个三天过去了,我如释重负,回眸余烟未尽的"战场",刹那间,我的眼睛湿润了。

回到家,我一睡就是七天。那年,我考上了。可是,我没有丝毫兴奋,坐在茨河岸边,河水默默东流,舒缓而深情,忆往昔,我感慨良多。莘莘学子,几人考中,几人寥落?其中滋味又岂是一个"痛"字了得?我,算是幸运的。

除了坚强的毅力和永不言弃的精神,高考给我留下的大约只有凄美的回忆。

《阜阳日报》
二〇一二年六月九日

经锄楼访古

皖北乃中原腹地,自古人杰地灵,名人辈出。更有老子庙、庄子祠、管仲故里、曹操地下运兵槽点缀其间。位于皖北太和县倪邱镇的经锄楼便是众多名胜古迹中的一处。那是后人为纪念倪宽而建的。

倪宽,千乘郡(今山东广饶县石村镇倪家村)人,汉武帝时官拜御史大夫,世称汉相。倪宽幼时家贫,靠帮农户打短工和帮同窗做饭(旧时称都养)补贴学费。因此,他被誉为中国勤工俭学的鼻祖。后来,倪宽随母亲逃荒来到汝阳郡细阳谷堆集,即今太和县倪邱镇,师从大儒柳林先生学习经书。倪宽每"带经而锄,休息辄诵读,其精如此"(《后汉书》)。后来"带经而锄"的美谈不胫而走。为了纪念他,明万历年间,当地人建"课最堂""经锄楼",以示纪念。

自太和县城北行30公里便到了倪邱镇。从镇中心西行百二十步,抬头北望,有一牌楼,上书"倪宽公园"几个金色大字。公园以倪公祠为中心,左前方是观月亭,亭下有一古井。右侧往北已被开发成商业街,园区内各种叫卖声打破了这里原本的寂静。祠堂后面有一谷堆,系倪宽的衣冠冢,倪邱古称谷堆集,今名即源于此。祠堂西枕茨河,择畔而居,若不是商业开发带来的喧嚣,这地方该是多么清静、淡雅。

倪公祠左边是课最堂。课最堂为感恩倪宽体恤民情而建。倪宽做内史时因爱惜民力欠下朝廷课税最多,按律当免。百姓闻知此事,紧急输送课税,最后反而捐输最多。有堂联为证:"廉洁爱民终厌诈,捐输如子定非愚。"课最堂对面就是著名的经锄楼。经锄楼为方形两层小楼,青砖灰瓦,典型的皖北风格。门楣上"经锄楼"三字系清代大家梁献手笔。我们拾级而上,楼梯甚陡。楼上四面开有小窗。自楼上凭窗西眺,茨河西来,至观月亭折向北流,似一个臂弯。映月桥横跨茨河,与经锄楼相映。每当月圆之夜,清澈的河水荡漾着明月的倒映,摇曳着映月桥婆娑的魅影,清风徐来,在经锄楼上览此胜景,煞是宁静。这就是著名的太和八景之一——经锄楼望月!

在经锄楼上北望,课最堂北侧,一株十米多高的古柏郁郁葱葱,据说此柏已逾千年。关于这千年古柏和观月亭下的古井还有一段神秘的传说。据传,井中有一黄鳝,大家都亲切地称之为"黄姑娘"。每遇旱灾,当地人便向此井行三拜九叩之礼,请出黄姑娘,清理古井,再将黄姑娘放归井中;随后,唱三天大戏,天就会落下雨来。甚是灵验。有天夜里,黄姑娘尾缠古柏之巅,头伸入井中喝水,被人连放三枪受惊而走,自此,那井便不再灵验。

下得楼来,看那古柏,虽逾千年,却依然苍劲挺拔,虬枝峥嵘。人活七十古来稀,树逾千秋更难求!想来,倪宽此去,悠悠千载,竟只有这苍柏相依为伴。

汉相殿正对大门,面阔三间,供有倪宽石像,前置香案,供人们参拜祭奠。两侧的廊柱上,内外两联道出了倪宽辉煌的一生。内联:"桃李成林风流一代有都养,经锄入仕繁露几篇传大夫。"这是对倪宽幼年带经而锄的勤奋,和非凡文辞造诣的肯定与赞扬。史载,倪宽在御史大夫任上八年,遗有《倪宽》九篇、《倪宽赋》二篇、《封禅颂》等著作。只可惜这些都已佚失。外联:"理政以廉兴农减赋厚德当年被茨水,招贤从谏重教弘文斯民千古沐遗风。"除颂扬倪宽为官廉洁外,还就其对后人的深远影响大加赞誉。史料记载,某年,汝南郡细阳县茨河沿岸发生水灾,皇上闻奏紧急拨款赈灾,可所下粮款多为地方官吏私吞,分到百姓手里的所剩无几。倪宽闻听,主动请旨前往查办。他乔装打扮,微服私访,即刻将细阳县令革职查办。倪宽开仓放粮,将知县贿赂的千两黄金交由当地兴建学堂。百姓感其恩德,于茨河畔筹建倪王庙和经锄楼。

殿后是那有名的谷堆——倪宽衣冠冢。相传,谷堆上原有一黄鼠狼精。不论谁家待客,求求他,盘子、碗、筷用多少有多少,金的,用完要还。后来,有一家少还了一支筷子,自此失了灵验。我想,那黄鼠狼精也许是应了人们的因果之说吧。如今,谷堆之上遍植松柏,并建一小亭,曰"清风亭"。

古柏对面是一排石廊,上面镌刻着《后汉书》中记载的倪宽的生平,另有重缮祠堂时各界人士的捐款数目,倪宽的后人及老家的村民亦有捐赠奉上。想来,倪大夫长眠于此,该不会寂寞孤单了吧?

《阜阳日报》
二〇一二年八月四日

雪后泰山行

下了两天的雪,山道定然湿滑不堪。不登,还真对不起这五岳之尊。嗨,登!

早六点,我们拾级而上,抬头望,泰山巨人一般挺立在我们面前。红门以上,石级甚宽。石碑林立道旁,俨然是泰山的守护神,静默中,见证着这座亘古名山的沧桑与辉煌。偶有奇石斜卧,疑似偷听人语;间有泉水叮咚,更显山谷清幽。

几个下山的当地游人,手里都捧着盛满雪水的坛罐。一打听,方知山泉清冽,可酌可饮,又兼有祛病消灾之用,甚感神奇。回马岭以上,始见苍松翠柏齐崖而居,山泉于石缝间潜流渐汇,聚成无数小溪奔泻而下,纵情于乱石之间,回荡于幽林邃谷。回望身后,众山纷至沓来,墨绿色为苍松翠柏,赭石色为裸石枯木,白雪浓淡相宜地覆于其上,那情韵岂不就是一幅水墨画吗?朝阳钻着空儿,射向对面的山峰,惹得林鸟惊鸿般盘旋。山峰将朝阳劈成利剑,朝阳又将雾霭织成锦缎,风儿一吹,她便飘忽于崖间,游走于山谷。雪花飞舞,阳光下,泛起缤纷的五彩。道边悬崖壁立，冰凌倒挂其上，晶莹如剔透玉簪，凌寒如宝剑三尺，人行其间，天危，人亦危。自此以上，石级渐窄，窄不盈足，加之前一夜积雪早已成冰，我们每行一步，都要先将拐杖捣实，再将脚板顺着石级横放在冰面上，一步一挪地攀登。那一刻，人人都屏住呼吸，谨慎前趋。

中天门以上，道愈险而景愈奇。过云步桥时，那才叫险！此桥横架山涧，桥下水流湍急，声震如洪。桥梯陡若悬梯且冰盖如鼓。我们双手攀着石栏，用脚轻踏石级，提心挪步，吊胆徐行。到得桥面，本想稍事歇息，怎奈桥面更像一口冰锅反扣其上，虽立不能，何谈一歇？无奈，只好双手抠住栏杆，微趋两步，依栏屏立片刻。前望，乱石间飞瀑狂奔，石击沫飞，湍流涡旋而下；下看，松柏掩映之下，飞流自桥下右拐，直行不挂，一路呐喊，引领千军万马蛇形而去，留得空谷一片，惊起倦鸟弹枝飞雪，引来游人仓皇四顾。

对松山以上，大自然尽情地舒展雕刻技艺，道旁怪石势如斧劈，峭拔难及。斧凿之下，另兼水磨绳束之功。群山极力耸入云霄而又尽显挣脱之态。大自然尽情地张扬丹青神韵，松柏皆扣崖而生，探身于万丈崖下，见证着鬼斧神工的魔力。临了，大自然还不忘将白雪渲染纸上，给阳刚帅气的山哥哥们穿上一件带水纹的花衣，弄得山哥哥们险些有了娇羞。抬头望，南天门正傲视群雄,山道悬于其下,似登天绳梯,又如亘古奇音,愈高愈细,愈细愈高,直至弦崩乐断,而那弦崩乐断之地恰在天街之上。至此,道陡如立,冰雪塞途。我们小心移步,每每四望,确有万仞之巅飞坠之恐!倘在平日,天梯虽陡犹可攀登,而今更兼冰滑,何堪一登?想来,人生之艰危,莫过于此吧。南天门以下,左为峭壁,右为万丈深渊,石梯倒悬空中,山风吹来,雪花横飞,人伏天梯之上,脚悬万丈之渊,似惶惶不可终日。

到了南天门,交响乐节奏终于由疾风劲雨的雄关漫道步入舒缓的闲庭信步,众宾客徜徉于"天街"之上,尽享绝顶之乐。放眼望去,天与云在眼前交接一线,上是天,下是云,这就是有名的云天一线。众山峦身披彩装匍匐于前,似在倾听那柔美的交响曲,又像在聆听你的教诲。手扶黄极顶的栏杆,你含笑面向远方,远方再没有屏障,极目之下足可抒胸中无揽之怀,呼号之中尽可享万众俯首之姿——此之谓登极之乐也。然而,回眸刚刚踏过的盘云之梯,于大自然也许只是轻轻勾勒,而于人生,又怎堪回首往事的峥嵘嗟叹?所以,激流之上而有极乐至尊,而于极乐至尊中又不可得意忘形。是故,纵可享登极之乐,而绝不可有忘返之意。我想,于万山之巅、穹庐之下,尚需打坐参禅,以净人思,以沐俗念为要。不然,又何须在寰宇之巅、苍穹之下，费尽气力修祠造院呢？

《阜阳日报》

二〇一二年十二月二十九日

文峰塔感怀

阜阳城有所文峰小学,有个文峰公园,有家文峰宾馆,就连《阜阳日报》也有个版块叫作《文峰漫笔》。原来,阜阳城里有座文峰塔,文峰塔俨然是阜阳的一张名片。

文峰塔坐落在阜阳城东南方,现在的文峰公园内。走进公园,公园内十分幽静。如此繁华的闹市区竟能寻得这般安静的所在,真是难能可贵。穿过一片竹林,绕过幽深曲折的游廊,我拾级而上,文峰塔就在眼前。

塔坐落在四方台基上,塔基四周护以围栏。塔高七层,顶部起脊挑角,上端为三叠珠式宝剑,并由铁制五叉刹杆贯串攒尖,于顶尖之处立一铁质凤凰,昂首东向,欲鸣欲飞。塔围呈正八边形,一、三、五、七层四方有四券形门,二、四、六层在南、西、东各有三门。塔为密檐楼阁式,每层有仿木结构的砖雕斗拱支撑挑出的密檐。全塔由青砖垒砌,密檐上的砖雕古朴典雅,有表示吉祥如意的长寿鹿、灵芝草、龙、凤,有寄托文人祈求的鲤鱼跳龙门,还有阴阳鱼图案等。虽历经岁月的洗礼,但仍见刀法纯熟,雕工精细,彰显古人精湛的砖雕技艺。古塔通体呈青灰色,风雨的侵蚀使得颜色愈加青黑。他像位老人,矗立在一片荷塘水泽边;他像位智者,静观风云变幻,古城变迁。

　　环顾四周,我习惯地找寻着什么,却没有发现关于这座古塔的任何说明性文字以及相关的石刻或碑文。大凡古刹幽寺、名楼宝塔,总会令人心生怀古伤今之感,或对那古香古色的建筑抒发历久的感慨之辞。我有些疑惑,那碑文也许掩映于花草丛中了吧!然而,我又环顾四周,依然没有发现任何相关物件。一座古塔,怎么能没有说明性的文字?怎么会没有历代文人墨客的留笔呢?我不死心,寻到了北门外,还是没有……

　　与其说是失落,不如说是惊叹。与其说是惊叹,不如说是不解。我失落于最终没有寻到文峰塔的碑文石刻,我惊叹于这雄踞一方的巨塔竟没有一丝的解说词。然而,更令我惊叹与不解的是,第一层的塔身上刻满了貌似文雅的"××到此一游"和粗俗露骨的文字。抚摸着他被俗词滥语熏黑了的皲裂的肌肤,望着古塔,我深深地陷入沉思。

　　文峰塔像个巨人,200多年来,一直静默着,他以无语面对周围的一切。

　　这位巨人身高31.8米,算上塔基相当于十层楼高。很久以前,他的高度是令人瞩目的。然而,今天,在高楼林立的闹市里,他，只好泯然众"楼"矣。文峰塔，像位年迈的老人，显得低微、瘦小。然而，若论起世事沧桑来，那些高楼，恐怕要永久地汗颜了。因为，高度不能代表视野，登高可以望远，但望远却未必需要登高。有时候，低微处却隐藏着难以企及的高度。

据载，文峰塔与其西北不远处的奎星楼皆是风水塔，都建在城之东南方，即巽方。阜阳地势西北高东南低，《颍州志》记载：堪舆学家认为东南洼而地轻，地气外溢而难出人才，须建塔以镇之。文峰塔之意在于期许颍人崇尚文化，以求以文振隅，以文兴邦。

去年，偶然在当地日报上见到一篇文章说，要如何如何打造阜阳的文化名片。我想，这文峰塔要算一份的，要不然又是文峰小学，又是文峰公园，又是文峰宾馆啦，人家早就把"文峰"当作名片了。只不过，少跟经济搭边儿，多在"文"字儿上下功夫就好了。

对了，别忘了先把文峰塔身上的涂鸦清洗干净，否则，脸都被人家画了，还当什么名片呀！

《颍州晚报》
二〇一四年五月十一日

老街，慢走

听说，老城区要拆迁。早晨，我顾不得去公园晨练，拿起相机，向老城走去。

印象最深的是，闲游于旧城的老街。老街，石条铺成。石条，一尺来宽，一米来长，并排七八条，就是老街的宽了。岁月的揉搓，让石条变得光滑、温润。石条间深深凹陷的车痕，是老城脸上的"皱纹"，是见证老城悠久历史的"条形码"。青色的"条形码"延伸很长，像条水带流淌于老城的街巷。街两厢静默着的是，青砖灰瓦的板房，在时间的碾压下，墙砖已不再牢固，斑驳中诉说着老屋漠然的辛酸。瓦楞上，几棵青草扭动着凄惶的身影……踏上青石板，陷在静默的街巷里，听着笃笃的脚步声，我仿佛走进了老街那幽深的历史……

史载："元大德八年（1304）复置县，改'泰'为'太'，县治迁于今地。地制大定。建县城，筑城墙，设五门，建文庙。""正德九年即公元1514年，知县赵夔以砖石重修县城。"石条铺就，老街形成。这样看来，老街至少已有500年历史。几百年间,历史的年轮压过石条街,那沟壑深深的石镩里不知潜藏了多少沧桑的岁月和峥嵘的往事。就让这平静的青石板慢慢地诉说吧。

大街口儿,向北、向西还仅存几十米的石条街,向南、向东的早已被掀到历史的沟坎儿里了。这里,原是老街的十字路口。听老辈们说,那时,这里是老城的中心,热闹是可想而知的。

我与老街结缘,是20世纪80年代。那年,我第一次进城参加中考,住在老街的一家旅馆里。旅馆不大,但清静。门前就是石板路,老板说,走在青石板上,踏实,考学,准没跑儿!那年,我考上了县一中。石板路,踏实!真的。打那以后,石板街,就深深印在我的心里。

高三复习那年,我就住在大街口儿的健康旅社,旅社有两栋楼,我住前栋的二楼,窗下就是铺着青石板的老街。清晨,太阳还没出来,卖水的就拉着车吆喝起来:"卖水喽——""卖水喽——"少时,便听见两厢店铺的木板交替地响动,各种声音也开始在青石板上震荡、回旋、交织。新的一天,开始了。

晚上,灯光下,青石板透着亮。我那瘦弱的身影,总是长长地拖在石板上。老街口儿右边有家"老街板面",面馆不大,但名字透着古朴,门前清洁、温润的青石板,更给人以难得的宁静感觉。晚自习回来,路过,累了,老板不经意的一句话,"来一碗吧",我也就禁不住诱惑,走了进去。辣辣的面,吃了,踏上青石板,累没了,困消了。

周末的傍晚,女友有时是会来访的。落日的余晖里,我坐在窗前,等待是那般漫长。我总是探出头去,在青石板上找寻她轻盈的身姿。来了吗?那不是!嗨,还是错了!笃,笃笃,笃笃……青石板上传来了她的脚步声,原来,青石板是可以传声的!

"我早知道是你来了!"

"怎么知道的?"

"青石板告诉我的!"

"是吗?"

"嗯!"

晚霞映着她羞红的脸,她瞪着痴痴的眼睛笑了:"你真逗!"她抬腕,轻轻地捏着我的鼻梁儿,我们相拥着,望着脚下的石条街。老街温馨、祥和,在一片柔波里……

后来,不管游走了多少地方,我们时常回到老街,回到我们曾经相约的地方,聆听那青石板上回荡的天籁。

我没有看那高高矗立的"旧城规划图",我不想领略那耸入云天的高楼们的雄姿。我只想说,老街,慢些走,让城市再多留一些昨日的印迹,让城市再多留一分难得的宁静。

《阜阳日报》

二〇一四年六月七日

承恩寺,风雨中的邂逅

四月初的一个阴雨天,我和亲友驾车前往湖北谷城县,游览了十大名刹之一的承恩寺。

但凡名刹宝寺,大多栖身于山岳纵深之处,藏匿于佳木秀水之侧。倘要寻得一片清静之地,求取神灵的庇佑,对于常人,恐怕不经历一番跋涉的艰辛是难以企及的。不然,怎能见得心之虔诚、意之坚定呢?所以,我们一路攀爬,千回百转,甚至连车都差一点儿抛锚在山坡之巅,也就不足为怪了。山谷静默,山风携了细雨,漫天而下,细雨浸透了的苍翠,蔓延于眼前。回望陡峭、湿滑的山路,我依然惊魂未定。

茫然四顾间,但见一木牌,上书"承恩寺"。顺着箭头所指的方向望去,一条窄窄的甬道掩映于蜿蜒的苍翠里。甬道仅容两人同行,石板铺就,右踞峭壁而左临深渊。我小心地探身下去,但见林木葱茏,深不见底。抬眼望,方见一片葱绿的山和深绿的谷,山与谷间弥漫着蒸腾的水雾,青云般氤氲在一片汪洋的海里,让人不禁想起那久违的"仙"字。左侧没有护栏,仅有砖砌的路牙,算是对临渊者的提醒。贴着右侧逡巡而行,我疑心游人何以如织,甬道何以铺就?那古人,又是如何将这古刹立于此处凡间仙境的?徐行一二里,道已绝,唯一石梯倒悬。扶梯而下,拟步款行,凡103级而至一平榻。回望石梯,尤以80度而斜挂山侧。平榻之下又逢一石梯,其陡如前者,其惴惴然亦如前者,恐惧间竟忘了数那石级究竟多少。

雨,淅淅沥沥,平添了几丝凉意。伞,幸亏没有带,否则,双手扶栏,那伞又将置于何处呢?终于到了平地,然而还是没有见到承恩寺。我疑心它是故意躲了起来,它是在考验我的耐心与执着吧?眼前的树,高大而苍翠,它们在俯视我这位远道而来的朝圣者;周围沧海漫漫,似在偷窥我一路的惊惶与窘迫;群山巍峨而苍茫,恰在抚慰我迷茫的心。身处群山帷幄里,我显得那般渺小,渺小得像那树叶上飘落的一滴雨露;身处万籁静默中,我显得那般沉静,沉静得像那停泊湖心的一片树叶儿……是啊,此刻的宁静,不正是一路跋涉的所得吗?而于这跋涉的峥嵘里,不正道出景愈奇而路愈险,路弥坚而景甚佳的境界吗?这境界,何止于景?于人生,于万物,不都是一样的吗?我似乎看见,承恩寺,这位千年老人正盘膝等着我。

他静静地看着我拾级而上,匍匐于他的膝下。他的豁达与开朗荡涤了我梗塞郁结的心。人是需要静的。静是灵动的极致,是超凡的净化。人们为何要跋山涉水,倾慕仙山道谷,忘返于清静与淡雅?那是于浮躁的凡间做短暂的逃离,逃离之后又做了浮躁的漂游。所以,纵有善男信女,负虔诚以度日,肩惶恐而参禅,而真正能得道成仙者又有几何?众生芸芸,利来攘往,虽施恩布善,真正能做到淡泊名利者,又有几人?倒不如襄王朱瞻墡,居功而知返,自得一处淡泊清净地,留得承恩寺,将那高洁的性灵赋予这清静灵秀之地,藏于狮峰之侧。他是想终老此间而随神武大将修炼成仙吧。一泉从石龙的嘴里汩汩而流,尝之,清冽而甘爽。原来,隋阳公主自幼生得一头癞癣,寻死不得而被一神牛救下,神牛将其驮至一清泉之侧,饮泉水数日,隋阳公主竟生出满头的秀发。公主感念斯泉,遂置庵相伴,终老此处。隋炀帝感念神泉,特命建寺于此,名之曰"宝严禅寺"。虽为传说,足见宝刹得名的缘由,更见帝王的感恩情结。明英宗感于皇叔的慷慨而返,敕令扩建宝严禅寺,并将寺名改为"承恩寺"。除了向世人表白自己对叔父的感恩之外,作为皇帝,光大感恩之德,以利臣民统治的用意自不待言。作为后人,我又将怎样感恩这宝刹的教诲与仙人的启悟呢?

出得寺门,但见碑刻所言:本寺,明清时期多遭战火,"文革"时期更遭损毁。我不禁喟叹:独居群山庇佑之中,身处佛门清净之地,竟也屡遭劫难,悲也!

《阜阳日报》

二〇一四年十一月八日

惟楚有材　于斯为盛
——岳麓书院览胜

上得岳麓山，便见右边的山脚下一大片青灰色的瓦舍，寂静、安闲地斜卧山麓。"好一个去处！那是哪里呀？"乍一问，同伴也一时恍惚起来："哪里呀？也许是岳麓书院吧？"哦，岳麓书院！真是久闻其名。今儿，既已近在咫尺，又岂有不拜之理呀？

于是，我草草地看了爱晚亭，速速地探了麓山寺，未及登上山顶，便急不可待地打道而回，像个小书郎一样直奔书院而来。

书院，傍山而居，面东而陈。它像个恬淡的贤者，捋着千年胡须，悠然地等着我；它像位大愚的智者，挽一袖湘风，抚慰着懵懂的我说，慢些儿，急个啥？

头门匾额上高悬"千年学府"四个大字，令我心头一震，浮躁的心也慢慢地沉静下来。史载，岳麓书院乃北宋开宝九年（976年），时任潭州太守朱洞在原僧人办学的遗址上，即岳麓山下的抱黄洞附近正式创立，至今已逾千年！

循门以进，迎面便是赫曦台。清乾隆五十五年（1790年），山长罗典建亭于院前，名为前台。清道光元年（1821年），为存故迹，纪念朱熹，山长欧阳厚均改前台为"赫曦台"。台左右壁上书有"福""寿"二字，高1.3米。据传，清嘉庆十二年（1807年）罗典重赴鹿鸣宴时，有一道士来院，言善书能诗，士人见为道士，未予正式接见。不料道人拾一扫帚，蘸黄泥水于右墙面一笔挥就一个"寿"字，然后拂袖而去。但见那字体犹如龙蛇盘绕，遒劲有力，遂传为"仙迹"。后为求两壁对称，罗典在左壁补书了一个"福"字。书院既是育人之地，又岂能分三六九等呢？兴许，道士是生气了吧。

　　书院为严正的中字形结构，集教学、藏书、祭祀于一体。整体营造出一种规整、严肃的氛围。赫曦台以下，大气而威严的大门、朴素而含蓄的二门、典雅而尊贵的讲堂、高大而持重的御书楼……纵深多进而层层布局，宛如学子们读书研学之境界，由外而内、由表及里直至学达性天，足见书院建造者的匠心独运与良苦用心。正是这种"纳于大麓，藏之名山"的幽雅环境，千百年来，招引着莘莘学子会聚此地，精心研修，以成"名山坛席"，传承着中华文明，成就了"潇湘槐市"的盛景，使这里成为"千百年楚材导源于此""近世纪湘学与日争光"的教育福地。我们造访之日恰逢右侧的中国书院博物馆开馆之时。观之，方知正是遍布华夏各地的书院承载着中华文化的脉搏。仰望高悬于讲堂前额的"实事求是"匾额，我不禁油然而生敬仰之意。

讲堂,既是书院的中心建筑,也是书院的精髓所在;既是高士隽儒讲学之地,又是学子们对论研修之所。这里布局宽敞、肃静、端庄、典雅,既有远人碑刻,又有今人警语。站廊下始觉世事难明,坐其中方显孤陋寡闻,聆听圣言解百纳,慎读古训悟昆仑。迷离中,朱熹、张栻二贤盘腿论道正酣,恍惚间文人、雅士促膝对论而哗。抬望眼,康熙御赐的"学达性天"匾额在上,便知圣人所鉴,学子悟同。正是这种"学达性天"的教育思想,才孕育出"治无古今,育才是急,莫漫观四海潮流,千秋讲院""学有因革,通变为雄,试忖度朱张意气,毛蔡风神"这样的学院风格与济世良才。清乾隆九年(1744年),乾隆帝特赐御书"道南正脉"与岳麓书院,对其理学宗师地位再次肯定与褒奖。想来,教育之目的不就是要让每个学子的天性得到尽情的发掘与发挥,以成就他们天性的创造力吗?而作为今日的教育工作者,我们难道不需要好好思量一番吗?

讲堂的左前方建有孔庙,用以祭祀孔子。讲堂的左后侧有纪念朱熹、王船山等先贤之专祠六处。讲堂的右后侧建有屈子祠以专祀这位战国时期的爱国诗人。这样,学子们于读书之余,既"学宗邹鲁,礼门义路圣贤心",又"地接衡湘,大泽深山龙虎气",沐古圣人之风,览今潇湘之盛,岂不快哉!

半学斋、教学斋分布于中轴线两旁。晨钟乍起,学子披霞而读；湘江日暮，士人秉晖成诵。凭栏处，他们或沉思于百泉轩畔；静默里，他们或冥想于听雨轩旁……掌灯了，点点昏黄的光在大山的寂静里渲染开去……

　　回望书院，宋真宗御赐的"岳麓书院"四个大字正熠熠生辉，招引"三湘隽士""四海学人"纷至沓来……

《阜阳日报》

二〇一五年十月十七日

梦回舜耕

谁，在群里振臂一呼：我们聚会吧，都二十年了！引来大家的持续点赞。

日子，就定在十一。于是，我们忙着相互邀约，忙着订票，忙着安排时日，激动得像个孩子，火急火燎的心堪比当年初来报到时的急切与憧憬。来得最晚的，还被早来的到车站迎接，像当年迎接新生一样。照例，来晚了，罚酒三杯哟！"看到大家，我已经醉了，何必再罚？！"大家相互握手，相互拥抱，甄别着姓名，评点着刻在脸上的沧桑岁月……"为二十年干杯！"我们高高地举起四十只酒杯，喝尽二十年的蹉跎与峥嵘。舜耕山下，华灯璀璨，我们酒酣湉湉，相偎而醉，醉在昨日的梦里……

第二天，阳光明媚，一丝秋凉抚慰着恬静的校园。昔日的校园，沧桑里蕴满了温存，温存里独守着安详与宁静。母亲，您是在等我们吗？教学楼前，小桥流水，微风拂柳，飞羽合唱……母亲的慈爱里伴着清泪。是啊，我盼着你们，一直……

喧嚣的闹市、高耸的大厦没能掩盖教学楼的巍峨与尊严——那里,有我们青涩的爱和放飞的梦……花岗岩阶梯的两边,松柏郁郁葱葱,昨日,它们还稍显瘦弱与单薄。扶梯而上,教学楼清清静静,昨天,活力四射的我们穿行其间。我们雀鸟一般,飞回当年的教室,欢闹着找寻当年的座位,激动地扑到黑板上,涂鸦着:淮南师专1993中文(1)班二十年聚会。我们欢呼着邀请昔日的辅导员方川老师再给我们上一节课。老师,正襟,从前门进来。班长喊:"起立!"大家齐声道:"老师好!——"方老师泪花闪闪,几度哽咽!如今,他已是硕士生导师、淮南师范学院的宣传部部长了。教学楼的门厅前是当年照毕业照的地方。我们重新按照当年的位次站定,站在当年那个点上。再留影,物是人"是",唯时间已相去二十年!回望眼,人惆怅!身影虽相叠,又岂能重复昨日情怀?……二十年拂袖逝苍然,抚今追昔,人嗟叹,来日方长。

新校区傍山而建,临湖而吟,竹影摇曳,香樟扶风。最美处当数从舜耕山上引的一小泉,泠泠而入一湖,湖曰知名,泉曰思悠。泉悠悠兮以饮琴声,湖朗朗兮而涵诗韵……林荫深处随见默默而读的倩影,书馆幽静几多孜孜以求的书郎。师弟师妹们相见,齐声说:"学长好!"猛然间,我们觉得自己竟然成了长者。

在方老师的引领下,我们来到了学校的东广场。广场东侧餐饮中心的迎面墙上高悬一面影视屏,屏下一条红色的横幅:淮南师范学院第一届校庆日！方老师介绍说，每年的9月28号是我们学校的校庆日，因为1958年9月28号我们学校被批准建立，至圣先师孔子的诞辰也是9月28日，所以，校庆日又是孔子的纪念日。而我们，刚刚错过了校庆日，仅仅两天！

广场西侧的逸夫图书馆里正在进行着新生美术作品展。上百件作品像一幅流动的《清明上河图》，向我们展示了师院的美，也表达了师弟师妹们对这里的爱。我们徜徉在艺术的殿堂里，为师弟师妹们横溢的才华而惊叹。有一幅油画，将师院的所有主要元素设计成一个巨人，这个巨人站在设计成一架钢琴的音乐楼上，放飞着自己的青春梦想，背景是深绿的舜耕山。整幅作品构思奇妙，笔法细腻，用色大胆，洋溢着浪漫的青春气息。我端详着每一幅灵动的画作，流连忘返。记得，当年我也曾参加过师专的书画作品展，获得一等奖。恍惚间，我仿佛看见昨天的自己正巡行在那幅叫作《春》的水墨画前，久久不舍离去……

其实，不舍离去的是那激情燃烧的岁月，是那青春激荡的浪漫情怀。我们执手相看泪眼，泪眼里回荡着昨日挥手告别的时刻，而时间正在悄然飞逝……

再回首，拥抱昨日清瘦的你，让我们来日相聚，梦回舜耕。

《颍州晚报》

二〇一五年十月二十七日

岳麓之畔爱晚亭

潇湘之畔,清风峡之侧,有亭翼然,这就是湖南长沙岳麓山下著名的爱晚亭。

细雨霏霏中,我们循道而来。云雾缭绕里但见山石俏丽,林木葱茏,溪明涧澈;时闻莺鸟惊觉和鸣,幽泉泠淙抚琴,池鱼嬉水争游。透过绿柳阑珊的纱衣,一座丹柱碧瓦的亭子翩然欲飞。亭前,一汪浅浅的小湖,心扉无欲,含情脉脉;亭后,三面苍翠的青嶂,携手相依,忠心耿耿;亭下,卵石错落而陈,鲜花争奇斗艳。湖水多情地将它们挽做妩媚的倩影,顽皮的鱼儿瞬间将影子撞成碎玉,荡起圈圈涟漪……涟漪消散里你仿佛迷失了自己。可别慌,定定神儿,你方才忆起,那阑珊的纱衣不正是天然的屏风吗?

透过屏风,"爱晚亭"三个金色的大字跃然眼前,与亭子飞升之势恰合。如此神韵,必是毛泽东先生的神来之笔。亭为方亭,绿瓦红栏,四角八柱,外柱为四根方形花岗岩石柱,内柱为四根圆形丹漆木柱。信步亭下,凭栏望远:峡谷叠翠,虚怀四季,枫林阵阵,日沐岳麓风情,夜揽潇湘月色。倘在中秋,更兼"万山红遍,层林尽染……"真是景不醉人人自醉。陶然其间你会觉得,如此胜景若无一物点缀,似乎少了点儿什么,若点一物,则莫若一亭。此处恰有一亭,而你正立于亭下!你不禁感叹于这天造地设的一亭。自然之于人工难得的就是这份默契,而人工之于自然追求的不正是这份巧夺天工吗?清风峡若是一只碧眼,这亭便是那碧眼里的一点红眸、岳麓山的一点红眸、衡山的一点红眸、中华大地的红眸一点。而中华之明眸又岂是一点一处能数得清的?

山水丛林之美在于自然,亭台楼榭之怡在于人工。人间胜景,多为人工与自然相契之精品。景,如此,人生如此,人世亦如此!亭榭之怡又远不止于此,就像一个美人儿,若无文雅脱俗的气质还算不上美。亭榭之气质还在于他的历史、人文,以及由此而形成的独特个性。醉翁亭之个性在于"醉翁之意不在酒"之远离政治羁绊,亲近山野的怡然自得;陶然亭之个性在于"红尘中清净世界也"之文人雅趣和"冰雪情谊"的爱情见证;湖心亭之个性在于欣赏"春水绿浮珠一颗"的美景之时仍不忘"四季笙歌,尚有穷民悲月夜"的忧国忧民。爱晚亭的个性又是怎样的呢?

爱晚亭初名"红叶亭""爱枫亭",由岳麓书院山长罗典于乾隆五十七年（1792年）创建。据传袁枚游历长沙时欲拜会罗典。罗典不赞赏袁枚提倡的"性灵说"和为文作诗的标新立异，对其招收女弟子更是不屑。罗典便于书院牌楼贴出"不为子路何由也，非是文公请退之"的对联，有意避之。不仅如此，袁枚去后，为清除异端邪气罗典竟命人冲洗院前台阶！袁枚遍游岳麓山，吟咏无数。唯"红叶亭"下仅录杜牧绝句："远上寒山石径斜，白云生处有人家。停车坐爱枫林晚，霜叶红于二月花。"且将第三句"爱、晚"二字抄脱，暗指"爱晚"一词较之"红叶"更切乎亭意并诚请这位大儒"爱惜晚生"。罗典闻此，大惭，随亲书"爱晚亭"以作匾额。这就是"爱晚亭"一名的来历。也有人考证说，亭名应是时任湖广总督毕沅所改。说袁枚访问岳麓山是在清乾隆五十一年（1786年），彼时尚无此亭。窃以为亭名所由谁改，并不重要，重要的是"爱晚"一名确乎彰显了天人合一的置景理念。至于袁枚所受轻慢，我觉得，越是鸿儒博学越应该海纳百川，谦逊待人。罗典能够幡然醒悟实属应当，否则，岂不有辱山长之名吗？

　　亭内高悬一幅墨底鎏金的碑刻，碑文系毛泽东先生手书之《沁园春·长沙》。其笔力飘逸飞扬恰与"爱晚亭"三字相得益彰，其文字气吞山河正可见诗人当年的意气风发和远大抱负。1913年—1918年间，毛泽东与蔡和森等友人常在此亭畅谈理想,纵论国是。此刻,我仿佛看见一代伟人正凭栏远眺,"指点江山""问苍茫大地,谁主沉浮?"……爱晚亭远不止是一个木石结构的方亭,他是一代伟人革命足迹的见证者。不仅如此,许多爱国志士、革命英烈的忠骨都埋葬于岳麓山。这里,是凭吊英烈追寻历史的地方。

我想,这就是爱晚亭的个性吧。

孟春时节,春雨撩烟,看岳麓青岚,聆湘水北漂。何日寒秋霜劲,索觅清闲一日,我独坐爱晚亭下,观红枫烈烈,听涛声阵阵……

《阜阳日报》
二〇一六年六月四日

皇藏峪寻幽

"山不在高,有仙则名,水不在深,有龙则灵。"这里,似乎无仙也无龙,却因何而远近闻名呢? 七月里,怀着一探究竟的心情,我游览了皇藏峪国家森林公园。

午后,穿过轩峨的山门,天,忽然暗了;空气,一下子凉了。原来,层层叠叠的林木将天封了个严实。抬头望天,天是一汪碧水。山道曲折幽深,林木苍翠繁荫。树愈静以绕蝉声,林愈噪而步鸟鸣,壁立千仞背负抱崖奇木,涧深万丈怀拥浣石幽泉。徜徉其间,深深地吸一口纳兰之气,整个人一下子宠辱皆忘,飘然若仙。慢慢地吐一口肺腑之浊,整个人一下子俗念顿消,神清气爽。这时,你方才明白,日月交辉以泽五湖四海,山川竞秀以滋万物苍生。万物皆出自然,而自然之道,又在于念及苍生的泰然与淡泊。所以,人亲近自然,方能参悟万物消长,涤荡一己邪俗。

山溪湾湾而下,我们徐徐以行。道旁古木参天,奇树竞荣,忽而百岁,动辄千年。在这片茂密的原始森林里,百岁古木只能排上孙子辈儿,千岁为子,两千岁为父,三千岁为祖,三千岁以上为太祖！真是人活百岁实为罕，树立千载尚从容！瑞云寺周边及院内更是古木荟萃。它们或祖孙相顾，或父子携行，或夫妻对拜，真是古朴典雅、谐趣横生。瑞云寺后禅院有棵银杏，抱子携孙，得存 2300 年而不衰；其旁一株黄杨，历经 1600 年始盛；其侧一株金桂 1500 年依然香飘深谷；一株蜡梅稍显年轻，却也有 800 岁高龄……瑞云寺下临深谷，正门一侧的崖壁上立一青檀。树上瘤胎滚滚，恰如娇娃叠罗，攀缘裸伏，追逐嬉戏。一看标牌，树龄竟然超过 3700 年！我不禁愕然。世间究竟有多少棵耄耋古树，我不知道，但是几千年的古木像这样云集此峪，确实罕见！想来，夏商之间，他们就已经深植在这片土地，看沧海桑田，览世间百态。天地间，他们才是真正的长者！辗转其间，我不禁心生敬畏！乃悟：鸟宿高林方知仙乡难觅，人结圣贤始觉知音何求。

  林间稀疏地洒下水滴，是雾是雨，我们暂且不顾。循道人工悬梯，我们攀缘而上，但觉愈攀愈陡，愈陡愈奇。不远处，于悬崖绝壁处恰逢一山洞。抬头望，"皇藏洞"三字赫然书于石上。洞口被一巨石所掩，石下小孔，仅容一人蜷身而入！这就是著名的皇藏洞，皇藏峪得名的由来。相传公元前 205 年春，刘邦兵败彭城，携 10 余名残兵逃奔黄桑峪（皇藏峪之原名）。前有绝壁，后有楚兵。刘邦仰天长叹曰："天亡我也！"瞬间，峭壁迸裂，一洞现出。刘邦急遁至洞中，暗想，倘有一巨石封堵洞口岂不安全？轰然间,一块巨石从天而降,恰好挡住洞口。旋即,天降神蛛将余下洞孔张网一封。刘邦遂逃过此劫。纵然是传说,但听起来似乎也入情入理,然而,我总觉得多少有点儿附会之感。哪来那么巧,一洞一石又恰逢一人一事呢？不远处的马扒泉和拔剑泉的典故我觉得也有杜撰之嫌。据传,马扒泉系刘邦坐骑奋力扒石而石开泉涌,拔剑泉系刘邦不愿与畜同饮而怒拔佩剑攒石所开。洞、石、泉都是天然存在的,只是这奇妙的自然神功附以先民的奇思妙想便成了如今美好的传说。

皇藏洞以上,山势陡若斧劈,我们紧握云栈的扶手小心攀缘。回望山谷,树影摇曳,深不可测。倘坠于谷底,定为齑粉。想来,刘邦一行攀爬入洞该是何等艰危啊！

艰危的路还在后头。山愈高而路愈险,路愈险而风雨愈急。栈道悬于峭壁之侧,人心慑于魂魄之巅。快到山顶时,栈道的扶手忽然没了！原来,栈道还没有完工！望着一步之遥的山巅,我们狠下心,咬咬牙,大喊一声"上"！于是,我们攀附着崖壁上的树枝、藤蔓向前爬行。终于,我们到了山顶——观景峰。极目四望,烟波浩荡,绿野成涛。观景峰漂荡在绿色的海里,我们遨游在绿色的浪间,追寻那缥缈的清梦。回望来路,瑞云寺宛如一个橘红的秋梦翩然于那无垠的碧波里了……

下山的路上,我在想:山若有名,何须有仙？水若有灵,何须有龙？此处的耄耋古木和神奇传说不胜似玄妙的仙与龙吗？

下得山来，我们祭拜了山门一侧的萧宿铜灵边区革命烈士陵园。陵园的碑廊内镌刻着不同历史时期2200多位革命烈士的英名。抚摸深嵌岩壁的烈士们的英名，我顿然醒悟：皇藏峪原始森林何以保存得如此完好？那么多千年古木何以葱茏至今？因为有这么多的英雄在时刻保卫着这片美丽的土地。

《阜阳日报》
二〇一七年七月二十九日

潭柘寺

也许是个人原因,对寺庙,我是不大情愿花钱去游玩的。近年则不同,遇见寺庙总要进去逛逛,有时甚至是专门寻访。年纪渐长,才领悟生命的宝贵和人生的艰难,所以想起了供奉着佛祖的寺庙来。北京的潭柘寺便是其中一座神奇的千年古刹。

据说潭柘寺很灵验。明代起,这里就成了京城百姓春游和进香的首选。潭柘有二宝,一是石鱼:龙王殿的前廊上挂一长1.7米、重150千克的石鱼。传说是龙王送给玉帝的南海龙宫之宝。天下南七北六十三个省,哪个省发生了旱灾,只要敲击一下鱼身上的相应部位,哪个地方就会下雨;人的身上哪里有了伤痛,只要用手摸一下鱼身上的相应部位,伤痛就可消失。怪不得能吸引众多游僧和善男信女来此了。

人来了,总得有口粥吧。潭柘的第二宝就是宝锅:锅直径4米,深2米,一次能投米10石,需16个小时才能熬熟。潭柘寺后有龙潭,山上有柘树。相传柘树可以医治不孕之症。于是远近村民争相来求,甚至连根拔起。寺里有位高僧把捡来的柘树根埋在山门前面,柘树才得以保存。为了纪念那位高僧,老百姓就称这座庙宇为"潭柘寺"。如此灵验之地又岂能不惊动皇家呢?来到这里,帝王们不仅可以祈求江山稳固,还可凭借人们对神灵的虔诚来愚弄、统治他们。不仅如此,帝王们还专门拨款来扩建、整修寺院,以显民情体恤及皇家威仪。潭柘寺,便成了皇家宝刹。

潭柘寺建于西晋永嘉元年(307年),始称嘉福寺。唐以后数改其名。清康熙三十六年(1697年),康熙帝二游潭柘寺,亲笔题赐寺名为"敕建岫云禅寺"。尽管寺名被皇帝们更来换去,但民间一直叫它潭柘寺。

跨过怀远桥,穿过山门,我步入了这座皇家寺院。院内古木,枝繁叶茂,参天拱月。巨大的树冠缠绕交织,投下满地绿荫,将炎炎烈日阻挡于外。纵然是盛夏,却也令人凉意顿生。我不禁感叹道,好一个自在福地!

大雄宝殿是全寺的核心建筑。其规制是最高等级的重檐庑殿式,和太和殿的造型完全一样。一般寺庙都是绿瓦、蓝瓦或灰瓦。唯独潭柘寺的大雄宝殿使用的是黄瓦!足见其作为皇家寺院的特殊地位。宝殿门额上悬挂乾隆皇帝亲书"福海珠轮"的金字横匾。宝殿正脊两端,各蹲一座巨型碧绿琉璃鸱吻。吻高2.9米,仅比太和殿上的正吻低0.5米,属元代遗物。这对鸱吻被四条金光闪闪的鎏金长链牢牢锁住(鸱吻,龙生九子之一,属水,克火。将其置于屋脊以镇免火灾)。

大雄宝殿后面有两棵巨大的银杏树。东边那棵树高40余米,直径4米有余,要七八个凡夫才能合抱。此树植于辽代,至今已逾千岁,可算是树中耄耋!相传每有皇帝继位,都会有一枝新干从根部长出,慢慢与老干合为一体。乾隆皇帝封此树为"帝王树"。西边的那棵叫作"配王树"。有趣的是,这两棵树都是雄树,所以都不结果子。溥仪到潭柘寺游玩时,曾指着帝王树东北侧那根未与主干相合的细干,对人戏说:"这根小树就是我,因为我不成材,所以它才长成个歪脖树!"可见皇家威仪也有颓败、湮灭之时,真正生生不息的还是寻常巷陌的百姓。

登上毗卢阁,眼前顿觉疏朗。但见群山拱翠,众峰环侍。潭柘寺面南背北,雍雅而居。清风袭来,松柏摇翠,簧竹弄影,奇木竞香。不知哪位香客撞得钟响,钟声悠远绵长……恰是朝霞伴钟鸣,归鸟和鼓声,钟鸣声声沐世界,鼓声点点渡苍生。你顿然觉得:真正的福祉乃万物康健,国富民殷。所谓祈求佛祖就是求得内心的释然以及与外物的和谐统一。帝王们尽管杀伐征战,辉煌一时,到头来,也只是黄土一抔。所谓皇家气象也终究成为黎民百姓的游乐之所。妙严公主为了替父亲忽必烈赎罪,在观音殿内日日跪拜诵经,殿内一块方砖竟被她磨出两个深深的跪痕！看来,她是真正参悟了佛祖的禅心呀。

  出了山门,走过"香林净土"的牌坊,回首间,我忽然觉得心有余悸。夕阳已薄西山,朗月正待升华。不如邀明月、伴松竹、怀清悠,于流杯亭下唱和一杯曲水流觞吧。

  "举杯邀明月,对影成三人。"虽醉去,但又何妨？

《阜阳日报》
二〇一九年九月七日

双浮阻击战

1941年3月10日上午10时，安徽省太和县公园内，国民党太和县政府将烈士王朝贵的遗体从牺牲地麦仁店运抵这里，将在此举行公葬，并立碑纪念。人们沉痛悼念1941年2月3日在双浮阻击战中英勇献身的抗日英雄。此时，谷河两岸那激烈的枪炮声犹然在耳，英雄们那浴血抗战的壮举尚历历在目……

1941年1月30日，为策应信阳一部，日军兵分两路窜犯皖北要塞太和。日军一路于2月2日自涡阳来犯，欲从关集强渡茨河，遭汤恩伯部阻击，失败后溃退。

另一路日军，有数百名，他们于2月3日在飞机、坦克的掩护下，由亳州、鹿邑经倪邱集南犯。行至双浮集谷河北岸，遭到太和县国民兵团团附王朝贵所率官兵的顽强阻击，双浮集阻击战打响。战役之初，双方兵力悬殊，装备差异极大。王朝贵所部仅一营兵力，而日军加上后续部队竟至3000余人，战车百余辆，战斗自上午8时持续至下午2时，整整6个小时！敌我双方一直隔岸对峙。敌人飞机、坦克的猛烈轰击，使得南岸已毫无屏障。

兵团将士们伏在弹坑里顽强地射击,只见谷河上下血光冲天,平川旷野鬼哭狼嚎。战斗之惨烈,可想而知! 最后,终因寡不敌众,国民兵团全营除 12 名士兵外全部壮烈牺牲! 身负七处重伤的团附王朝贵,只好率残部边打边撤。快撤到麦仁店时,眼看日军就要追上,他强令警卫员把自己放下,然后饮弹自尽,以身殉国,时年 32 岁! 王朝贵(1909—1941),字尊如,甘肃张掖人。真是"埋骨何须桑梓地,人生无处不青山"!

此役,国民兵团 270 余名将士为国捐躯。这就是著名的"双浮阻击战"。

这里,笔者不得不尊重历史,使生命得以延续的两位大人的"优雅"举动,这两位是:一闻战报,便顿然逃往临泉的国民党太和县县长兼国民兵团团长邹笑龄,仓皇逃往阜阳的国民兵团副团长薛廷芳。朝贵时任国民兵团少校团附,他召集部下,说:"男儿从军,意在报国,临敌逃跑,天良何在! 诸位愿逃者自便,不愿逃者随我一战。"多年抗战及历次的外敌入侵,若不是汉奸的吃里爬外及贪生怕死者的逃遁,侵略者的步伐何至于如此顺利与迅速? 若不是无数像王朝贵一样的英雄的拼死抵抗,又怎能驱倭自强,以保华夏不倒? 血管里流淌的尽管都是炎黄的血,但有些人的骨子里早已不再是炎黄子孙! 忠、奸都会彪炳史册!

74 年过去了,"双浮阻击战"这个仅仅持续了 6 个小时的小小战斗也许早已淡出了人们的视野和记忆。昔日所树的纪念碑还在,不过,20个世纪还立在人们很容易看得到的公园门内的左侧,人们还很容易从清晰的碑文里了解那场到激烈的战斗,并向英雄的纪念碑致敬。现如今,不知何时何故,纪念碑却被挪到了公园西南角的旮旯里,而且,碑身多处人为性断裂,碑文多处人为性残缺。若不是有意找寻,人们是很难发现并前来拜祭的。想来,英雄到此,该会感到寂寞吧!

为了纪念这场战斗,我特意亲临当年的战场并拜访了附近的村民。谈及当年的战斗,除极个别老人外,他们大多不知。问及当地初中和小学的孩子,令我始料未及的是,发生在自己身边的历史,孩子们竟浑然不知。他们一脸的茫然,做梦也想不到自家村子前面的小河当年竟发生过如此惊天动地的事!猛然想起,关于钓鱼岛的历史,几年前,我曾经做过一次问卷调查,对此,90%以上的孩子竟一无所知!我只知道,一个忘记挨打的人依然会挨打,一个对战争健忘的国家还会招致别国的觊觎!

时间,不会因无数先烈的长眠而停止;战争,不会因侵略者的无理挑衅而终结!历史,总在交织着人类的荣光与罪恶里滚滚前行!

二〇一五年八月十一日

碧云寺

　　原本是要游香山，不承想一进山门，便先看到右边的碧云寺。那就先逛逛吧。

　　碧云寺傍山而居，依山而建，所有建筑都随山势渐行渐高。最高处是塔院，从塔院的金刚宝座塔朝下看，一览无余的是掩映于苍松翠柏间的层层院落，以及林壑间拥石而出的涓涓清泉。若不是如织游人的搅扰，这里该是一片多么宁静清雅的佛禅净地！

　　入得寺门，我们沿中轴线款步徐行，不觉来到孙中山纪念堂（这里原来是普明妙觉殿）。1924 年 12 月底，应冯玉祥、段祺瑞、张作霖电邀，孙中山先生扶病北上，共商国是。不幸却因患肝癌于 1925 年 3 月 12 日在北京逝世，直至 1929 年移陵南京前，其灵柩暂厝碧云寺达四年之久。先生为何仙居于碧云寺的普明妙觉殿，难道只是为了领略这里的美景，清享这里的幽静吗？风云变幻的天宇下，伟人是想独坐于西山之上，静览大地的风雷，期盼着革命的成功！因为伟人曾立下遗誓"革命尚未成功，同志仍须努力"。纪念堂门楣上方的红色牌匾为爱妻庆龄所题。先生灵柩停放期间,庆龄曾终日守灵以怀念自己的丈夫——这位为民主与自由奔走一生的革命先驱。他们既是夫妻,又是战友。就让战友再陪陪刚刚歇脚的你吧,就让为妻再轻抚你那激荡难平的心吧。纵然佛门清净,又怎能安歇你旷世的英灵?纵然松柏常青,又怎能诉尽我永久的思念?先生的塑像前,人们久久伫立,不舍离去。

纪念堂往上就是本寺的最高处——金刚宝座塔。宝塔分三层,底层的塔基正中开有券洞。拾级而上,迎面的照壁上嵌一汉白玉匾额,上书"孙中山先生衣冠冢"。为了永久地纪念先生,人们将他的衣冠封葬于此。登上塔座,举目远眺,四野沉静而旷达。此时正值初秋,枫叶渐黄微红,与青山翠柏相映,使得香山犹如锦缎平展而来。手扶汉白玉栏杆,我不禁思绪万千。倘不是元代耶律阿吉舍宅为寺,初辟碧云庵,后称碧云寺,并历经明、清两代的扩建,后人何以得此佳境?至于那"于径""魏忠贤"之流,妄想死后与青山为伴而葬于此者,当数闹剧一场。古往今来,想不朽者多矣,然而,又能有几人堪与逸仙君相比呢?身后为五座十三层密檐方塔,中央为主塔,四隅各建子塔。全塔通体以汉白玉雕砌而成。塔身满布雕刻精美的浮雕,有大小佛像、天王、力士、龙凤狮象和云纹梵花等,皆依西藏的传统形式精雕细刻,系乾隆年间的石雕精品。抬头望,塔顶高耸入云,其巍峨轩渺令人颔首称赞。我攀登过北海的白塔,其巍峨与轩渺若此,其登临之难、之险亦若此。只不过,那里尽显着皇家威仪的崇尚与难及,而这里却涤荡着远离尘俗的清净与淡雅。

纪念堂右侧的北跨院为一曲径通幽处,最宜小憩。参天翠柏下,乱石罅隙中,恰一清泉汇流而下,下澈小池,池鱼信步漫游,若无他趣。试想,一个人,抛却尘俗,于薄月之夜,青灯碧影间,踱至石桥,侧卧亭栏,听那冷冷的涓水,那曼妙,岂不绝哉?泉池边,有一奇树。树内生树,竟至三代而不绝,真是叫人惊叹不已。细打听,这里叫作水泉院,是北京现存最古老、最精美的一处寺庙园林。怨不得,其清幽俊美若此。连名字,也是极妙的。

别了纪念堂,我们顺阶而下,不觉已到山门。一对石狮依然威踞山门两侧。但见,须弥座上,它们如怒如呼,啸傲山林,威震四方,使那魑魅魍魉闻风丧胆。猛然想起,那殿里的哼哈二将体态刚劲,象形之下,岂不成了一副装腔作势的模样了?可见,供于殿堂的不尽是真神,侍立于外者未必不是忠勇之士啊!

出得寺门,已近中午,有心转奔香山,又恐看得不甚明细。况且,妻又在大病未愈之时,倦怠自然写于脸上的。我心疼她,说:"下次吧!"她还是看出了我的不舍,坚持稍事歇息,继续登山。于是,我们相互提携,互依互怜地登上山顶。待我们下山,已是晚上九点多钟了。俯瞰碧云寺,它已伴着万山静默,于一片松柏摇曳里,伴着青灯,打坐参禅了。

二〇一〇年十月二十三日

千古之谜古崖居

古崖居很是冷清,冷清得恰好对应了它的名字。兴许,古人是不喜欢被搅扰吧!

古崖居是古人类在崖壁上凿洞而居的遗址,位于北京市延庆区以西张山营镇西北的一条峡谷中。

山谷幽静清明,山道斗折蛇行。我们循山道而上。山道越行越窄,越窄越险。道旁不时现出凿刻在石壁里的洞穴。这个洞是铆寨门吧?那个洞可能是用来放哨的。正在我思量着古崖居到底是个什么样儿,它凭什么被称作千古之谜的时候,猛抬头,一座山轰然横亘在我的面前。古崖居,到了。

那是一座怎样神奇的建筑啊!整面山崖上密密麻麻地分布着大大小小、方方圆圆、长长短短、错落有致的黑点儿。这些黑点儿就是洞穴,就是古人在陡峭的石壁上凿刻的居室。远远望去,整面山崖被凿成了一个巨大的蜂巢。又像是一幢现代住宅楼。我数了数,从上到下,共 7 层!据说,整个岩面有 10 平方米!岩面坡度都在 85 至 90 度之间。在这么大的面积,这么陡峭的崖壁上开凿出这么多洞穴，而且，仅仅依靠双手一点一点地开凿。如果不是亲眼所见，真是令人难以置信。

　　抚摸着被岁月磨平了的崖壁，我仿佛触摸到了古人那滚烫的脊梁。洞穴里很是阴凉，跟外面火热的八月天简直是冰火两重天。冬天，这里应该是很暖和的，相比外面的数九寒天定然是无比温馨。古人真是不简单，他们知道顺应天时，契合地利。看过古崖居洞穴的布局与设计，你不得不承认：古人是真有智慧啊！这里共有 96 座洞穴，洞穴高度为 1.7 米—1.8 米。面积，小的三五平方米，大的十几二十平方米。洞壁平坦、光滑，可见凿刻、打磨之精细。有的洞穴像马厩，里面有马槽；有的像厨房，有灶台、水道、烟道；有单人间，一个石床；有双人间，石床较宽；内外三居室的居多；还有上下两洞连通成叠墅的；居然还有叠墅另带内外套间的。石壁上凿有专门放小东西的石台，有的凸出来，有的凹进去。在岩壁的中部有个叫"官堂子"的大殿。其设计凿刻可谓巧妙至极。大殿有八个洞室，分上下两层。下层平面呈"凸"字形，面阔达 11 米，进深 8 米，高 3.6 米。殿前出廊，原由两根粗大的岩柱支撑。大殿后部凿有神龛，龛前有两根岩柱支撑殿顶，龛台前有摆放供桌的凹槽。主室两侧有石炕。这就是"奚王府"——据说古崖居是 1000 多年前的游牧民族西奚人在这儿建造的，这儿是村民议事和祭祀的地方，是整个村寨的灵魂所在。层与层之间都有石阶、石梯或栈道相连,方便人们往来。

我们站在崖壁左前方的一座山顶上极目四望。突然,我们惊奇地发现在那座崖穴的左前方还有一座几乎同样的崖穴。先前被山挡着,我们竟没有看见。天哪,原来古崖居有两座这样的崖穴!周围重峦叠嶂,苍翠如海。两座雄伟的崖穴矗立在我们面前,像两艘巨轮在沧海中航行,那般神秘,那般恢宏……我不知道完成这样的工程需要多少人,要干多少年,要凿挖多少土石方。我不知道这项工程起自何时、何人所为、因何而为,是自发自愿还是像万里长城或金字塔那样被迫而为。尽管这些都已成了千古之谜。但我深信一点,那就是:开凿这样147处洞穴,他们只能靠双手、双肩、双脚和简单的铁质凿具。没有愚公移山的精神,是万万不能的。刹那间,我仿佛看到整个崖壁上爬满了古人。他们一个个赤膊上阵,蚂蚁一般,密密麻麻,出出进进。他们组织严密,配合默契。凿洞的凿洞,砌石的砌石,挖井的挖井,放绳索的放绳索。男的干重活儿,女人和孩子们也不闲着。女人做做饭,端端茶,倒倒水;大一点儿的孩子也能帮助大人们吭哧吭哧地从洞里向外搬石头……

20世纪80年代末,由于遮挡山体的崩塌,人们才得以见到神秘的古崖居。古崖居是何人开凿?为何开凿?这些人又去了哪里?……这些都已成了千古之谜。我倒认为这些并不重要,重要的是,从古崖居的选址和开凿,我们领略到了古人那种和于天地,顺乎自然的生存理念和坚忍不拔的英雄气概。

夕阳西下,劳累了一天的古崖居村民也该歇息了。一点点昏黄的光点亮了一个个洞穴,燕赵之夜,静谧、绵长。我多么想像古人那样长居崖穴独享一片清静优雅啊!只可惜,哪一盏灯是属于我的呢?

妫川的影子隐约可见。山下就是一片新建的欧式别墅群。可惜,我还要回去,回到浮躁里去。

二〇一九年十月二十三日

斜巷里那抹书香

老城被几道石条街切成若干豆腐块,豆腐块儿里冒着烟火气,一冒就是千年。车轱辘印儿深嵌在青石板里,像条条皱纹镌刻在石条街上,诉说着老城的沧桑流转。

石条街尽头有条斜巷,巷子很深,像条忧伤的蚯蚓。两边的砖墙高高耸起,把巷子耸到天上,立成一条青白的线。墙皮斑驳脱落,墙根和路沿儿上洇满苔痕,像丹青妙手的杰作。

巷子里隐着一家书院,院门前蹲一对儿石鼓。门上一副对联:石板石条石鼓门,木桌木椅木头人。横批:抱朴守拙。院里植有梅竹,摆满盆景,清净、优雅。

厅堂里置一火炉,炉上坐把茶壶,壶水吱吱儿地冒着热气。

清冷的冬天,对于一个贫寒的复读生,能有这般温暖的庇护所,是再好不过了。我成了书院的常客,每逢周日,总会来到书院,坐在角落里,捧本书,于纷繁的喧嚣中聆听自己的足音,于浮华的市井里找寻心灵的安所,于静谧的书香里涤荡浮躁的俗念。

又逢周日,午后,天空飘起雪花。书院里,氤氲着梅花清逸的香。蜡梅花开了,开得很艳,跟冬天较着劲儿。雪片儿吻着黄色花瓣,闪着亮,透着精灵。

我笼着手,在书架上随意浏览,无意间,一本《茶花女》闯入眼帘。书被翻得很破,只得用牛皮纸包了,在书脊上题字。这是一部凄美的爱情故事,我早就梦寐以求。我把手伸出去……同时,另一只手也伸向它,两只手碰到一起,又触电般弹开。显然,我们同时意识到,对方是异性。

"你先看!""你先看!""不,你先看,你先找到的。""你先看,是你先发现的。""不……""不……"我们都红了脸,不敢看对方,好像对方是雪,一眼就能看化似的。

啪书掉到地上。我赶忙拾起,捧给她。她推回来,用手挡着,不容我再让回去。

"我先看,下周就还回来,你来看。"

雪,很厚,踩上去,一步一滑。纤细的手指,触电的瞬间,甜美、柔嫩的嗓音像蜡梅花飘逸的香,在我面前挥之不去。

书,我一夜就看完了。余下的日子,就是等,在回味里等,在痴迷中等,等那一天。我陷入冥想:想那嗓音背后的心灵,嗓音美,心灵也该是美的;想那酥手以上白皙的臂、颀长的脖颈、绯红的脸;想她被凄婉的爱情感动得流泪;想自己就是阿尔芒,捧一怀梅花送她……

星期天终于到了。一大早,我直奔石条街,脚步橐橐响。书院还没开门,我斜依在石鼓上,眯起眼……对面石鼓边好像有位姑娘,她穿件红袄,笑着,朝这边看……老半天,门开了,我刺溜一下钻进去。梅花开得正盛,我采下一朵,夹在《茶花女》扉页的"花"字上。我把书放回原处,捡个凳儿,远远地坐了,捧本书,佯装览阅,余光却在那本书上。

掌灯了,我最后一个离开书院。书,一直在那儿待着,静静地,一整天。

第二个星期天,我起得更早。拉水车的老牛嚼着夜草,满嘴冒着白沫子,瞪着圆圆的眼珠儿,朝我哞的一声。赶车的老孙头,嘟噜噜正给人家放水。那天,那书还在那儿。

放假前一天,我来到书院。一见我,管理员就狡黠道:"小伙子,书被借走了!"她笑着说:"真有心,夹朵梅花。"

我的脸腾地红了,心,一下乱了……

我又去了几次书院。书,没被还回来。院子里,红梅开了,开得很艳……

高考的日子近了,我不能再去书院。在我心里,奢望已近破灭。直到有一天,在书架上,我又惊喜地看见那本书,像久别重逢的故人,像朝思暮想的恋人。翻到扉页……刹那间,我晕了——我把书贴在胸口,胸脯起伏得厉害——三片竹叶儿,泛着绿意,被压得很平,静静地躺在那儿……梅花,她看到了,竹叶儿,是她送的……

那年七月,我再次落第。一年后,我终于考上大学。后来,我让自己停泊在这座小城,尽管我厌倦浮华与喧嚣。

我心怀老城的烟火气,心怀那条斜巷,心怀那抹书香……

《阜阳日报》

二〇二三年十二月二十三日

人生百味 |

观弈

说观弈而不说观棋,是因为棋原本是无生命和生机的,只有两人对坐,两眼相视,两心相搏,直至狼烟四起,血流成河,方显纸上谈兵的乐趣!谓之博弈之趣。

既有博弈之趣,又有观弈之乐。你看,两个人都半蹲在地上,盘算着该走车还是先跳马。犹豫间,这边厢就有人喊:

"先走车?这边丢着炮呢!"

"要跑马?这边车折了!"

"要么先吃一卒!瞧他怎么走!"

"你走车就杀你那炮!马上去将你一军,还走不走了?"

这边的亲友团也锣鼓喧天地闹腾起来。

"别价!吃他炮干吗呀?炮打士!"

"瞎白话!昨儿怎么败了?尾巴被人砍了,怎么今儿就长出来了?又翘起来了?"

"怎么着?前天头被剃个光光,毛还没长齐呢,怎么今儿又组团来忽悠了?"

话音还没落,早有人伸手把卒子给推了上去。

"干吗呢?谁在走棋呢?你伸什么手啊?那算不算哪?"

"甭着急,上马吧!"

得!那边又伸出一只手来!老远就看见一群人扎在一堆儿,吵个不停,很快又围上来一拨,里边的蹲下了,外边的就半蹲着,最外边的立着,一边还伸直了脖子。就苦了那个子矮的,站也不是,蹲也不是,只好在外边乱打转转,看有没有空隙钻进去。末了,只能从众人的腿缝中瞄几眼,还时不时地支两着儿。

这还算好的,文明的。那次在南京五台山体育场边儿,看两老者下棋,观者数余。其中两人支无数着儿,依然嫌不过瘾,竟伸出手来。眼看这边就杀了,伸手这么一着儿不当紧,棋局全乱了,结果对方转败为胜,输了棋的老头儿脸气得铁青、眼睛通红,瞪着支着儿的,抓起一把棋子撒过去……末了,罢棋而走,留下一片尴尬。

古语说"观棋不语真君子",你怎么就忘了呢?

大凡观棋者,多数是为某一方指点迷津,这些人多是好为人师的主儿。既为人师,自然就荣辱与共,有时输赢的急切比下棋者本人更甚。这也许就是乐趣所在。也有这样的,先站在对方一边,指指点点,待对方快不行了,他又转而指点并支持将胜的一方。大家若质问他:"你到底是哪一边的?"他只好红了脸,不敢言语。更有甚者,看棋的竟然把下棋的给气跑了,自己取而代之下了起来,这可真是喧宾夺主了。还有一种,就是两边都看,自己兼攻带守的矛盾相搏。表面上平静,内心却是风云乍起,杀气腾腾的。他既为这边的师傅又做那边的老师,既指挥这边的进攻又提醒那边的防守,一切都在计算之中。

其实,人生就像是一盘棋。每一步怎么走都关系到最终的结局。棋下输了可以再来一盘,而人生这盘棋只有一局,成败与否要看你自己的把握。观弈,不仅为了看输赢,更是为了明白之所以输,之所以赢。生活前行的路上,有的时候真需要停下来静一静、观一观、想一想的。

人生如棋,我爱观弈。

《阜阳日报》

二〇一二年五月五日

雪松，轰然倒下

还没走到公园，一阵刺耳的伐木声就侵入我的耳膜。那声响一阵紧，一阵松，活像杀猪时的嚎叫，划破晨曦的宁静与安详，搅扰得晨练的人们心绪焦躁、步伐烦乱。

原来，一个工人正手持电锯在一棵躺倒的树身上东拉一锯，西拉一锯。一棵大树横躺在地上，树干已被锯成几节，树杈散落一地……

躺倒的是棵雪松。那棵雪松，倒了。去年夏天开始，不知什么原因，那棵雪松就向南歪了。开始只是一点点。人们似乎没有在意，总觉得，树那么大，总不至于倒下去。后来，一天天地歪下去。去年冬天，半拉身子都歪了下去。为了不砸着行人，公园管理处用钢筋支个架子撑在树干南侧，算是临时凑合着。初春，下了两场说大不大的雪——现在的皖北似乎也下不了大雪。雪松扛不住重压，终于还是倒了下去……

几个老人说，这棵树该有五十年了，不，最起码也有四十年。砍树的说，树根三十二年，树干二十九年。我不信，凑过去数了数年轮,真的是二十九!

　　树有碗口粗,死了可惜。尤其平原上的雪松,长了那么多年,死了可惜!公园里,原本有两棵雪松,雪松的旁边有一个胜利亭。亭子是为纪念抗战英雄王朝贵烈士所建的,雪松是为守护英雄的英灵而植的。过早夭折的那棵雪松,我没有见过。如今,亭子依旧。那座纪念碑也被人挪到了公园西南方的一个角落里。仅剩的这棵雪松也躺倒了,怎能不叫人心生悲凉?!猛然想起,炎炎夏日,它郁郁葱葱,舒展的臂膀,为人们遮挡烈日和风雨;萧萧秋月,它树影婆娑,洒满一池的银月,为情侣酝酿娇羞与缠绵;皑皑冬雪,它亭亭玉立,招领满树的冷风,为大地撑起绿色和希望!

　　现在,它居然倒了!我没有接住它。是呀,它那么重,我怎么能接得住呢?刹那间,我心里空落落的。

　　我不知道,雪松长到碗口粗了,还能轻易倒下,直至死亡。我只知道雪松喜欢在干旱少雨的地方生长,它禁得起摔打和磨难,却耐不住娇生惯养!

　　哦,是脚下的泥土不够坚硬,你的根须扎得不够深沉?是洒的水太多不足以锻炼你忍耐饥渴的性格?是施的肥太有营养迷失了你善处贫瘠的品质?还是其他的什么缘由呢?可是,我不明白的是,为什么身处逆境你能成材?为什么你不能在风调雨顺中自立自省,自强不息呢?"大雪压青松,青松挺且直""根到九泉无曲处,世间惟有蛰龙知"不正是赞颂你的坚忍挺拔吗?"时人不识凌云木,直待凌云始道高""流而不返者,水也;不以时迁者,松柏也"不正是赞颂你的不慕流俗、隐忍奋发吗?"何当凌云霄,直上数千尺""霜皮溜雨四十围,黛色参天二千尺"不正是赞颂你顽强拼搏、一心向上的旺盛生命力吗?黄山的迎客松、华山的华山松、长白山的美人松,哪一种不是高入云端,抱石而生?哪一棵不是将根深深扎在岩石的缝隙里,叩崖问天?

只有你,这平原沃土之上的一棵松,一棵雪松!风调雨顺,又兼园丁的辛劳!到头来,却悄无声息地倒下,死去!你——辜负了人们满心的期望!

《颍州晚报》

二〇一六年九月七日

久违的春天

那天,《颍州晚报》记者曹亚伟先生来电告知,关于我的报道《今生有你共相伴》已见报。我即刻上网搜寻,首先映入眼帘的就是"他用4年坚持为身患癌症的妻子'引路'的经历写一本书,告诉她人生没有过不去的坎"这句话。

是啊,人生没有过不去的坎儿,真的。

4年前,我的妻子被确诊为乳腺癌中期,消息一出,我们全家愕然。年迈的父母、贴心的兄嫂、妻子娘家的亲戚们、热心的朋友们,纷纷向我们家伸出援手。至今,我还清楚地记得,手术那天,一上午就花去了58000元,我从二哥处借来的50000元一下子不够用了。那天夜里,我仰望苍天,真的希望那漫天的星斗都能变成金子、银子,翩然而下,那该多好呀!

想来,我的爱妻,自从和我结婚以来,就没有过上一天幸福的日子,哪怕是一天!先前,我们贷款买房,为了还贷,我辞去了别人羡慕的校长职务去做保险。几年来,我们聚少离多,是她独自带着女儿,一边教书,一边接送孩子,她本瘦弱,又岂堪奔波与劳碌？泪眼迷离中，我拨通了三哥的电话，把这一消息报告给了三哥，三哥即刻对我说，家里有5000元，明天就打给你！我的三哥是个木匠，他的5000元不知要拉多少锯，揳多少板凳腿儿才能挣到——不到万不得已，我是不会向他张嘴的！挂掉电话，我泪流满面，啜泣不止，还是兄弟亲哪！

术后的治疗以化疗、放疗为主，每次化疗至少要花费7000元，我们的日子就在筹钱、化疗、化疗、筹钱中挨过。化疗的反应使她无法进食，身心疲惫。为了省钱，往返北京的途中，我们只买一张卧铺给她睡。而我，则是坐硬座。这期间，我们的宝贝女儿懂事了不少，成长了不少。

2009年的暑假，女儿、我、我的妻子，我们一家三口在北京的医院里相依为命。有女儿在身边，妻子能安心养病。2010年的秋天，妻子自己去北京治疗，不放心的我准备连夜赶去看护她。然而，孩子只能一个人在家，怎么办呢？那边是妻子，这边是年幼的爱女！孩子真的很懂事，她抿着嘴儿，强忍着眼泪，说："爸爸，你去吧，我一个人能行！"我背上包，别了女儿，走出楼道，我的泪一下子涌了出来……

在我们全家的努力下，妻子现在生活得很好。我们这个风雨飘摇的小家又焕发了勃勃生机。而今，我以我4年的坚韧写出了100多篇散文，并且结集出版为《老枣树》。新书发布会那天,妻子很开心。

从妻子的笑容里,我仿佛见到了久违的春天!

《阜阳日报》

二〇一四年一月四日

月下独酌

我不想用"弹指一挥"这般平庸的字眼儿来概括我十年的匆匆忙忙；

我不想用"蹉跎岁月"这些荒芜的词句来纪念我十年的光阴；

我也不想用"羁旅漫漫"这样无奈的托词来描述我十年的流离；

回望十年路，我只想说，我执着地追求过，痛苦地接受过，坦然地面对过……

"贫困"这个词，伴我十年。它像雾霾，像梦魇，像铁钳，挟持着我，令我身未翻头已破，心方挺而魄已散。购房按揭使我欠下人生第一笔巨债。为了还贷，我辞去公职，做起了保险营销。勤奋使我获得了高于教师职业几倍的收入。贫困，暂时向我低下了高贵的头颅。然而好景不长，就在房贷还完的那年夏天，妻子被查出患了重病。我清晰地记得 2009 年 7 月 14 日清晨，在北京，我将 6 万元人民币塞进了医院的窗口，第二天，医生冷冷地告诉我:"您的账上还剩2000元!"那一刻,我茫然了。抽着廉价的"中南海",我蜷缩在冰凉的石凳上,拨打着所有亲朋故旧的电话。为了救治深爱的妻子,为了年幼的女儿有个疼她的妈,我必须向生活低头!伴着丝丝劲生的华发,往日的清高如轻烟般散去,飘散在寂寥的夜空里,飘散在盛夏的北京的夜空,我好冷——好冷——

债台,又高高筑起,筑起在漫漫长夜里。

北京,租来的地下寓所,在一篇文章里,我看到了丁玲在确诊癌症后仍坚持写作,普超和尚十五年如一日刺血完成了200万字《华严经》的抄写。面对生命的艰难,他们何等从容,何等执着?而这执着,又何尝不是对生命的无限敬畏与最佳诠释呢?而在人类的沧桑巨变中,起着决定作用的,难道不是来自平民的这份执着吗?贫困使我思辨,执着令我求索,求索中,我开始了文学创作。2013年9月,终于将所有发表过的文章结集出版为散文集《老枣树》。十年里,要说成就,这也聊作一次快慰吧。

一位多年未见的恩师、朋友,年近八旬的书法家刘庆雪先生,捧着我送给他的新近再版的散文集《老枣树》,感慨良多。挥毫写下"宠辱不惊"四个大字赠我。其嘉许、慰藉之意尽落笔端。那是在劝诫我,人处危蹇,仍需修身养性,士在畅达当思宠辱皆忘啊!那不就是坦然、淡定吗?尽管生命走成了"N"字形,尽管十年尝尽艰辛与磨难,尽管十年对于一个人的生命不算短暂,但于国、于民又算得了什么呢?

十年,是一部书,书写着挣扎与彷徨;十年,是一句话,诉说着不惑与痴狂;十年,是一首诗,轻吟着痛苦与爱恋;十年,是一曲交响乐,拨动着我的生命之弦,唱着不屈的歌……

只啪的一声,我的十年竟一去不复返了。我茫然四顾,我去哪儿寻我的十年呢?我还有几个十年呢?要问我最欣慰的是什么,我最痛苦的是什么,我最值得回味的是什么,我不想一一作答。我只想说,痛已痛过,乐亦乐过,余下的,就只有一坛酒,一坛陈年老窖。用智慧勾兑,用时间酝酿,用生命提纯的老酒!

何日,再启坛?

何日,再叙十年?

月下独酌时……

《阜阳日报》

二〇一四年五月十五日

与君相伴，静待花开

人是需要朋友的。与朋友畅谈，可以舒缓压力，启迪智慧；与朋友相交，可以拓展人脉，成就人生。人无业不立，无友不乐。肝胆挚友情真谊笃，心意相通。

我与《阜阳日报》便是这样的朋友。

2009年12月的一天，一位朋友告诉我说，在《阜阳日报》上看到一篇《椿芽儿》的文章，作者跟你的名字一样，不知道是不是你的文章。这时，我才想起半个月前曾给《阜阳日报》寄过一篇《椿芽儿》，难道发表了？于是，我就去找报纸。单位《阜阳日报》不全，没查到。好不容易在镜湖宾馆找到了那期报纸。看到自己的文章首次被登在报上，我心里别提有多激动了。

对于一个业余作者，最大的鼓励就是文章能够见报。打那时起我就踏上了创作之路。那段时间，我正陪伴妻子在北京看病。医院规定每天只准家属探视两个小时，其余时间我都"猫"在出租屋里看书、写文章。屋里没有桌子，我就趴在床上写。北京的夏天，火一样烤人。汗，像雨一样不停地往下流，连床单都被浸湿了。带空调的房间是有的,可我们租不起。日子早已窘迫,窘迫到不堪。唯一感到欣慰的是,可以经常看到自己的文章载于报端。

现实是残酷的,但我的创作热情高涨。2010年至2014年间我创作了大量散文,其中部分作品还获了奖。如《父亲的房租》获2010年《阜阳日报》父亲节征文一等奖,《故乡明月》获2011年《阜阳日报》中秋节征文一等奖。其中《金贵的桔梗》被《阜阳日报》推荐后获得2012年度安徽省报纸副刊好作品二等奖;《老井》获得2013年度安徽省报纸副刊好作品一等奖;2013年,散文《老枣树》经《阜阳日报》发表后被全国上百家媒体转载,后被评为当年度全国散文大赛一等奖。2014年,我有幸被《阜阳日报》评选为优秀文学作者。

每到周六,打开电脑查看当日的《阜阳日报》,在电子版里与她"促膝长谈",早已成为我的习惯。沉静的夜里,泡一杯清茶,每临书案,总看见一位"朋友"静坐在你的面前。她那般恬静,恬静得像静夜里的幽兰;她那般贤淑,贤淑得如晨曦里的露蕊,就那样静静地、默默地听你唠叨……春花秋月,她携你参悟多舛的命运;晨钟暮鼓,她伴你徜徉寂寥的山林;潮起潮落,她随你漫步寻梦的沙滩。我知道,没有她,我的生命将苍白无力;没有她,我的心田将荒芜寂寞。

在我看来,《阜阳日报》是一座百花园。一年四季,总是姹紫嫣红,生机盎然。只要有"花儿",我便第一时间寄到她那里;只要有"草儿",我也从不独享。我知道,花儿啦,草儿啦,根植在她那里,才能开得更香、更艳!

积极为《阜阳日报》撰稿的作者很多,大家都在为日报献"花儿"。日子久了,大家也成了朋友。朋友里有个叫疏篱的,她的"花儿"总是那么艳丽,有闻香不思蜀的感觉;有个叫大道的,他的"花儿"像牵牛花,那般素雅,雅得让你不敢在他面前涂脂抹粉;有个叫世宏的,他的"花儿"总带着刺儿,一不小心就刺你一下,叫你下辈子都不敢胡作非为……

然而,可惜的是,近两年我竟没有给《阜阳日报》这个园子献上过一束"花"。因为我把主要精力都投放到长篇小说的创作上了。每当打开网络,看到阜阳日报社文学作者QQ群,有时候真的感到惭愧。好像一个朋友老是在那里等你,而你一再托词爽约一样。

如今《阜阳日报》迎来她七十华诞。而我也恰恰与她相知、相识、相依、相爱了整整10年。10年,于她只是生命长河里的一瞥,于我则是青春不再来的转瞬。作为历史标尺的她,是年轻的又是永恒的。作为生命刹那间的一个点,我注定是转瞬即逝的。然而,我愿意与她同行,和她一起筑梦未来。

记得张斌编辑曾经送给我一套《岁月如歌》,那是《阜阳日报》60年如歌岁月的副刊作品集。我期待着下一部《岁月如歌》的问世,更希望那里面有我的作品。

与君相伴,静待花开。

《阜阳日报》

二〇一九年八月一日

天空的期盼

现如今,无须看到金色的麦浪,无须听到收割机的轰鸣,只要闻到刺鼻的烧麦茬味儿,生活在北方的人们就会知道,一年一度的麦收到了。

确切地说,自从大面积使用收割机,烧麦茬的行动就开始了。从高空俯瞰,整个天空污浊一片,空气能见度大大降低,曾一度引发交通事故,迫使高速路关闭,甚至飞机也难以降落。浓重的被烤焦的麦茬味儿令人感到窒息和心烦,影响了人们的正常工作和生活。

据悉,每年这个时候,被排放到空气中的烟灰比平时高很多,各种有害物质含量比平时的高三倍,这些有害物质除了使正常人精神受损外,还会加重呼吸道疾病病人的痛苦,严重者会使支气管发病率上升,给人们带来的直接或间接损伤难以估量。

那么,农民们为何要将麦茬烧掉呢?

因为机割麦茬太深,影响夏季作物的耕种。

如果镰刀定浅一点,农民就不会再烧麦茬,但镰刀定浅了,割得慢不说,还容易伤着刀口,刀口伤了,就耽误挣钱！农机户谁又肯干呢？农民们都是打工返乡的,抢收抢种急着回城,谁也不肯去干这个活,干脆放把火烧了,省事！哪管污染不污染。尽管政府专门下过文禁止过,甚至派专人去看管,但收效甚微。农民们急功近利和环保意识的欠缺岂是短期内可以消除的？可见,要根除烧麦茬现象尚需时日。

与其怨声载道,不如加大宣传,施以疏导；与其临时限制,不如采取措施使麦茬变为再生资源加以利用；与其麦收时发文禁止,不如建立长效机制,做到常抓常管有法可依方为上策。

岂止是烧麦茬？汽车尾气的排放、工厂黑烟的升腾、沙尘暴的肆虐,更有核燃料的泄漏,哪一样不是在玷污着大气的圣洁？哪一点不是在猥亵着大地的清白？哪一桩不是在吞噬着人类的安康？那茂密的森林、翠绿的青山为何变得伤痕累累？那清澈的湖塘、欢唱的江河因何变得满目疮痍？欢闹的池鱼、快乐的鸟兽为何变得悲凉与羸弱？空气本圣洁,大地本清白,青山本苍翠,江河本畅流……何以至此？

万物本安然,人类却扰之！天空期盼,我却无语。近日关注报端,欣见我市已下发午收禁烧令,且在麦收季节派专人监督。但愿天空不再有阴霾,空气不再被污染。

幸甚,幸甚!

《平原》
二〇一二年十一月二十四日

沉重的问号

大清早,天儿还没亮。一个小女孩背着鼓鼓的书包,身子努力向前倾着,弯得像个偌大的问号。她手里捧着书,一走一磕,边走边写。昏黄的路灯下,那移动的"问号"格外引人注目。

我不由得放慢了脚步。

"小朋友,写什么呢?"

"作业,《基础训练》!"

"昨天没写完吗?"

"昨天写到晚上十点多,没写完。"小女孩抬起怯生生的眼睛,看着我,说,"还有这半页就写完了。"她如释重负。

"你哪个学校的?"

"四小!"

"几年级?"

"四年级!"

"你是老师吗?"小女孩问。

我默不作声,算是回答。我蹲下身子,下意识地想去攥一攥她的小手。她蓦地缩了回去,赶忙说:"叔叔,我不冷!"一股寒气从她的小嘴儿和鼻孔里钻出来,徐徐地,随着她的激动呼哧、呼哧地冒出来,被清冷的空气凝成了美丽的白雾。

"孩子,吃早饭了吗?"

"还没,到前面的摊子上喝一碗豆腐脑就行了。"

她手里攥着5块钱,向我扬了扬。看着那紫红的小手、紫红的脸蛋儿,我赶忙说:"别写了,先吃饭吧!"

"不行,叔叔,我要写完,老师每天让我们六点半到校,到校就检查作业,很快就期末考试了,作业比平时多了点儿,写不完老师还要罚做一遍。爸爸说了,考不好,要挨打的!"小女孩瞪大了眼睛,生怕我不信她。

我看看手表,已经六点二十七分了,距六点半还有三分钟。公交车到了,小女孩向我挥挥手:"叔叔,上车吧。"

我边摇手边跳上车,小女孩的身影慢慢闪过车窗,消失在浓浓的冷雾里……

窗外雾蒙蒙,那鼓鼓的书包还在我眼前晃动,小女孩的双手仿佛正抓着背带努力向上耸着肩。冷雾里,她的手是那样纤细。冷雾里,她的身体是那样瘦弱,瘦弱得像个巨大的问号。朦胧中,"问号"早已头重脚轻……我不禁惊问:她还能支撑多久?

猛然间想到我的女儿,她右手中指的第一个骨节上早磨出了茧子！多少次，我都心疼地让她停下，她却说"必须完成老师布置的作业"。有一次，我竟犯起了校长脾气，抓起电话，就要数落他们老师的不是。但妻子制止了我："你不想好了？你这一骂，老师能对咱们孩子好吗？对她不好，你怎么办？"我沉默了……

汽车载着我那颗沉重的心，缓缓行进在迷雾中。迷茫中，我感觉自己的身子越来越重，越来越沉，沉了下去。那巨大的问号在叩击着我的心灵，声音越来越重，在深邃的夜空里那般宏大，像深山幽谷中传出的钟声，穿透层层巨石，响彻云汉。那巨大的问号像包袱压在了我的心头，一层层，一沓沓，层层叠叠。重压下，我无法呼吸，我喘不过气来……

《阜阳日报》

二〇一二年十二月六日

大旗，谁来扛？
——我的文学观兼答关峰先生

作者按：作家关峰在《阜阳日报》上发表了《阜阳的文学大旗谁来扛？》。此文一出，引得阜阳文学界哗然一片，大家纷纷发文，进行激烈讨论。讨论中，有人不小心讽刺了一位借官威以卖书的"文学前辈"。前辈诉至报社领导，领导按下暂停键，轰轰烈烈的讨论戛然而止。作者作此文以示应和，但鉴于以上原因，编辑予以婉拒。

是啊！阜阳的文学大旗谁来扛？问得好！这个问题令我倍感沉重。

就本人来说，我只不过刚刚学作了几篇蹩脚的小文章，文学小将恐怕也还不够格，更算不上文学的圈内人。其实，我向来反对以圈划人，觉得，一说圈好像自己很像那么回事儿，似乎是圈内人，是内行。所以，我不信圈，也极少混什么圈。

至于文学，我想，一要喜欢、执着、痴迷方能算得上爱文学；

二要有扎实的语言基本功、高超的写作技巧;三要有极强的社会责任感和深切的生活体验、感悟;四要有青灯夜伴的孤守和剔除功利的高尚节操。除却这些,任何人想成为作家,恐怕只能做做梦吧。

现在,再来试着讨论"阜阳的文学大旗谁来扛?"的问题。

阜阳地界儿自古圣贤辈出。老子、庄子、姜子牙、管仲、鲍叔牙、倪宽、曹操,以及被贬来的欧阳修、苏轼等。阜阳人,或者更大范围内的人,一旦谈及文学、文化,恐怕首先想到的就是他们。因为,后来似乎就没有什么大家了。单纯地就文学来说,所谓大家,本就凤毛麟角,至于世界级的文学悍将,那更是望尘莫及。就此而言,别说阜阳,就是安徽,中国,当代文坛,除了几个现代作家及莫言之外,还有几颗堪称大家的星星呢?

何也?除了些许不为人知的因素之外,我想,更多的是我们失却了或者说根本就没有去培养大家赖以生存的土壤的缘故。无论百家争鸣、两汉大赋,以及唐宋诗词、明清小说,还是民国文学以及新中国的反思文学,无不依托着深厚的文化及文学土壤。放眼世界,凡是文化及文学较为发达的地区和时代,无不因深厚的文化底蕴和浓厚的文学氛围才得以巨匠丛生、灿若星辰的。一位文学界的朋友说过一句话:"经济,只是车胎的外壳儿,文化、文学才是这壳儿里面的气!"这句话的效应,虽然还没有达到石破天惊,但它道出了部分志士仁人对当下中国文化、文学现状的深思和忧虑。文学和文化一样是一个国家和民族的"气",是底气,是精气,要是没有这个精气神,国将何堪?民将何忧?

到了该保养保养车胎,打打气儿的时候了!车胎都瘪了,车还怎么开呀?而这气从哪里来呢?气,自然要产生于土壤。所以,培育、涵养文化和文学的土壤才是我们最急切要干的活儿!

有了土壤,方能植树造林,方能产生源源不断的氧气。大家都能沉下心来看书了,都能崇尚文学、尊重作家了,文化兴盛了,文学氛围浓了,好的作品自然会产生,扛鼎的作家才会出现。

一个真正的作家,我认为要有四气,即底气、骨气、才气、胆气。

底气,就是底蕴,作家要有广博的知识,还要有坚实、厚重的生活阅历。我没有见过知识贫乏、阅历短浅而作品丰厚的人。眼下,媒介多,被炒出来、捧出来的作家很多。但真正能沉淀下来的能有几人呢?

骨气,就是有血性,不媚俗。时下,有个新鲜职业叫写手,就是为某某网站、杂志写文章的那种。而这些网站、杂志受追捧的文章又是哪些类型呢?无外乎什么玄幻、武侠、都市、悬疑……不怀疑部分年轻人爱看这些,但更多的是网站或杂志为了不可告人的目的而去主动迎合甚至挑唆年轻人。很显然,这些写手实际上就是"打手"。这是赤裸裸的媚俗。当然,还有一些电视节目,又是相亲,又是鉴宝,整天嘻嘻哈哈,搞得热热闹闹,白白浪费了大家的时间,白白浪费了公共空间。这种现象太多了,就不扯了,不值得。这个世界,更多的是普通人、小人物。文学要关注小人物,要写普罗大众,要有烟火气,不能搞"玄而又玄"。《龙须沟》里有个叫"疯子"的说书艺人,为了不给恶人唱堂会而被恶人痛打一顿直至逼成"疯子"。他是有骨气的。莫言拒绝了陈光标馈赠的位于北京的别墅——且不论陈是出于对文学的敬畏还是为了炒作自己,但莫言是有骨气的。古代有御用文人,你见过哪个御用文人的传世佳作?人,若终日被金钱雇佣着,哪还能写得出传世佳作呢?曹雪芹要是为了钱,《红楼梦》可就真成梦了。一句话,作家不能媚俗,媚俗就是低俗。

才气,是指作家要具备从广泛的生活阅历中提炼生活真谛、书写人性本原的能力,作家要做到学富五车、古今通达、尘世洞察、语言丰富、手法娴熟,这样才能写出不朽的佳作。

胆气,是说作家要敢于揭底儿,说真话,用审慎的态度、批判的眼光、无畏的精神,论世事风云,评沧桑巨变,为人类灵魂作史,替世间正道立言。

唯有四气凝聚一身,方能称其为作家,方能产出旷世佳作。世间所有佳作的作者,哪一位不是侠骨柔情而才华横溢者?所谓铁肩担道义,说的就是骨气和胆气。

有这样的土壤,有这样的作家,中国何愁没有佳作问世?安徽何愁没有大家生成?阜阳的文学大旗,何愁没人扛起?

二〇一四年十二月八日

读者，编者，作者

三者的关系,列位一看就明白。读者,是前提,是基础,是出发点,是落脚点,是目标。编者,是桥梁,是纽带,是中枢,是媒婆。作者,是心志抒发者、文字创作者,是精神食粮的加工者。三者虽工作性质、时间、地点不同,辛苦程度不同,但三者是统一的、不可或缺的。

没有好的文字,即使编辑急破了头,也无济于事!而好的文字必然来自优秀的作者。这样看来,无论是报纸、杂志,还是影视剧抑或网络文学,好的、优秀的作者似乎是一切的源头。其实则不然。作者只是源头,而生活、社会、大自然以及这些的融合体才是真正的活水。作者只有对这些进行细致的观察、深切的体悟、审慎的提炼、良久的发酵、耐心的等待,方能酿出精美的文字。作者更像是田地里耕作的农夫,春夏秋冬,寒暑易节,采阴阳之精,纳万物之灵,汲江河之水,到头来,再把辛勤所得的食粮交给验收员——编者。作者更像是老娘,把精心培育、调养的宝贝女儿交给媒婆,嫁个好人家。

好了,瓜熟蒂落,女大当婚,都站好了,再让我瞅一瞅、看一看、瞧一瞧,洗洗泥巴,修修裙摆,排好行,站好队儿,齐步走。一般的媒婆,结了婚就不再问你的事儿了,只有那些"二般"的媒婆才问问你,日子过得还好吧?时下的编辑,能做到既编辑文字又培养作者的能有几人呢?

食客们——读者,来了。他们,或走马观花,或挑肥拣瘦,或弃之不顾,或狼吞虎咽,或细细咀嚼。走马观花者,终无所获;挑肥拣瘦者,营养不良;弃之不顾者,大脑缺氧;狼吞虎咽者,吃啥拉啥;细细咀嚼者,终身受益。好的文字,只有到了细细品鉴者的手里,才能发挥它最大的价值,这也是作者、编者最希望看到的结果。然而,这还不是最佳境界,只有读者、编者、作者三者产生共鸣,才是最佳境界,才是最可贵的。然而,令人痛惜的是,有些"脑瘫"患者,竟然把作者和编者精心准备的精神盛宴一股脑儿地倾倒在垃圾桶里了。

大家都在倡导节俭之风,就连央视的广告里也说,中国人每年浪费的粮食足够两亿人一年的口粮!然而,这还只是看得见、摸得着的浪费,那么一般人看不到、听不到,也摸不到、意识不到的精神食粮的浪费又该怎么算呢?又有谁算过呢?谁又能算得清呢?倘若能算,且能算得出来,国人在一年里浪费的精神食粮又够多少人一年的精神食粮呢?每每看到学校图书馆里被灰尘蒙垢的书籍,我都感到阵阵心痛。这笔账,我们是该好好算算的!似乎有人曾经算过类似的东西,譬如,美国每年人均读多少本书,日本每年人均读多少本书,德国每年人均读多少本书……一直以来,我疑心他们统计得未必准确而不能令人信服,所以那些数字我从来不拿来示人。但令我确信无疑的是,在所有同类的统计中,中国每年人均读书量是最少的!——一位美国教授说,一个不看书的国家,即使有再多的航空母舰、再多的军队,也无济于事。

那位说了,说读者、编者、作者怎么跑到飞机、大炮上了?那咱就拐回来,说说时下的三者。现今的读者,大多喜欢所谓快餐文化,不喜欢细嚼慢咽纸质的文章。编者,也多是投其所好,一副逢迎的姿态,全然丢了引领者和教化者的责任。作者,多是盲目跟风,人云亦云,没有主张,缺乏见解,能自成一派,风格独具者自当是凤毛麟角。这就是目前的文化环境给人的整体印象。

好的作品可以培养国民的品质,涵养民族精神。国民的品质又可以促使高品位作者成长。而一位优秀的编者则像伯乐一样擅于发现和培养作家。

二〇一四年四月二十七日

后记

距我上一部散文集《老枣树》的出版已经过去十年了。

十年里,于碌碌无为的间隙里,我陆续创作、发表了一些小文,原本想将它们聚个集子,书名都拟好了,还请名家题了字。但是,个中原因,没有出。一是忙,瞎忙。忙着卖书;忙着喝酒;忙着为朋友办些杂事儿、闲事儿,到处显摆。不论真忙还是假忙,只要别人问起来,就总会装出一副急急忙忙的样子说,忙,忙得很。二是长篇小说《走过人间》的创作。从2014年提笔到2023年出版,整整十年,终于给自己一个交代。新书出来了,接下来,又是困难重重的卖书。所以,集子的整理出版,一直拖到今天。

其实,这本集子算是《老枣树》的续集,或者说是姊妹篇。因为《老枣树》里面的很多篇目都保留了下来。为什么保留呢?怕不够厚重,所以拿来充数。其实,我的本意不单单为了凑数,有些作品与原有的基本上是一个格调,甚至是一条矿脉的延续。比如《茨河湾的秋天》和《茨河湾的夏天》就是《老枣树》里《春闹茨河湾》和《茨河湾的冬天》的延续,集在一起就成了完整的"茨河湾的四季"。另外,游记类作品进行了大量扩充,如不舍细阳古城,回忆青涩爱情的《老街,慢走》,游历岳麓书院的《惟楚有材 于斯为盛》,追忆大学生活的《梦回舜耕》,游览萧县皇藏峪的《皇藏峪寻幽》等。其他,如叙事记人的啦,摹景状物的啦,均有所增加。也有原文予以勘误的,比如《经锄楼访古》里:"名为课最,可见倪宽对读书、诵经的痴迷和专注。"这句话对"课最"的表述是错误的。由于望文生义,我把"课最"误解为颂扬倪宽在学业上的奋进。受李尚友先生(时为倪邱中心学校校长)的指点,将此处修改为"课最堂为感恩倪宽体恤民情而建。倪宽官左内史时因爱惜民力欠下朝廷课税最多,以律当免。百姓闻知此事,紧急输送课税,最后反而捐输最多"。为了细节上的完善和内容过渡的顺畅,个别篇目在内容上有所增减。再有,个别篇目的名字也做了改动。

总的来说,第一次出书时,没有经验,有许多不尽如人意的地方。这次不同了,毕竟有过两次经历,算是轻车熟路。

所以要出这本集子,还有一个重要因素。那就是,将

2009 年以来创作、发表的作品绾个疙瘩,给自己一个交代。此前,或者更准确地说,自 2014 年以后,我的主要精力会放在长篇小说的创作上,因此,这个节点,应该对先前的创作做个总结。

寸言

2024 年 10 月 20 日